Ralf Kramp
Aus finsterem Himmel

Die »Herbie Feldmann«-Krimis:
Spinner
Rabenschwarz
Der neunte Tod
Malerische Morde
Hart an der Grenze
Totentänzer
Abendlied
Aus finsterem Himmel

Außerdem gehören Herbie und Julius zu den Hauptdarstellern des Gemeinschafts-Romans *Acht Leichen zum Dessert,* der von den acht Autoren des Krimi-Camps verfasst wurde.

Darüber hinaus vom Autor bei KBV erschienen:
Tief unterm Laub
Still und starr
... denn sterben muss David!
Kurz vor Schluss (Kriminalgeschichten)
Ein Viertelpfund Mord (Kriminalgeschichten)
Ein kaltes Haus
Nacht zusammen (Kriminalgeschichten)
Stimmen im Wald
Voll ins Schwarze (Kriminalgeschichten)
Starker Abgang (Kriminalgeschichten)
Mord und Totlach (Kriminalgeschichten)
Totholz
Schuss mit lustig (Kriminalgeschichten)
Ihr Mord, Mylord (Kriminalgeschichten)
So tot wie nie (Kriminalgeschichten)

Ralf Kramp, geb. 1963 in Euskirchen, lebt in einem alten Bauernhaus in der Eifel. Für sein Debüt *Tief unterm Laub* erhielt er 1996 den Förderpreis des Eifel-Literatur-Festivals. Seither erschienen mehrere Kriminalromane und zahlreiche Kurzgeschichten. In Hillesheim in der Eifel unterhält er zusammen mit seiner Frau Monika das »Kriminalhaus« mit dem »Deutschen Krimi-Archiv« (30.000 Bände), dem »Café Sherlock«, einem Krimi-Antiquariat und der »Buchhandlung Lesezeichen«. www.ralfkramp.de · www.kriminalhaus.de

Ralf Kramp

Aus finsterem Himmel

Ein Herbie-Feldmann-Krimi

KBV

Originalausgabe

www.kbv-verlag.de
E-Mail: info@kbv-verlag.de
Telefon: 0 65 93 - 998 96-0
Fax: 0 65 93 - 998 96-20
Umschlaggestaltung: Ralf Kramp
unter Verwendung von: © wael - Fotolia.com
Lektorat: Volker Maria Neumann, Köln
Druck: CPI books, Ebner & Spiegel GmbH, Ulm
Printed in Germany
ISBN 978-3-95441-417-8

»The sun is sinking in the west
The cattle go down to the stream
The redwing settles in the nest
It's time for a cowboy to dream

Purple light in the canyons
That's where I long to be
With my three good companions
Just my rifle, pony and me«

aus: *My Rifle, my Pony and Me*

(Musik: Dimitri Tiomkin,
Text: Paul Francis Webster / Gesang: Dean Martin)

Für meine Monika – find ich.

1. Kapitel

Gegen Ende des Abends waren die Blicke der Leute an der Bierbude immer häufiger zu ihm herübergewandert. Es musste mehr als eine halbe Flasche Korn sein, die er mittlerweile intus hatte. Und etliche Biere. Er hatte aufgehört zu zählen. Zwischendurch war er zum Toilettenwagen gegangen und hatte sich erleichtert. Man hatte seine würgenden Geräusche wahrscheinlich bis nach draußen hören können.

Die Live-Band hatte ihre Instrumente eingepackt und war von einem DJ abgelöst worden. Getanzt wurde jetzt nicht mehr. Die ersten Frauen zogen ihre Jacken über, weil es langsam frisch wurde. Das alles tat der Stimmung aber keinen Abbruch.

Einer der Männer hatte sich irgendwann zu ihm gesetzt und versucht, etwas aus ihm herauszubekommen. »Na, machst du Urlaub hier?« Ein kleiner, nervöser Typ mit stoppeligen Haaren und etlichen Pflastern am Kinn, der immer wieder mit spitzen Lippen an seiner Cola nippte.

Er hatte ihn nur kurz angesehen und statt einer Antwort sein Bierglas geleert.

»Oder bist du auf Montage? Sprichst du deutsch? Deutsch? Kannst du mich verstehen?«

Er wollte sich nicht unterhalten.

»Lass den doch«, rief eine dicke Frau von der Theke her. »Der will sich die Kante geben. Siehst du doch. Wird schon seine Gründe haben.«

Oh ja, er hatte seine Gründe. Er trug sie mit sich herum. Mit jedem Schritt. Sie saßen ihm tagtäglich im Genick und beugten seine Gestalt, schlimmer und unbarmherziger, als das der schwere Rucksack tat, mit dem er jetzt schon seit fast einem ganzen Monat unterwegs war. Es kam oft vor, dass er nachts wach wurde und glaubte, zu Hause zu sein, in seinem Bett. Aber es war meistens doch nur eine Koje in irgendeinem Unterschlupf, ein Wartehäuschen an der Bushaltestelle, ein Schuppen, ein Vordach, irgendetwas, wo er mit seinem Schlafsack einigermaßen trocken lag. Nein, nach Hause würde er noch nicht so schnell zurückkehren. Dazu war er noch nicht bereit.

Die Konturen um ihn herum wurden immer unschärfer. Der Lärm des Dorffests schallte blechern in seinen Ohren. Gegen elf Uhr fischte er umständlich das Portemonnaie aus seiner Hosentasche und versuchte, Geld herauszuholen, um sich noch ein paar Biermarken zu kaufen. Aber er stellte sich so ungeschickt an, dass die Scheine zu Boden flatterten und ein paar Münzen prasselnd über die Pflastersteine kullerten.

Zwei Männer halfen ihm, das Geld aufzusammeln, und ein anderer half ihm, das Portemonnaie wieder zu verstauen.

Das hatte er schon anders erlebt.

Er wollte jetzt doch kein Bier mehr. Zeit, dass er ging.

»Sollen wir dich irgendwo hinbringen?«, fragte der Nervöse, der schon vorhin versucht hatte, ihn in ein Gespräch zu verwickeln. »Oder ein Taxi rufen? Sieht nach einem Gewitter aus. Die sind hier im Sommer ziemlich heftig.« Das Männlein trat von einem Fuß auf den anderen.

»Geht schon«, presste er hervor. Es waren die ersten Worte, die er seit der Bestellung vorhin von sich gab. »Geht schon.«

Die Leute musterten ihn. Er erkannte verschwommen ihre skeptischen Blicke. Wahrscheinlich versuchten sie zu ergründen, was für einer er war. Kein Berber, kein Hausierer jedenfalls. In ihren Augen hatte er wohl ausreichend Geld und halbwegs saubere Kleidung. Zum Abschied winkte er schwach mit der rechten Hand. Dann verließ er den kleinen Platz. Der Wind zerrte augenblicklich an seinem langen Regenmantel.

»He, warte mal! Warte, warte, warte!«, rief einer hinter ihm her und reichte ihm den Hut, den er auf der Holzbank liegen gelassen hatte. Der Nervöse, klar.

»Danke«, sagte er knapp und stülpte ihn sich auf den Kopf.

Er hätte es wahrscheinlich erst nach den ersten Regentropfen gemerkt. Die Luft roch schon danach. Das Dorffest würde ein jähes Ende nehmen, wenn das angekündigte Gewitter erst mal losbrach.

Mit schlingernden Schritten folgte er dem leicht ansteigenden Gehweg in Richtung Dorfausgang. In der Ferne zuckte bereits das Wetterleuchten durch den Himmel.

Die Richtung, in die er gehen musste, hatte er sich gut eingeprägt. Er merkte sich immer besondere Gebäude,

Straßenecken, große Bäume. Das hatte er in den letzten Wochen gelernt. Er war fremd hier, aber er musste sich zurechtfinden. Wenn er irgendwen nach dem Weg fragte, hielten die Leute das manchmal für eine Einladung zu einem kleinen Plausch. Darauf hatte er keine Lust. Er mochte seine eigene Stimme nicht mehr hören. Und sie war nicht das Einzige, was er an sich nicht mehr mochte. Er wäre gerne jemand anderes.

Als er den Waldrand erreichte, hörte er das erste Donnern. Es war noch leise, und der Abstand zum nächsten Grollen war lang, aber bei dem starken Wind würde das Gewitter schneller bei ihm sein, als ihm das lieb sein konnte.

Die Hütte, in der er am Nachmittag seine Sachen deponiert hatte, schien trocken zu sein. Ein gemauertes, kleines Steinhaus an einer Wegkreuzung. Es gab keine richtigen Fenster, nur leere Öffnungen, aber das Dach schien dicht zu sein. Das war das Wichtigste.

Wenn es morgen regnete, so wie er es am Mittag in seinem kleinen Transistorradio gehört hatte, würde er vielleicht einen Tag länger bleiben. Einfach ein bisschen im Halbdunkel liegen und den Regentropfen lauschen. Er hatte keinen Zeitplan, und er hatte kein Ziel.

Der asphaltierte Teil des Wegs endete und mit ihm die Reihe der Straßenlaternen. Linker Hand lag ein großes Feld, dessen Ende er nicht erkennen konnte, und rechts fiel das Gelände zu einem kleinen Bachlauf hin ab. Nur das gelbe Leuchten des Ginsters, der hier dicht wucherte, wehrte sich standhaft gegen die Dunkelheit. Von hier an knirschte bei jedem Schritt der trockene Schotter unter seinen Schuhen. Es waren nur noch ein paar

Meter bis zum Waldrand. Als er ihn erreicht hatte, umzingelte ihn eine lauernde Schwärze mit nicht wahrnehmbaren Bewegungen, und er gab sich große Mühe, nicht vom Weg abzukommen. Hin und wieder tastete er unsicher mit dem Fuß voraus. Zwei breite Spuren waren ausgefahren, in der Mitte verlief eine bucklige Grasnarbe. Ein paarmal strauchelte er, aber er stürzte nicht.

Die Abstände zwischen Blitz und Donner wurden kürzer. Wie hatte er das als Kind immer ausgerechnet? Man musste die Sekunden teilen. Durch drei? Wie war das gewesen damals?

Er zählte. Eins, zwei, drei, vier … Es ging überraschend schnell. Bei acht donnerte es gewaltig.

Hier kam kein Wind hin, die Luft war immer noch schwül, Insekten umschwirrten ihn. Grelles Licht zerriss die Schwärze über seinem Kopf. Die Spitzen der Nadelbäume beugten sich unter der Kraft des Windes, als der Blitz für eine Sekunde einen scharfen Schattenriss der Wipfel an den Himmel zeichnete.

Er hielt inne und atmete schwer. Mit einem Mal wurde ihm seine Einsamkeit bewusst. Diese Einsamkeit, die er seit Wochen und Monaten suchte – hier war sie. Aber anstatt ihm Trost zu spenden, schmerzte sie. Er wünschte, er hätte sie doch nicht kennengelernt.

Warum war er hier? Hier, im Nichts? Weit weg von allem, was er liebte?

Schutzlos stand er da, leicht schwankend, während hoch über ihm ein Unwetter all seine Kräfte sammelte, um loszuschlagen.

Der nächste Blitz kam im selben Augenblick wie der Donner. Das Gewitter war jetzt direkt über dem Wald.

Er wollte mit einem Mal nach Hause. Nur noch nach Hause. Es war vorbei. Sein Trip war jetzt zu Ende!

Morgen früh würde er sich auf den Weg machen.

Eine erneute Entladung zerriss Finsternis und Stille. Und noch eine. Und eine dritte. Die Blitze erlaubten dem Himmel nicht mehr, sich zu verfinstern. Sie gingen ineinander über und sprangen kreuz und quer duch die Nacht.

Und dann sah er mit einem Mal eine Gestalt vor sich. Mitten auf dem Weg stand sie, breitbeinig, mit geducktem Kopf.

Zuerst glaubte er, sich getäuscht zu haben. War es doch ein Ast? Hatte der Sturm einen Baum umgerissen?

Der nächste Blitz zeichnete das Bild deutlicher.

Er sah die alte Hütte weiter hinten, er sah die Wegkreuzung mit dem großen, hellen Stein. Das zuckende Licht zeigte ihm einen bizarren Schwarz-Weiß-Film. Dort stand jemand auf dem Weg. Finster, ohne Gesicht, bedrohlich. Seine Arme bewegten sich langsam. Was war das Ding, das er in den Händen hielt?

Er setzte an, um den Fremden anzusprechen, aber seine Zunge klebte schwer am Gaumen. Der Moment kam ihm wie eine Ewigkeit vor, und doch waren es wahrscheinlich nur wenige Sekunden, die alles dauerte.

Dann brandete ein weiterer mächtiger Donner durch das Labyrinth der Baumstämme ringsum. Dieses Mal ohne von einem Blitz angekündigt worden zu sein. Plötzlich kam Wind auf und ließ seine Mantelschöße flattern.

Und im nächsten Moment fühlte er, dass etwas seinen Körper zerriss.

2. Kapitel

Die Vollsperrung der B 51, einer der wichtigsten Verkehrsadern durch die Eifel, konnte man nur mit außergewöhnlicher Skrupellosigkeit begründen. Dass dazu in der näheren Umgegend ein halbes Dutzend weiterer Straßenbaustellen für ein Verkehrschaos biblischen Ausmaßes sorgten, ließ ein groß angelegtes soziologisches Experiment in den planenden Behörden vermuten. Oder ein tiefschürfendes Alkoholproblem. Dieser Sommer war der Sommer der Umleitungen.

An der Tankstelle am Ortsrand von Blankenheim strandeten in Scharen entwurzelte Verkehrsteilnehmer, orientierungslose Urlauber und natürlich Menschen, denen schlicht und ergreifend der Treibstoff ausgegangen war.

Mindestens ein Mensch war darunter, der entwurzelt, orientierungslos *und* ohne Sprit war: Herbie Feldmann hatte häufig das Gefühl, alles hätte sich gegen ihn verschworen, aber heute war es noch schlimmer als sonst.

Gluckernd schwappte das Benzin im Kanister in seiner Rechten. Für mehr als achteinhalb Liter hatte er nicht genug Geld gehabt. Allein der Kanister hatte schon zehn Euro gekostet. Seit die Tankanzeige des Volvo kaputt war, barg jede Fahrt durch die Eifel ein unkalkulierbares Risiko. Eigentlich war es zu erwarten gewesen, dass der Sprit für die Strecke nicht mehr reichen würde. Der Wagen hatte noch ein bisschen gebuckelt, dann wie ein angeschossenes Karnickel noch ein paar Sätze vorwärts gemacht – und schließlich keinen Mucks mehr von sich gegeben. Herbies Rechnung war wieder einmal nicht aufgegangen. Am Geldautomaten war absolut nichts mehr zu holen gewesen. Sein Konto war ebenso leer wie der Tank. In seinem Portemonnaie hatten noch zwanzig Euro gesteckt.

Wie oft hast du den jetzt eigentlich schon trockengefahren?

Herbie warf dem großen, dicken, bärtigen Mann an seiner Seite einen gequälten Blick zu.

Und wie oft hast du danach den Reservekanister am Straßenrand stehen lassen? Das Grinsen seines Begleiters Julius spiegelte eine tiefe, innere Zufriedenheit wieder, die sich hauptsächlich dann einstellte, wenn Herbie wieder von einer Katastrophe ohne Umweg in die nächste geriet.

»Na ja, jetzt schaffen wir es wenigstens bis Münstereifel«, knurrte Herbie und trat aus dem Tankstellengebäude in die Morgensonne hinaus. »Wenn Tante Hettie nicht bis elf Uhr ihre Schnittchen hat, wird sie mir die Zehennägel ausreißen lassen.«

Bei den gegenwärtig milden Temperaturen würde es mich nicht wundern, wenn die Schnittchen sich inzwischen auf eigene Faust in Richtung Münstereifel davongemacht haben.

»Blödsinn. Die sind in einer Styroporbox. Das hält eine Weile.« Er sah Julius zerknirscht an. »Mit achteinhalb Litern komme ich doch bis zu Tante Hettie, oder?«

Julius schürzte die Lippen. *Riskant, riskant. Zu dumm, dass der Zottel aus Zingsheim im Urlaub ist. Sonst hättest du einen kleinen Schlenker fahren und dir von ihm ein paar Liter leihen können.*

»Selbst wenn er zu Hause wäre, käme das nicht infrage!« Herbie war der Meinung, dass man das Benzin von Köbes keinem Fahrzeug zumuten durfte. Der Autoschrauber zapfte es aus den rostigen Tanks der Autos ab, deren letzter Weg in die Schrottpresse unmittelbar bevorstand. »Den Sprit von Köbes in ein Auto zu tanken, wäre so, als würde man einen Säugling Putzwasser nuckeln lassen.«

Und was wäre dagegen zu sagen?

»Hallo, Entschuldigung!«

Als Herbie sich umwandte, blickte ihn ein schlaksiger, junger Mann mit dichter, schwarzer Lockenmähne an. Herbie wurde von der Sonne geblendet und kniff ein Auge zu. An der Seite des Mannes trank ein zierliches Mädchen mit einem bunten Kopftuch aus einer altmodischen Feldflasche. Beide trugen gewaltige Rucksäcke und rochen nach Sonnenmilch. »Können Sie uns wohl ein Stückchen mitnehmen?«

Nun, du könntest zumindest einen Huckepack nehmen. Julius prustete ungehemmt, und Herbie hob mit einem entschuldigenden Lächeln den Kanister hoch. »Ich hab selbst noch einen kleinen Fußweg vor mir.«

Und am Ziel gibt es Schnittchen! Frisch im Auto aufgebacken.

Herbie warf seinem Begleiter einen grimmigen Blick zu und murmelte: »Ach, Quatsch! Sie werden in der Kühlbox schon nicht …« Er brach abrupt ab, als er registrierte, dass das junge Paar ihn irritiert ansah. Dort, wo er hingeblickt hatte, war niemand zu sehen.

»Oh, na gut, okay. Dann mal gute Reise«, sagte das Mädchen unsicher und zupfte ihren Freund am Ärmel. Ein Wagen fuhr an der Zapfsäule vor, und die beiden schickten sich an, die Fahrerin um eine Mitfahrgelegenheit zu bitten.

Herbie machte sich auf den Weg. Sein Wagen stand am Straßenrand in der Einmündung eines Feldwegs auf der anderen Seite von Blankenheim. Über die schmale Straße rollte dank der Sperrung das Zehnfache des sonst üblichen Verkehrs dahin.

Das alles wäre gar nicht passiert, wenn Tante Hettie sich nicht mit ihrem von Jahr zu Jahr eskalierenden Altersstarrsinn darauf versteift hätte, dass zu ihrem heutigen Geburtstagskaffee keine anderen Schnittchen als die eines ganz bestimmten Metzgers aus Prüm auf den Tisch zu kommen hatten. Sie nannte das natürlich *canapés*. »Die besten *canapés* und *petit fours* gibt es in Prüm!«, sagte sie gerne mit Nachdruck. »Und die einzig akzeptablen Koteletts in Adenau!« Manchmal hatte Herbie das Gefühl, dass die steinreiche Greisin ihre Haus- und Hoflieferanten großflächig über die Eifel verstreut hatte. Ganz wie die Queen.

Mit einem Aufdruck drauf, hatte Julius am Morgen glucksend gesagt. *By Appointment to her Majesty Aunt Hettie.*

Herbie hatte einen Blick auf die Rechnung erhaschen können, die der Metzger der Lieferung beilegte. Die

Summe war blödsinnig hoch. Aber genau darauf kam es seiner Tante wahrscheinlich an.

Er guckte auf seine Uhr. Nein, das konnte nicht sein. Die Zeiger bewegten sich keinen Millimeter. Er schüttelte das Handgelenk. Sie verharrten in ihrer Ruhestellung. Seit zwei Wochen war sie immer mal wieder stehen geblieben, aber er hatte sie gestern mit Klopfen und Rütteln wieder in Gang bekommen. Jetzt aber tat sich gar nichts mehr. Hätte er nur eine neue Batterie gekauft. Sein Handy zeigte Viertel nach zehn an. Und einen fast leeren Akku. Auch das Ladekabel fürs Auto hatte er schon längst kaufen wollen. Eine weitere Investition, die ihn unweigerlich auf den Rand des Ruins zuschubsen würde.

Manchmal denke ich, dass ein Ding durchaus zwei Dutzend Enden haben kann und dass du zielsicher immer genau am falschen sparst. Julius schritt neben ihm her, die Arme hinter dem Rücken verschränkt.

»Stimmt, ich könnte das nächste Mal, wenn ich mal wieder ein paar Euro verdiene, endlich mal in ein paar Stunden beim Psychiater investieren. Dann wäre ich dich vielleicht endlich los. Das wäre ein Anfang.«

Herbie scherte sich nicht darum, dass die Menschen in den vorbeifahrenden Autos ihm dabei zusahen, wie er mit jemandem sprach, den niemand sehen konnte. Heutzutage kommunizierten die Menschen über Knöpfe im Ohr oder über Handys, die ihnen um den Hals baumelten. Er war mit seinen vermeintlichen Selbstgesprächen längst keine Attraktion mehr. Dennoch bemühte er sich, im Alltag das Vorhandensein seines imaginären Freundes so weit es ging zu verheimlichen.

Es gelang ihm nicht immer. Viele hielten ihn für einen Spinner. Er hatte gelernt, damit zu leben.

So langsam entwickelte der Sommertag eine gewisse Schwüle. Herbie hatte das Gefühl, die Schweißflecken unter seinen Armen müssten mittlerweile die Größe von Liechtenstein erreicht haben.

Er seufzte erleichtert auf, als der Wagen etwa eine halbe Stunde später gleich auf Anhieb ansprang. Unentwegt hatte er stumme Stoßgebete gen Himmel geschickt, während er auch noch das letzte Tröpfchen aus dem Kanister herausgeschüttelt hatte.

Die Styroporbox auf dem Rücksitz, die er umständlich mit den Sicherheitsgurten und einigen Spannseilen gesichert hatte, fühlte sich noch vergleichsweise kühl an. Das war gut. »Wir schaffen es vielleicht noch, Julius«, rief er und gab Gas.

In diesem Moment klingelte sein Handy.

»Wo um alles in der Welt bleibst du? Wir warten, du nichtsnutziger Versager!«, plärrte Tante Hettie am anderen Ende. Ihre Stimme hatte einen schneidend scharfen Ton, der irgendwo zwischen Kreissäge und dem Geräusch von Fingernägeln auf einer Schultafel einzuordnen war.

»Bin gleich da«, sagte Herbie knapp. »Schlechte Verbindung … Eifel … hörst … muss … Minuten …« Dann brach er das Gespräch ab und fuhr los.

Auf den Trick fällt sie schon seit Jahren nicht mehr rein.

Herbie trat das Gaspedal durch, überholte in einer besonders unübersichtlichen Kurve einen Opel mit Düsseldorfer Kennzeichen, wich nur knapp dem Gegenverkehr aus und ließ rings um sich herum die Hupen aufheulen.

»Wir schaffen es vielleicht noch, Julius«, wiederholte er sein Mantra.

Als er Blankenheim hinter sich gelassen hatte, arbeitete sein Verstand fieberhaft. Durch das Ahrtal ging es zermürbend langsam voran. Die nächste Baustelle lauerte zwischen Ahrhütte und Lommersdorf, wo die Straße bergab nur einspurig befahrbar war. So war es jedenfalls am Vortag noch gewesen. Das konnte sich in diesem Sommer jedoch stündlich ändern. Der Verkehr bergauf in Richtung Autobahn wurde daher über Reetz umgeleitet, und das bedeutete, dass sämtliche Sprudellaster aus Daun und Gerolstein mit enervierender Langsamkeit über die kleinen Sträßchen tuckerten. Wie konnte er das umgehen? Gab es da nicht einen Schleichweg am Freilinger See, der ihm weiterhalf? Wie erwartet tauchte die Sperre kurz vor Ahrhütte auf.

Ein Langholzlaster quälte sich gerade um die Kurve. Das ging jetzt bis Tondorf so, wie Herbie sein Glück kannte. Vor dem LKW kroch ein Pritschenwagen, davor ein Reisebus vom Niederrhein, und vor der nächsten Linkskurve war noch ein holländischer Van zu erkennen. Herbie hatte das Fenster heruntergekurbelt. Die Sommerluft war gesättigt mit Abgasen.

Er sah wieder auf sein Handy. Nein, das wurde nichts mehr. Außer …

»Weißt du was? Ich habe die Schnauze voll von diesen dämlichen Umleitungen! Die können mich mal!« Herbie riss ganz unvermittelt das Steuer herum und lenkte den Wagen rechterhand in die Einmündung eines Wirtschaftswegs. »Ich versuche jetzt mal was.«

Berühmte letzte Worte.

»Jede Wette, der Weg führt parallel zur Straße geradewegs den Berg rauf. Nach Norden.«

Tut er nicht, du Westentaschen-Marco-Polo. Guck mal da vorne. Julius' Finger wies auf eine scharfe Linkskurve vor ihnen. Der Weg führte durch einen kleinen Tunnel geradewegs unter der Straße hindurch, auf der sich die Blechlawine ihren Weg in Richtung A 1 bahnte. Von einer Parallele konnte keine Rede sein. Eine Möglichkeit zu wenden gab es nicht, und sie fuhren eine Weile im Zickzack zwischen Feldern und Wiesen hindurch und schließlich durch ein kleines Wäldchen. Die Fahrbahn wurde schmaler und schmaler.

Macht dich das gar nicht stutzig, dass du der Einzige bist, der diese superschlaue Abkürzung benutzt?

»Pass auf, wenn ich jetzt da vorne links abbiege, dann …«

Ja, wenn da ein Weg wäre.

»Dann vielleicht ein Stückchen weiter.«

Irre ich mich, oder fahren wir jetzt wieder südwärts?

»Ach was, das scheint nur so.«

Achte mal auf das Moos an den Bäumen. Weck mich, wenn wir am Äquator angekommen sind.

Herbie schwieg, und seine Finger klammerten sich mit der Kraft der Verzweiflung um das Lenkrad. Der Asphalt war fast unbemerkt zu Ende gegangen, und die Spurrillen im darauf folgenden trockenen Lehm waren so tief ausgefahren, dass der Wagen immer wieder in der Mitte aufsetzte.

Sag mal, war das nicht gerade ein Durchfahrt-verboten-Schild?

Herbie warf einen Blick auf die Uhr im Armaturenbrett. Na großartig, er hatte es wieder einmal vermasselt! Aus der erhofften Abkürzung war unversehens ein elender Umweg geworden. Sie galoppierten durch die Walachei, und gleich würden sie wahrscheinlich wieder an der Tankstelle von vorhin ankommen.

Ich glaube, ich habe da gerade etwas von einem Privatweg gelesen.

»Hauptsache, er führt uns halbwegs um diese elenden Baustellen herum. Hier im Nirgendwo stören wir ja wohl kaum jemanden, wenn …«

Vorsicht!

Im letzten Moment wich Herbie einer entgegenkommenden, älteren Frau auf einem Fahrrad aus. Als er an ihr vorbeischoss, hörte er ihre schrille Stimme: »Pass doch auf, du verdammter Idiot!« Ihre Augen waren schreckgeweitet, das graue Haar wehte im Fahrtwind, und sie bemühte sich mit energischem Griff, das Fahrrad wieder in die Spur zu bekommen.

Als er im nächsten Moment in den Rückspiegel sah, erkannte er inmitten der gewaltigen Staubwolke, die der Volvo hinter sich herzog, nur noch undeutlich ihre drohend emporgereckte, sich rasend schnell entfernende Faust.

Jetzt klingelte wieder sein Handy. Das war Tante Hettie, kein Zweifel.

Nicht auf das Handy gucken und auch nicht in den Rückspiegel. Blick nach vorne und die Hände in Zehn-vor-drei-Haltung ans Steuer!

Das Handy hörte nicht auf zu plärren. Herbie ging rasant in eine Kurve, und dann kam plötzlich etwas von rechts. Der große, plumpe Körper eines Tieres, ein gewaltiger, schwarzbrauner Koloss. Als der Wagen mit dem rechten Kotflügel auf den riesigen Leib traf, sah Herbie undeutlich zwei Hörner, zwei weit aufgerissene Augen und ein sabberndes Maul. Er kurbelte panisch das Steuer herum, der Wagen sprang aus der Spur, machte einen Satz in die Höhe und prallte gegen einen der Bäume, die links den Weg säumten. Herbie wurde auf seinem Sitz hin und her geschüttelt. Ein grässliches Geräusch gellte durch die Sommerluft. Blech verformte sich kreischend, und als der Motor ausging, zischte es laut durch die abrupt entstehende Stille.

»Julius, das ist … das war … War das etwa eine …?« Mit zitternden Fingern tastete Herbie nach dem Türgriff und ließ sich mehr nach draußen fallen, als dass er ausstieg.

Du meine Güte, das muss dir erst mal einer nachmachen. Kröten, Igel, Karnickel … das kann ja jeder. Aber ein Rindvieh?

»Das war doch keine Kuh!«, ächzte Herbie.

Wie man's nimmt.

»Das Tier, ist es …? Ich muss …«

Was denn? Vielleicht eine Mund-zu-Maul-Beatmung?

Das Rind lag wie ein großer, brauner Hügel auf der anderen Seite des Weges und rührte sich nicht mehr. Herbie machte ein paar wacklige Schritte auf den mächtigen Körper zu, als er spürte, wie seine Beine unter ihm nachgaben.

Er hauchte noch die Worte: »Ich muss nach den Schnittchen sehen, Julius«, dann brach er zusammen, und die Welt um ihn herum schien sich zu drehen, während sich langsam alles verfinsterte.

3. Kapitel

Eine erfrischende Kühle holte ihn in die Wirklichkeit zurück. Etwas legte sich auf Herbies Stirn, kalte Flüssigkeit perlte ihm die Schläfen hinunter.

Er versuchte, sich an die Momente vor seiner Bewusstlosigkeit zu erinnern. Es gelang ihm nur mit Mühe. An das komische Gefühl konnte er sich erinnern, als er sich plötzlich auf der anderen Seite der Erdkugel gewähnt hatte. Mundharmonikaklänge hatte er zu hören geglaubt und das Getrappel von Pferdehufen.

»Bin ich im Wilden Westen, Julius?«, hatte er gefragt.

Nein, du bist in der Eifel. Was aber in vielerlei Hinsicht ähnlich ist.

Hoch über ihm am Himmel hatten ein paar Vögel ohne Flügelschlag ihre Runden gedreht. »Sind das Geier, Julius?«, hatte er gefragt.

Nein, das sind Schwälbchen.

Dann war ein Cowboy aufgetaucht, dessen Silhouette sich gegen das flirrende Sommerlicht abzeichnete. Ein breitkrempiger Hut, eine massige Statur, darunter ein schnaubendes Pferd.

»Ist das ein Cowboy, Julius?«, hatte Herbie noch gefragt, bevor sich die Schatten über ihm zugezogen hatten.

Ja, ist es.

Mit Sicherheit hatte er halluziniert. Dann war er ohnmächtig in der Schwärze versunken.

Als er jetzt die Augen wieder aufschlug, erblickte er über sich ein Frauengesicht. Ein zierliches, junges Gesicht, hohe Wangenknochen, ein dunkler Teint, schwarzes, zu zwei Zöpfen geflochtenes Haar und ein tiefschwarzes Augenpaar, das ihn sorgenvoll betrachtete.

War das eine Indianerin?

Hinter ihr tauchte der Cowboy auf. Groß, breitschultrig und in einem schwer einzuschätzenden, aber deutlich fortgeschrittenen Alter. Na gut, die Halluzinationen hatten sich noch nicht verflüchtigt. Er würde einfach noch mal die Augen zumachen.

»Geh mal zur Seite, Chenoa«, tönte ein tiefer Brummbass, und das Gesicht des Mannes näherte sich Herbie mit prüfendem Blick, so als betrachtete er ein erlegtes Wild. »Sag ich doch. Ist nur zusammengeklappt. Kreislauf. Der wird wieder.« Die Haut des Mannes war faltig und gebräunt wie ein trockenes Fensterleder, der dichte Schnauzbart reichte grauweiß und buschig bis zum stoppeligen Kinn hinunter. Über den kleinen, hellblauen Augen wucherten struppige Brauen mit einem rötlichen Stich. Das Haupthaar war lang und strähnig und straff zum Pferdeschwanz zurückgebunden.

»Sag mal, Gringo, kannst du mich hören?« Eine riesige Hand wedelte vor Herbies Augen herum.

»Ja, kann ich. Wo bin ich denn?«, fragte Herbie.

Der Cowboy richtete sich wieder auf und legte den Arm um die zierliche Indianersquaw an seiner Seite. »Also okay, nur der Kreislauf«, polterte er. »Der ist gleich wieder auf den Beinen.«

Herbie hätte eigentlich gerne eine Antwort auf seine Frage gehabt. Er befand sich in einem Raum, dessen Wände grob verputzt und mit allerlei Fellen behängt waren. Über sich erkannte er eine grob zusammengezimmerte Decke aus dunklem Holz.

Neben einem offenen Kamin aus Bruchsteinen lehnte Julius an der Wand und hatte die Arme vor dem voluminösen Körper verschränkt. *Aha, lange genug geschlafen? Ziemlich schlappes Bild, das du abgegeben hast. Du hast keine Beule und keine Schramme, hast nicht mal was gequetscht oder gebrochen, und trotzdem lässt du dich von diesen freundlichen Menschen durch die Gegend tragen wie ein Sack Saatkartoffeln.*

»Weißt du was, Chenoa, geh uns mal einen Kaffee holen«, brummte der Cowboy. »Das wird ihn wieder mobil machen.« Und während seine Squaw sich entfernte, griff er sich einen Stuhl, stellte ihn vor Herbies Liegestätte und schwang sich rittlings darauf. Er legte die stark behaarten Unterarme auf der Lehne übereinander.

Er saß so, dass aus Herbies Blickwinkel zwei im Hintergrund an der Wand aufgehängte, gekreuzte Gewehre einen bizarren Strahlenkranz um seinen Kopf bildeten.

»So, wie geht das denn nun weiter mit uns?«, fragte er.

Herbie richtete sich langsam auf. Er fühlte sich immer noch leicht benommen. Seine Hände ertasteten ein Tierfell, das zusammen mit vielen anderen über das Bett gebreitet lag.

Julius kam näher und schürzte die Lippen. *Wirklich apart. Die machen hier alles aus Pelz. Sicher auch die Platzdeckchen und die Toilettenpuschelumrandung.*

»Also?«, raunzte der Cowboy. »Wie stellst du dir das vor?«

Herbie versuchte sich einigermaßen zu sammeln. Ihm war eigentlich noch nicht nach der Art von ausgefeilter Konversation, die hier offenbar von ihm verlangt wurde.

»Kriegst du noch auf die Reihe, was du da vorhin angerichtet hast?« Es klang lauernd.

Herbie wusste nicht, wie er es auf der Freundlichkeitsskala einzusortieren hatte. Er tastete sich zaghaft vor. »Tja, nun, da scheint mir wohl ein kleines Missgeschick unterlaufen zu sein.«

Ein paar Sekunden herrschte Stille.

Dann lachte sein Gegenüber unvermittelt los und schlug sich dabei vor Vergnügen auf die Schenkel. »Na, du bist mir ja 'n Spaßvogel! Missgeschick!«

Herbie lächelte schwach. »Ja, ich weiß gar nicht, wie ich es sonst …«

»Missgeschick!« Der Mann brüllte vor Lachen und wischte sich Lachtränen aus den Augenwinkeln.

Plötzlich brach das Lachen abrupt ab, die Mundwinkel senkten sich, und er reckte sich über die Rückenlehne des Stuhls weit zu Herbie herüber, das Kinn angriffslustig vorgeschoben. »Missgeschick ist ein verdammt dämlicher Ausdruck für das, was du dir geleistet hast, Freundchen!«

Herbie registrierte, dass auch an der Fensterseite des Raumes ein paar Gewehre an der Wand hingen. Er räusperte sich. »Was ist denn eigentlich genau …«

»Das kann ich dir sagen! Du hast mit deiner Dreckskarre meinen Privatweg benutzt! Großer Fehler Nummer eins! Du hast mein bestes Stück Vieh überfahren! Großer Fehler Nummer zwei!«

Auch über dem Kamin hingen Gewehre. Und über dem Bett, auf dem er lag. Er zählte insgesamt zwölf Flinten. Ihre Läufe glänzten matt, ihre hölzernen Schäfte und der darauf angebrachte metallene Zierrat glänzte wie frisch poliert.

Er hätte gerne etwas gesagt wie: »Nur zwei Fehler? Da haben wir aber noch mal Glück gehabt!«, fragte aber stattdessen lieber: »Ist das Tier … ich meine, die Kuh … Ist sie …?«

»Kuh?«, brüllte der Mann und sprang so ungestüm auf, dass der Stuhl polternd umkippte. »Hast du Greenhorn überhaupt eine blasse Ahnung von Rindern? Von Viehzucht? Was bist du für ein komischer Kauz, hä? Lebst in der Eifel und kannst nicht mal eine dusselige Milchkuh von einem stolzen Bison unterscheiden?«

»Bison?«

»Oh ja, Bison! Genauer gesagt: mein bester Zuchtbulle! Und du hast ihn auf dem Gewissen, du Strolch!«

»Aber ich habe ihn gar nicht überfahren. Im Grunde genommen hat er mit voller Wucht mein Auto gerammt, und …«

»Das ist mir scheißegal!« Der Mann ballte die gewaltigen Fäuste und brüllte wie ein Bär.

Jetzt reiz ihn doch nicht noch! Julius schüttelte den Kopf. *Er frisst dich sonst auf.*

»Deine Rostlaube – mein Weg! Mein Bison – dein Pech!« Ein ausgestreckter Zeigefinger, so dick wie eine Bratwurst, zitterte nur wenige Zentimeter vor Herbies

Nase. »Ja, genau, dein gottverdammtes Scheißpech! Das hast du nicht umsonst getan, du armseliger Wicht! Das wirst du bezahlen, hörst du?«

Wer erlaubt ihm denn, mit dir zu reden wie deine Tante?

Als sich in diesem Moment die Tür öffnete und die Squaw mit einem Tablett hereinkam, hielt der Mann abrupt in seiner Wutrede inne und atmete tief durch. Die Anwesenheit der Frau schien eine beruhigende Wirkung auf ihn zu haben.

Der Kaffee schwappte kohlrabenschwarz in der Tasse, die sie Herbie herüberreichte.

Aus Blech. War ja auch nicht anders zu erwarten.

»Trink einen Schluck, und dann reden wir weiter«, sagte der Cowboy jetzt in ruhigem Ton und richtete den Stuhl wieder auf. Er setzte sich hin und führte die Tasse zum Mund. »Aaah, heiß und stark, so ist er gut.« Er streichelte der jungen Frau zärtlich über die Hüfte.

Herbie nippte daran und hatte das Gefühl, den Mund voll flüssigem, heißem Teer zu haben.

Ist sicher vom Bau des Privatwegs übrig geblieben.

Er warf Julius einen hilfesuchenden Blick hinüber und würgte tapfer das abscheuliche Gebräu herunter.

»Chenoa, setz ruhig noch mal einen neuen Pott auf. Der Kerl muss zu Kräften kommen. Liegt ja schließlich ordentlich was an Arbeit vor ihm.«

Die Frau nickte stumm und verschwand wieder.

»Arbeit?«, fragte Herbie vorsichtig.

Du hast davon gehört. Julius grinste spöttisch. *Manche Leute vertreiben sich gerne die Zeit damit.*

Der Cowboy nippte am Kaffee, nickte und blickte nachdenklich in seine Blechtasse. »Arbeit, genau. Du scheinst ja von nichts eine Ahnung zu haben. Sicher kannst du dir überhaupt nicht vorstellen, was so ein Bisonbulle im besten Mannesalter wert ist.«

Zaghaft schüttelte Herbie den Kopf.

»Hm, na klar. Eine ganze Menge. So viel kann ich dir sagen. Wir haben deine schwindsüchtige Rostlaube in die Scheune geschleppt, die hatte ja schon vor dem Unfall nur noch Schrottwert. Wenn ich mir dich so angucke, dann habe ich nicht den Eindruck, dass du zur hiesigen Hochfinanz gehörst. Du wirst den Schaden also fein abarbeiten.«

Herbie kratzte sich am Hinterkopf und versuchte rasch, die Bausteine einer Notlüge zusammenzukratzen. »Äh, genau genommen habe ich keine Zeit für so was. Ich bin selbstständig. Kurierfahrer, wissen Sie?« Er dachte an die Schnittchen und versuchte den Gedanken an ihren Zustand nach den Turbulenzen des Unfalls zu verdrängen. Ebenso wie den an seine Tante, die ihn mit Sicherheit in einen ähnlichen Zustand wie den der Schnittchen versetzen würde, wenn sie ihn in die Finger bekäme. »Wichtige Güter von A nach B, wenn Sie verstehen, was ich meine.«

Julius kicherte vernehmlich.

»Verdient man da viel?« Der Cowboy trank wieder an seiner Blechtasse.

»Kommt auf die Waren an, die ich …«

Oh ja, mit kostbarem Weißbrot, wertvollem Räucherlachs und hochwertigen Gürkchen beispielsweise kann man schnell ein Vermögen machen.

»Hm, soso. Was denkst du, wie schnell hast du denn damit wohl einen mehrfach prämierten Bison-Zuchtbullen abbezahlt?« Er blickte Herbie lauernd über den Rand seiner Tasse durch die kleinen, aufsteigenden Dampfwölkchen an.

»Ist wirklich schwer zu sagen.« Herbie steckte in einer verdammten Klemme. Der Kerl würde auf keinen faulen Deal reinfallen.

»Nur so ungefähr. Sag mal, was denkst du? Bis wann hättest du die Kohle zusammen? Eine Woche? Zwei?«

Herbie blies die Luft aus den Backen. »Hui, zwei Wochen, da müsste ich …«

»Drei?«

»Ich weiß ja nicht mal, wie viel so ein Bulle kostet. Ehrlich, Sie kriegen das Geld, ich …«

Der Mann stellte bedächtig die Tasse auf einer Holztruhe ab, und im nächsten Moment schoss seine Hand nach vorne und packte ihn beim Hemdkragen. Herbie wurde von seiner pelzigen Ruhestätte in die Höhe gerissen, und das Gesicht des Cowboys war jetzt ganz nah vor seinem. »Pass mal gut auf, du Hanswurst. Auf so was lasse ich mich nicht ein. Ich werde nicht zulassen, dass du dich davonmachst und mich auf dem Schaden sitzen lässt, hörst du?«

»Aber ich versichere Ihnen …«

»Du wirst das hier abarbeiten, und damit basta!«

Zaghaft versuchte Herbie sich zu wehren. »Es ist wohl vielleicht doch besser, wenn wir das ganz offiziell klären lassen.«

»Offiziell?«

»Ja, ich glaube nämlich nicht, dass …«

»Ach ja? Wenn du denkst, du kannst die Polizei einschalten oder so was, dann kann ich nur sagen: Na, dann mach mal. Dann bist du nämlich zusätzlich auch noch deinen Führerschein los. Und dann ist Schluss mit Kurierfahrerei!«

In Herbies Kopf fanden zahllose Gedanken nur mühsam in so etwas wie eine Ordnung zurück. Ohne Führerschein war er in der Eifel schlichtweg aufgeschmissen. »Ich muss sagen, das kommt alles ein bisschen plötzlich.«

Ja, das wird sich auch der Bison gedacht haben.

»Sie müssen wissen, dass mir das alles unheimlich leidtut. Es war ja nur wegen dieser ganzen blödsinnigen Straßenbaustellen …«

»Ist mir egal, weswegen.« Der Mann stieß ihn zurück auf das Fell und rückte sich die speckige Lederweste zurecht.

»Ich konnte ja nicht ahnen, dass das ein Privatweg ist.«

»Blödsinn. Alles ordentlich beschildert. Red dich nicht raus. Wie heißt du überhaupt?«

»Herbert Feldmann. Meine Freunde nennen mich Herbie.«

»Gereon Schnorrenberg. Ich bin für alle der Marshal.«

Ei der Daus, ich hätte auf einen französischen oder asiatischen Spitznamen getippt.

Herbie machte eine unsichere Geste mit der Linken und wies auf die Einrichtung. »All das hier … Ihre Behausung, die Dame mit dem Kaffee, der Bisonbulle … Sie haben ein Faible für den Wilden Westen, hab ich recht?«

Der Marshal grinste und erhob sich. Den letzten Rest Kaffee schüttete er, offenbar aus alter Gewohnheit, in den offenen Kamin.

»Gut«, sagte Herbie. »Ich mache das. Ich kenne mich nicht aus mit Landwirtschaft … also mit der Arbeit auf einer Farm … oder Ranch. Aber ich bin nicht ungeschickt, und ich bin sicher, dass ich das schnell abgearbeitet habe. Wie viel noch mal, sagten Sie, kostet so ein Bulle?«

Laut lachend klopfte der Marshal ihm mit einer seiner Pranken auf die Schulter. »Prächtig! Los, komm, ich zeige dir mal die Ranch!«

Herbie war sich nicht sicher, ob der Mann die Frage tatsächlich überhört hatte oder ob er sich nur um eine Antwort drückte.

4. Kapitel

Ärgerlich, wirklich überaus ärgerlich! Alles war voller Staub! Käthi klopfte ihren hellen Sommermantel ab, blickte an sich hinunter und betrachtete verärgert ihre verschmutzten Halbschuhe. Dieser Flegel mit dem Auto hatte sie fast umgefahren. Sie hatte mit dem Fahrrad gerade noch die Balance halten können, sonst wäre sie mit ihren am Lenkrad schlenkernden Einkäufen unweigerlich im Brombeergestrüpp gelandet.

Dass sie genauso wenig etwas auf dem Privatweg zu suchen gehabt hatte wie der Fremde mit dem Volvo, war ihr ziemlich egal. Bei schönem Wetter ließ sie manchmal das Auto in der Garage und legte den Weg zum Einkaufen nach Blankenheim mit dem Fahrrad zurück. Sie nahm die Strecke an der alten Raketenstation vorbei über Mülheim. Das war zwar anstrengend, aber sie trieb ja sonst keinen Sport. Andere Seniorinnen gingen kegeln oder nahmen am Gymnastikkurs teil. Dazu hatte sie keine Lust. Es war ein berauschendes Gefühl der Freiheit, wenn der Fahrtwind an ihren Kleidern zerrte und ihre Frisur zerzauste.

Sie nahm die Tasche vom Lenker, vergewisserte sich, dass das Rad standfest an die Hauswand gelehnt war und holte erst dann den Schlüsselbund aus der Manteltasche. Manche Dinge würde man besser andersrum verrichten, aber die Gewohnheit machte einem dabei immer wieder einen Strich durch die Rechnung. Ohne die schwere Einkaufstasche abzusetzen, klimperte sie so lange einhändig mit den Schlüsseln herum, bis sie den für die Haustür gefunden hatte.

Im bunten Licht des alten, metallenen Vordachs mit den verschiedenfarbigen Glasscheiben steckte sie ihn ins Schloss und drehte um. Die Aluminiumtür schwang auf und schrammte wie immer leicht über die gelblichen Bodenfliesen des Hausflurs.

»Ich bin wieder da!«, rief Käthi außer Atem. Das prall gefüllte Einkaufsnetz war schwer. Sie stapfte durch die Tür linker Hand und wuchtete es auf den Küchentisch. »Hörst du, ich bin wieder da!«

Sie wischte sich eine Locke aus der verschwitzten Stirn und zog den Mantel aus. Den hätte sie eigentlich bei dem Wetter nicht gebraucht, aber in der Öffentlichkeit gehörte es sich nun mal so. Er war total verstaubt. Wirklich ärgerlich.

Ihr Mann saß auf der Terrasse. Genau da, wo sie ihn vor zwei Stunden mit dem Rollstuhl hingeschoben hatte. Nur gut, dass sie ihn so lange alleine lassen konnte. Der Aschenbecher quoll inzwischen fast über. Mit sehr langsamen, mechanischen Bewegungen seiner Linken griff er eine Spielkarte nach der anderen von dem Stapel und legte eine Patience. Er blickte nicht zu ihr auf.

Sie seufzte. Das mit den Karten war immerhin besser, als stundenlang fernzusehen. Sie hatte ihm zwar sein Vogelbeobachtungsbuch und das Fernglas bereitgelegt, aber das schien er gar nicht angerührt zu haben.

Käthi strich ihm über den Kopf. Sein weißes Haar richtete sich dabei auf, und sie glättete es rasch wieder. Das hatte er noch nie gemocht. Heute beschwerte er sich nicht mehr darüber. Er beschwerte sich überhaupt nicht mehr. Kein Maulen, kein Meckern … so manch andere Frau würde sich glücklich schätzen, aber Käthi vermisste doch manchmal sein aufbrausendes Temperament und seine Wutausbrüche. Damit war sie immer klargekommen. Manchmal wäre es ihr lieber, er würde noch einmal auf den Tisch hauen, aber sein rechter Arm hing schlaff und bewegungslos herunter. Wie schon seit sechs Jahren.

»Beinahe wäre ich vorhin von einem Auto umgefahren worden.« Sie goss ihm Apfelsaft ins Glas und schob es ihm auffordernd hin. »Umgefahren, hörst du? Das war haarscharf, kann ich dir sagen!«

Er sah langsam auf und richtete durch die Gläser seiner großen Brille einen ausdruckslosen Blick auf sie. Dann griff er nach dem Glas und trank.

Sie schenkte sich auch ein Glas ein und setzte sich neben ihn. »So ein Rowdy, der die Abkürzung über Gereons Grundstück genommen hat. Glaub mir, die Leute drehen noch völlig durch wegen all der Baustellen und Umleitungen.«

Ihr Mann setzte das Glas erst ab, als es ganz leer war. Dann musterte er sie wieder und gab einen fragenden Laut von sich. Manchmal schaffte er es, halbwegs verständliche Worte hinzubekommen, meistens waren es allerdings nur schwer zu deutende Töne.

Aber Käthi verstand ihn eigentlich immer. »Nein, mir ist nichts passiert. Trotzdem hätte ich dem Kerl gern mal die Meinung gesagt. Hast du Hunger?«

Er reagierte nicht und griff wieder nach seinen Karten. »Apollo, ich hab dich gefragt, ob du Hunger hast! Ich könnte was von gestern aufwärmen.«

Er schüttelte langsam den Kopf, und sie seufzte.

Während sie an ihrem Apfelsaft nippte, ließ sie den Blick durch den Garten schweifen. Es war nur ein sehr kleines Grundstück. Rasen, ein paar Ziersträucher, ein Staudenbeet und eine kleine Ecke mit Küchenkräutern. Wirklich klein, aber genau so war es gut. Das machte Arbeit genug. Das hintere Gartentörchen war total verrottet. Das würde sie als Nächstes reparieren. Sie kam gar nicht nach mit all den Arbeiten, die nötig waren, das Häuschen einigermaßen in Schuss zu halten. Sie dachte an die Begegnung mit dem Volvo zurück, und wieder kam ihr in den Sinn, dass ihr auf keinen Fall etwas passieren durfte. Wer würde sich um Apollo kümmern, wenn sie im Krankenhaus lag? Oder noch schlimmer …

Dieser Weg, der über Gereons Grundstück führte, war ein ewiges Ärgernis. Mehr als einmal hatte es Streit gegeben, den Gereon auf seine ganz eigene Wildwest-Art austrug. »Letzte Woche hat er die Dohmen-Schwestern bedroht«, spann sie ihren Gedanken laut fort. »Richtig bedroht, weißt du. Er würde ihnen eine Ladung Schrot in den Hintern jagen und so. Muss man sich mal vorstellen. Die haben sich wieder oben an der Hütte rumgetrieben, weißt du? Ich glaube wirklich, dass die einen Sprung in der Schüssel haben. Hast du im Wochenspiegel gelesen, was die da vorhaben? Nachtwanderung mit Geisterbeschwörung und allem möglichen Brimborium!« Sie blies verächtlich die Luft aus den Backen. »Die sind meschugge, aber total. Die sehen doch selber aus wie Gespenster. Und dass die sich für ihren Hokuspokus ausgerechnet die alte Hütte ausgesucht haben, also ehrlich. Eins ist mal sicher, der Gereon wird denen schon Beine machen, das kannst du mir glauben. So was Bescheuertes. Als ob die Leute deswegen hierhin kämen, lächerlich. Wegen so einem uralten Schauermärchen.« Sie trank das Glas leer.

Ein Vogel sang besonders laut, und sie griff nach dem Fernglas, aber bevor sie ihn ausfindig machen konnte, war er schon weggeflogen. Ihr Blick wanderte weiter, hinüber zum nahen Waldrand. Der Ginster stand schon seit Tagen in voller Blüte.

Unwillkürlich kam ihr der alte Kinderreim in den Sinn, den hier in dieser Ecke der Eifel jeder kannte: »Ginstermann, Ginstermann, schau mich nicht so finster an«, murmelte sie nachdenklich.

Der Fokus ihres Feldstechers wanderte zum Dorf zurück, glitt über die Dachlandschaften aus meist matten und teils glänzenden, granitgrauen oder herbstlaubfarbenen Ziegeln, über die Schieferdächer und die alten Eternitwellplatten, in deren Furchen sich die Moosbrocken sammelten. Bei dem kleinen Haus in der Nähe der Kirche hielt sie inne. Die Rollläden waren schon wieder heruntergelassen. Aber sie war da. »Schrecklich, so was. Immer sind die Rollläden unten«, murmelte sie. Konnte man sich gar nicht vorstellen, so was. »Man kann doch nicht so ganz ohne Licht leben, oder? Wie ein Igel im Winterschlaf. Mitten im Sommer.« Sie wandte sich zu ihrem Mann um. »Hörst du, Apollo? Jeder hat sein Päckchen zu tragen. Du sitzt im Rollstuhl, und die Neue verträgt kein Sonnenlicht.«

Aber Apollo beugte sich mit leerem Gesichtsausdruck über die kleinen Spielkarten. Die Welt um ihn herum hatte er ausgeblendet. Und das würde sich nie wieder ändern.

* * *

Herbie stand etwas unsicher an der Seite von »Marshal« Gereon Schnorrenberg auf dem staubigen Platz vor dessen Bauernhof. Er fühlte sich immer noch unbehaglich. Eigentlich sogar noch unbehaglicher als vorhin, als er aus seiner Umnachtung aufgewacht war. Und er wusste nicht, wohin mit seinen Händen.

»Diese Ranch«, sagte der Marshal voller Stolz und steckte die Daumen in die Armlöcher seiner Lederweste, sammelte geräuschvoll Speichel in seinem Mund und spuckte auf den Boden. »Die habe ich nach einem Original-Vorbild aus Kentucky gebaut. Die können das. Wenn's sein muss, sogar völlig ohne Maschinen und so. Nur mit Muskelkraft und Äxten.« Er grinste schelmisch. »Geht aber leichter mit Kran und Bagger und so. Die dicksten Hölzer haben einen Durchmesser von einem Meter, weißt du?«

Meine Güte, du bist ja ganz aus dem Häuschen vor Begeisterung. Julius beschattete mit der flachen Hand seinen Blick und spähte in die Ferne. *Hier weht doch der Geruch von Freiheit und Abenteuer. Davon träumt doch jeder deutsche Knabe, seit er die ersten Zeilen von Karl May gelesen hat.*

Während der Marshal sprach, nickte Herbie fortwährend, so als wäre er ungemein interessiert an den Ausführungen des Mannes, bei dem er sich nicht so recht entscheiden konnte, ob er ihn Gastgeber oder Gefängniswärter nennen sollte. Er zwang sich zu einem halbwegs anerkennenden: »Donnerwetter.« Das Hauptgebäude des Anwesens bestand aus gewaltigen Baumstämmen, die auf Blockhaus-Art zu Seitenwänden aufeinandergeschichtet worden waren. Es sah tatsächlich beeindruckend aus, und Herbie konnte das selbstzufriedene Gefühl des Besitzers nachempfinden. Ein wenig vermisste er freundliche Farben. Hellbraun, dunkelbraun, mittelbraun … alles war holzfarben.

Es gab eine ausladende Veranda und mehrere Schuppen und Scheunen, deren Größe und Anordnung sich ihm noch nicht ganz erschlossen. Verschachtelt standen sie verstreut über das ganze Anwesen.

»Komm mit.« Der Marshal stapfte voran.

Das Einzige, was ich vermisse, ist das passende Sporenklirren.

Als sie um die Ecke des Hauptgebäudes bogen, weitete sich der Blick. Hier begannen die Pferche, ebenfalls umzäunt mit Holzbalken. Nach Osten ging das Gelände in weitläufiges Weideland über. Nichts erinnerte hier mehr an die Eifel. In der Ferne erkannten sie friedlich äsende Rinder. Ihre gewaltigen Köpfe wiesen sie als Bisons aus. Selbst in dieser Entfernung wirkten die Tiere mächtig und kraftvoll.

Kaum zu glauben, dass du eins von den possierlichen Kälbchen plattgemacht hast. Julius hatte dieselbe Positur eingenommen wie der Marshal und steckte ebenfalls die Daumen in die Armlöcher seiner Tweedweste.

»Sind sie nicht schön?«, brummte der Marshal. »So etwas findest du im Umkreis von mehreren Tagesritten nicht noch mal. Es ist das edelste Vieh, mit dem man überhaupt Handel treiben kann. Mutter Natur hat sie prachtvoll gedeihen lassen, nicht wahr?«

»Ähm, ja, kann man nicht anders sagen«, murmelte Herbie. »Sie züchten die?«

»So ist es.« Der Marshal spuckte wieder.

»Zum … also als … für die …«

»Fleischproduktion. Ich könnte jedem Einzelnen von ihnen hinterherweinen …« Er räusperte sich vernehmlich. »Aber ich weine nicht.«

Sollte Herbie jetzt nicht etwas Pietätvolles sagen? Eine Art Beileidsbekundung wegen des toten Tiers?

Versuch es doch mal mit so etwas wie »Das kleine, nimmermüde Herzchen hat aufgehört zu schlagen« oder »Ich wünsche gute Erholung in den ewigen Jagdgründen!«.

Herbie entschloss sich, das Thema zu meiden. »Nun, ich kann jedenfalls kräftig anpacken. Für ordentliche Arbeit bin ich mir nicht zu schade. Je schneller ich den Schaden abgearbeitet habe, umso besser, was?« Er strahlte den Marshal an. »Was soll ich tun? Bisons melken? Stall ausmisten und solche Sachen?«

»Die haben keinen Stall«, sagte der Marshal mit verächtlichem Unterton.

»Keinen Stall? Im Winter …«

»Die vertragen minus fünfzig Grad.«

»Ah, okay. Na, irgendwie werde ich mich schon nützlich machen können. Ist ja ein ganz schön großes Gelände.« Er machte eine weitschweifige Handbewegung.

Am Rande der Pferche, etwas versteckt hinter einem Stapel alter Metallfässer, entdeckte er eine graue Plane, unter der ein großes, buckliges Etwas ruhte. Kein Zweifel, darunter wartete etwas auf den Abdecker.

Herbie warf dem Marshal, dem nicht entgangen zu sein schien, dass er das dort Verborgene entdeckt hatte, rasch einen Blick zu. »Oh, ist das etwa …«, fragte er zaghaft.

»Jawohl.« Der Marshal nickte bedächtig. »Zugedeckt. Muss ja nicht jeder gleich sehen. Sieht scheußlich aus.«

Herbie schluckte laut.

»Völlig verbeult, deine Karre.«

Julius prustete. Ansonsten war es still. Irgendwo am Himmel schrie ein Bussard. Die Sonne brannte auf sie herunter. Und auch auf die Plane, unter deren Saum Herbie jetzt tatsächlich ein verbeultes Stück eines roten Kotflügels ausmachte.

»Könnte ich es wohl in eine Werkstatt …«

»Zu spät. Ich habe dem Anlasser eine Ladung Schrot verpasst.«

»Sie haben …«

»Oh ja, ich habe ihm den Gnadenschuss gegeben. Vergiss nicht: Du hast meinen Zuchtbullen auf dem Gewissen. Du und deine lausige Dreckskarre!«

»Aber …«

Die Augen des Marshals funkelten ihn gefahrverheißend an. »Wir haben eine Abmachung, Bürschchen. Wenn du den Schaden abgearbeitet hast, kriegst du deine Rostlaube zurück. Bis dahin bleibt sie da stehen.«

Fassungslos starrte Herbie auf den kleinen Hügel.

Für ein paar Momente schwiegen sie. Herbie, weil sich Ende und Anfang des unglückseligen Zusammenhangs von Schuld und Sühne miteinander verknüpften und sich im Kreis zu drehen begannen, und der Marshal, weil er offenbar genau dies zu ahnen schien und der bitteren Erkenntnis den nötigen Raum gewähren wollte.

In der Ferne zerriss das Aufheulen einer Motorsäge die Stille.

Der Marshal wandte sich abrupt um und schritt weit aus. »Na los, komm weiter, Greenhorn.«

Du kannst mich totschlagen, aber ich fange wirklich an, Gefallen an dem Typen zu finden. Julius schüttelte kichernd den Kopf. *Der ist völlig meschugge. Ein gefährlicher Wahnsinniger, gar kein Zweifel. Ich freue mich, dass wir offenbar noch ein bisschen bei ihm bleiben werden.*

Herbie blickte noch einmal über die Schulter zu seinem Auto hinüber. Auf dem Rücksitz ruhte das Catering für seine Erbtante. Unwillkürlich drängten sich Bilder vom vermutlichen Zustand der Lachsschnittchen in seine Gedanken. Munter sich emporkräuselnde Weißbrotecken und bläulich-grünlich schimmernder Lachs in großen, trüben Pfützen geschmolzener Meerrettichsahne. Was sollte er nur seiner Tante sagen?

In einer Senke vor ihnen tauchte, nachdem sie eine große Buchenhecke umrundet hatten, ein großes, quadratisch angelegtes, schmuckloses Haus mit flachem Walmdach auf. Das Gebäude fiel völlig aus dem Rahmen des restlichen Komplexes. Die blassgelbe Rauputzfassade und die weißen Kunststofffenster, umrahmt von verblassten, ehemals moosgrün gestrichenen Fensterlaibungen, deuteten auf eine Errichtung in den Achtziger- oder Neunzigerjahren hin.

Der Marshal steckte Daumen und Zeigefinger der rechten Hand in den Mund und schickte einen gellenden Pfiff durch die schwüle Sommerluft.

»Was ist das denn für ein Haus?«, fragte Herbie.

»Hier wohnst du.«

»Wohne ich?«

»Ja, klar. Willst du etwa jeden Tag zu Fuß nach Hause und wieder zurück zur Arbeit marschieren?«, fragte der Marshal verächtlich. »Ohne Auto. Und ohne Bus oder Bahn.« Er beugte sich zu Herbies Ohr hinunter und raunte mit dem gefährlichen Unterton boshaften Vergnügens hinein: »Hier draußen gibt es nämlich nichts! Überhaupt nichts! Und jeder Taxifahrer, der sich in die Nähe traut, wird nicht schnell genug wenden können, um meine Flinte im Rückspiegel zu sehen.«

Lustig! Ein waschechter Psychopath! Das werden sicher ein paar heitere Tage, hier auf der Ponderosa!

Herbie schluckte schwer. Vielleicht würde ja seine Tante kommen, um ihn und ihre vergorenen *petit fours* zu retten. Er tastete in seiner Tasche nach dem Handy. Zuerst in der rechten Tasche, dann links … Da war nichts!

Dem Marshal entging das nicht. »Und Handyempfang gibt es hier natürlich erst recht nicht.« Er griff in die Seitentasche seiner Weste und förderte ein kleines Gerät heraus. Herbies Handy! Der Marshal begann, heiser und dröhnend zu lachen.

Er warf es ihm zu, und Herbie fing es ungeschickt auf. Tatsächlich, kein Netz.

In diesem Moment näherte sich mit schnellen Schritten eine kleine Gestalt. Das Männlein mochte auf die sechzig zugehen, hatte stoppeliges, graues Haar und ein Kinn, an dem es offenbar Rasiermethoden mit den unterschiedlichsten Gerätschaften auszuprobieren pflegte, denn mehrere Pflaster wechselten sich mit kleinen Inseln von wuchernden Bartstoppeln ab. Der kleine Mann steckte in einer zerschlissenen Jeans und trug ein hässliches, quer gestreiftes Poloshirt. Um Augen und Mundwinkel herum zuckte es nervös, und die knochigen Finger tanzten unentwegt durch die Luft.

»Da bin ich, Marshal«, sagte er atemlos. »Zur Stelle! Bin schon da.« Er tänzelte fortwährend von einem Fuß auf den anderen.

»Wo treibst du dich wieder rum?«

»Die Viehtränke hinter der Scheune hakt. Also geht nicht. Läuft nicht richtig. Klemmt irgendwie.«

»Okay, sieh zu, dass du das reparierst.«

»Mach ich, Marshal. Bin schon dabei. Also ist schon so gut wie erledigt.«

Junge, Junge, der beherrscht aber den Dreisatz.

»Aber vorher zeigst du deinem neuen Mitbewohner noch, wo er pennt.«

»Okay. Sicher. Geht klar.«

Der Marschall deutete mit dem Daumen auf Herbie. »Ihr werdet bestimmt gut miteinander klarkommen. Das ist Herbie.« Und dann wies er auf das Männlein. »Und das ist Hibbel.«

Hibbel, dessen Name mit beeindruckender Deutlichkeit Programm zu sein schien, packte Herbies Hand und schüttelte sie wie einen Knobelbecher. »Hibbel. Also so heiße ich nicht wirklich. Eigentlich Heinz-Willi, aber alle sagen Hibbel zu mir. Frag mich nicht, warum. Hibbel eben. Kannst du auch ruhig sagen. Freut mich, Herbie. Also, schön, dass du hier bist. Klasse Sache, Herbie.«

Herbie suchte nach einer unbenutzten Variation und kam nur auf: »Find ich auch toll.«

»Fein, dass ich ein bisschen Hilfe hab. Echt schön, prima. Komm mit, ich zeig dir deine Bude. Also dein Zimmer und so. Deine Bleibe quasi.«

Im Hintergrund schrie wieder die Motorsäge auf.

»So, und jetzt schleicht euch, Jungs. Nach dem Mittag geht es wieder an die Arbeit«, sagte der Marshal rau.

»Klar! Logisch! Selbstverständlich, Marshal!«

Mit hüpfenden Schritten und schlenkernden Armen eilte Hibbel voran auf das Bauernhaus zu, und es sah aus, als wären seine Glieder nur durch Einmachgummis miteinander verbunden. »Jetzt stell ich dir mal meine Mutter vor. Die wird uns was Leckeres zu Mittag gekocht haben. Riecht schon gut. Riechst du's? Ich finde, man kann es schon riechen.«

»Aber ich habe keine Klamotten zum Wechseln dabei«, sagte Herbie, als der Marshal sich außer Hörweite befand. »Keine Unterwäsche, keine Socken ... nicht mal eine Zahnbürste!«

»Mach dir mal keine Sorgen. Mutti legt dir was raus. Wir haben ja die gleiche Größe. Also ungefähr jedenfalls. Und die Sachen haben meinem Papa schon gepasst.«

Hui, da bin ich aber mal gespannt. Das wird ja immer toller hier! Julius rieb sich vergnügt die großen Hände.

5. Kapitel

Sie hätte gerne die Rollläden ganz hochgezogen, wenigstens einen, wenigstens im Wohnzimmer, aber das Licht schmerzte. Draußen war es Sommer. Eine Jahreszeit, die sie immer so sehr gemocht hatte. Bis vor zwei Jahren. Bis zu jenem schrecklichen Sommer, in dem alles endete.

Ihre Hand strich über den rauen Gurt der Läden, über die Blende aus Kunststoff, durch deren Öffnung er in der Wand verschwand. Zwei Handbreit über den Boden waren sie hochgezogen. Nur in der Küche ein wenig mehr. Da stand gleich vor dem Haus der gewaltige Walnussbaum und warf einen Schatten.

Schatten halfen, alles erträglicher zu machen, den Schmerz einzudämmen. Sie führte ein Leben im Halbdunkel, kannte bereits jede Kante der Möbel, auch wenn sie erst seit drei Monaten hier wohnte. Das Haus verließ sie, wenn es ging, nur am Abend, nach der Dämmerung, ging dort spazieren, wo keine Straßenlaternen standen, hatte schon die ganze Nacht auf dem Balkon gesessen, bis das Tageslicht am Horizont drohte.

Du bist ein Vampir, sagte sie sich, ein verdammter Vampir, der den goldenen Schein der Sonne meiden muss, weil er sonst unweigerlich zu Staub zerfällt.

Die Ärzte fanden nichts.

Die Ärzte wussten nichts.

All die Untersuchungen und Tests und Behandlungen waren unnütz und überflüssig. Der Schmerz in ihrem Kopf kam aus ihrer Seele. Etwas war da in ihrem Innersten, das sie am liebsten mit sich in die ewige Finsternis genommen hätte. Da, wo die Schatten unter sich waren.

Die Psychologen hatten nicht zu ihrem Kern durchdringen können. Wer weiß, vielleicht wäre es irgendwann gelungen, aber sie war es leid gewesen, sich diese Erklärungsversuche anzuhören und dieses geheuchelte Verständnis.

Es gab nur einen Weg, das alles zu beenden, und den hatte sie vor drei Monaten beschritten. Den würde sie zu Ende gehen.

Ihre Hand fuhr über die Raufasertapete. Ein Haus aus den Fünfzigern. Nicht einmal andeutungsweise ihr Geschmack. Aber es erfüllte seinen Zweck. Und es war ja nicht für lange Zeit …

Das Ende des Weges war nicht mehr weit.

Was sie dort erwartete, war noch nicht zu erkennen. Vielleicht war es schrecklich. Dann war sowieso alles egal. Dann würde sie weitergehen, einfach über das Ende hinaus. Dahinter würde sie dann in die Tiefe stürzen.

* * *

Herbie wusste nicht, was ihn mehr ängstigen sollte: der allgewaltige Möchtegern-Cowboy oder das bizarre Panoptikum, in dem er zwangsläufig die nächsten paar Tage würde verbringen müssen.

Je länger er darüber nachdachte, umso schwerer fiel es ihm zu glauben, dass Hibbel wirklich der Sohn dieser Frau sein sollte. Sie war fett, träge und kriegte beim Gehen kaum die Füße vom Boden. Jeder ihrer Schritte wurde von schlurfenden Geräuschen begleitet. Während Herbie und Hibbel einen Eintopf aßen, von dem sie nicht einmal andeutungsweise erkennen konnten, was alles an Zutaten darin verarbeitet war, drehte sie ununterbrochen ihre Runden um den Tisch und hielt dabei Schüssel und Schöpfkelle bereit. Wann immer bei einem der beiden der Boden des tiefen Tellers sichtbar wurde, schnellte ihre Rechte nach vorne und löffelte Nachschub hinein.

Irgendwann sagte Herbie ächzend. »Oh, nein danke, ich kann nicht mehr.«

Mit hängenden Mundwinkeln und gefährlich schmalen Augen knurrte sie: »Schmeckt es etwa nicht?«

Hibbel lachte nervös auf. »Doch, doch, Mutti. Ganz prima! Lecker, wirklich lecker! Also hat gut geschmeckt. Aber mit unseren kugelrunden Bäuchen können wir ja gleich nicht mehr richtig arbeiten, weißt du?«

Sie grunzte abfällig und schob ihren unförmigen Körper zum Herd. Geräuschvoll setzte sie den Kessel ab, und Herbie atmete dankbar auf.

Weißt du, was mich tröstet, mein Junge? Der Gedanke daran, dass ihr zwei jetzt ruhig platzen könntet und dass das hier in dieser hässlichen Küche keinerlei Schaden anrichten würde. Guck dich doch mal um. Meine Güte, ist das schäbig hier.

Überall hingen Kruzifixe, an denen verdorrte Palmzweige steckten. Es gab auch kitschige Makramee-Wandbehänge und jede Menge Fotos eines ziemlich hässlichen Kindes. Das musste Hibbel sein. Aber Herbie hatte keine Zeit, sich ausgiebig umzusehen, denn im nächsten Augenblick wurde ein Glasschüsselchen vor ihm auf den Tisch geknallt.

»Milchreis!«, jubelte Hibbel. »Oh, wie lecker, Mutti!«

Es gab nicht viele Dinge, die Herbie noch weniger mochte als Milchreis, aber der wässrige, lauernde Blick von Hibbels Mutter, die jetzt auf dem Stuhl auf der anderen Seite des Küchentischs Platz nahm, zwang ihn, den Löffel in die farblose, zähe Pampe zu tauchen. Er zwang sich zu einem gequälten Lächeln und führte ihn zum Mund.

»Mmmmmhhh«, schwärmte Hibbel und sagte schmatzend: »Lecker, Mutti, leckerleckerlecker!«

Es schmeckte nach Milchreis. Nach wirklich üblem Milchreis. Herbie kaute darauf herum und versuchte, dem Blick der Frau auszuweichen.

»Wohnt ihr schon immer hier?«, fragte er.

»Nein, das ist das Haus von den Eltern vom Marshal. Aussiedlerhof aus den Siebzigern. Die Eltern sind schon lange tot. Und weil ich hier schon gearbeitet habe, bevor der Marshal kam, und weil die Mutti und ich nur so eine kleine, ömmelige Mietwohnung in Marmagen hatten, mit so einer winzigen, steilen Treppe und mit Ölheizung, da hat der Marshal gesagt, wir könnten doch auch hierhin ziehen. Da bräuchte ich nicht immer mit dem Mofa hin- und wieder zurückzufahren und so.«

Herbie begann, die Strukturen von Marshal Gereon Schnorrenbergs Systems zu erahnen.

»Er ist sehr großzügig zu uns. Stimmt doch, oder, Mutti?«

Seine Mutter bewegte sich nicht. Nur ihre schmalen Lippen zuckten ein wenig.

Julius stand direkt neben ihr und beugte sich mit forschendem Blick zu ihr hinunter. *Sieh mal hier. Hängt da ein Bröckchen Milchreis in ihrem Damenbart?*

Herbie konzentrierte sich auf Hibbel, der mit zitternden Fingern und unter elendem Geklimper die letzten Reste aus seinem Glasschüsselchen kratzte und schmatzend verschlang. »Und ihr wohnt hier nur zu zweit?«

Hibbel strahlte ihn an. Alle paar Sekunden zuckte es in einer anderen Ecke seines Gesichts. »Toll, oder? Man darf nicht vergessen, dass wir vorher nur zweiundvierzig Quadratmeter hatten und jetzt hundertzwanzig! Aber jetzt wohnst du ja auch noch hier. Das wird schön. Mutti und ich gucken uns gerne Rosamunde-Pilcher-Filme an. Magst du die?«

»Geht so«, murmelte Herbie. »Ich hätte schwören können, ihr guckt Western.«

Hibbel lachte laut. »Die auch! Ab und zu leiht uns der Marshal ein paar DVDs. Er hat über zweihundert Western auf DVD. Toll, oder?«

»Ehrlich gesagt mag ich keine Western.«

Hibbels Gesichtszüge schienen für einen kurzen Moment einzufrieren. Dann lachte er nervös und sprang plötzlich auf. »Und jetzt müssen wir weitermachen! Macht sich ja nicht von selber, die ganze Arbeit. Bleibt ja sonst liegen. Erledigt sich ja nicht von selbst. Muss ja nun mal getan werden.«

Herbie erhob sich ebenfalls. »Vielen Dank für das Mittagessen, Frau …«

Die dicke, alte Frau blickte über die Schulter halbwegs in seine Richtung und grunzte. Sie vermied es, ihn direkt anzusehen.

»Stüsser«, sagte Hibbel. »Wir heißen Stüsser.« Er drehte sich zu seiner Mutter um. »Heute Abend Schnittchen, Mutti? Gibt doch Schnittchen, oder?« Und zu Herbie gewandt: »Mutti macht nämlich immer leckere Schnittchen, weißt du?«

»Schnittchen«, ächzte Herbie.

Schnittchen! Julius grinste von einem Ohr zum anderen.

6. Kapitel

Mit einem leise sirrenden Geräusch sprang die kleine, metallene Feder durch die Luft. Sie sahen sie noch für den Bruchteil einer Sekunde, und dann war sie im Gras verschwunden. Hibbel sog scharf die Luft zwischen den Zähnen ein und starrte Herbie mit großen Augen an. »Oh Scheiße, das war die …«

»Die Feder«, sagte Herbie finster. »Sagtest du nicht vorhin, auf die müsste man besonders gut aufpassen?«

»Wegen dem hohen Gras. Und weil die doch so klein ist.«

»Stimmt, genau das hast du gesagt.«

Hibbel ließ sich auf die Knie fallen und fächerte nervös mit den Händen die Grasbüschel am Fuß der Viehtränke auseinander. »Die ist sehr klein, weißt du.«

Und das Gras sehr hoch. Das hat er jetzt schon sieben Mal gesagt.

»Und das Gras ist ja nun auch ziemlich hoch.« Hibbel wimmerte leise. »Deshalb muss man auf die Feder besonders aufpassen.«

»Die findest du im Leben nicht mehr wieder.«

»Muss ich aber! Ich habe hier alles Mögliche, Schräubchen, Mütterchen, Unterlegscheibchen …« In epischer Breite hatte Hibbel ihm vorhin all seine Schätze vorgestellt und mit fahrigen Bewegungen in der Schubkarre, mit der sie das ganze Werkzeug zum Einsatzort transportiert hatten, hin und her geschoben. »Schräubchen habe ich in allen Größen, kleine, große, verzinkte, Schlitz, Kreuz, Linsenkopf, versenkbare …« Aus seinen Worten hatte großer Stolz gesprochen. »Ich bin bestens sortiert. Guck hier, die Schraubenzieher! Und zwei Sätze Bits! Und Maul- und Ringschlüssel, alles, alles, alles da!«

»Gehört dem Marshal?«, hatte Herbie gefragt.

»Nein, alles meins! Ich arbeite nur mit eigenem Werkzeug. Gehört mir. Ist meins.« Er zwinkerte Herbie zu. »Da weiß man, was man hat. Und so helfe ich dem Marshal auch ein bisschen sparen. Der ist ja sowieso ganz schön großzügig. Ich werde fürstlich entlohnt. Doch, doch, kann man nicht anders sagen. Mutti und ich haben's gut getroffen. Ich weiß gar nicht, was die anderen immer so maulen von wegen Mindestlohn und so. Die kriegen den Hals nicht voll.«

Herbie horchte auf. »Du kriegst keinen Mindestlohn?«

Hibbel hatte ihn mit einer Mischung aus Empörung und Unverständnis angesehen und gesagt: »Na, sag mal, welcher Arbeitgeber soll sich das denn leisten können?«

Während der ganzen Vorbereitung zur Reparatur der klemmenden Viehtränke hatte er unablässig Maul- und Ringschlüssel, Schräubchen und noch vieles mehr in der metallenen Schubkarre hin und her geschubst. Mit wild zuckenden Bewegungen und unter elementarem Lärm. Und dann hatte er plötzlich innegehalten und

Herbie bedeutungsvoll angesehen und gesagt: »Nur eine Feder habe ich nicht! Auf die müssen wir höllisch aufpassen!«, und in seinem Gesicht war kein noch so winziges Zucken zu sehen gewesen.

Und jetzt war diese Feder weg.

»Auweiauweiauwei, die finde ich doch nie mehr wieder!« Hibbel krabbelte mit sprunghaften Bewegungen durch das Gras wie ein kleines Tier, das einer Maus hinterherschnüffelt.

Herbie schüttelte resigniert den Kopf und schloss für einen Moment gepeinigt die Augen. Er lehnte sich an die bauchhohe Metallsäule, an deren oberem Ende ein Trinknapf angebracht war, in dem für gewöhnlich das Vieh durch Druck gegen einen Hebel die Wasserzufuhr auslösen konnte.

Du stehst nur rum und tust nichts. Mach dich doch mal ein bisschen nützlich.

Herbie guckte seinen Begleiter giftig an. Er hätte zu gern etwas erwidert, aber das hätte Hibbel vermutlich endgültig durchdrehen lassen.

»Kann ich inzwischen irgendwas anderes erledigen?«, fragte Herbie mühsam beherrscht.

Schräubchen und Mütterchen und Unterlegscheibchen sortieren womöglich?

Hibbel hielt kurz inne und guckte zu ihm auf. »Was anderes?«

»Ja, gibt es irgendwas, das ich …?«

»Was anderes zu tun?«

»Irgendet…«

»Du willst was anderes tun?«

»Ja!« sagte Herbie, vielleicht eine Spur zu laut.

Hibbel zuckte zusammen. Er verharrte nachdenklich in seiner knieenden Position und rieb sich das bepflasterte Kinn. »Hmmm … Der Stacheldraht! Die Drahtrollen. Du könntest die Drahtrollen schon mal zum Waldrand fahren.«

Das klang nach einer klar umrissenen, leicht zu erledigenden Aufgabe.

»Super!«, sagte Herbie. »Wo sind diese Drahtrollen?«

»Die Drahtrollen? Die sind … also wie soll ich dir am besten …«

»Wo?« Herbie schnitt ihm das Wort ab, und erneut fuhr Hibbel zusammen. In Herbie keimte zarte Hoffnung auf. Er hatte das Gefühl, endlich den richtigen Tonfall gefunden zu haben, mit dem er Hibbels Gestammel Einhalt gebieten konnte.

»In dem kleinen Schuppen links neben dem Haupthaus. Also der Schuppen, der …«

»Womit?«

Hibbel blickte zu der Schubkarre voller Werkzeug und Material. »Du könntest die andere Karre nehmen. Die hier ist ja voll mit Schräubchen, Mütterchen …«

»Wo?«

»Hinter der Garage ist eine grüne Holztür, da drin ist noch eine andere Schubkarre, mit der du …«

»Wohin?«

»Na ja, da hinten hin. Zum Waldrand. Da ist der Zaun ziemlich löchrig, und bevor noch mal so was passiert wie heute Vormittag, da …«

»Wohin genau?«

Hibbels Finger zitterte so sehr, dass Herbie nur grob erahnen konnte, um welche Stelle es sich handelte. Aber das reichte ihm. »Okay, ich erledige das mit dem Stacheldraht. Und dann komme ich wieder hierher.«

Hibbel raufte inzwischen schon wieder wie ein Irrer die Grasbüschel.

»Viel Glück!«, sagte Herbie halbherzig.

»Auweiauweiauwei!«, jammerte Hibbel. Und noch einmal gemeinsam mit Julius im Chor: »Die finde ich doch nie mehr wieder!«

Herbie ging an dem Gatter entlang auf die Ranch zu. Das Gelände war hier leicht abschüssig. Er versuchte, das Bild des großen Areals einigermaßen zu sortieren. Es waren mehrere Gebäude unterschiedlicher Größen, die kreuz und quer auf dem Gelände um das Haupthaus herum verstreut lagen. Die ganze Anlage schien reichlich ungeplant zu dem herangewachsen zu sein, was sie jetzt war.

Als er um die Ecke der großen Scheune bog, hörte er wieder das Kreischen der Säge, und neugierig näherte er sich der Stelle, wo es herkam. Das zweiflügelige Tor eines Schuppens stand halb offen. Als er hineinguckte, erkannte er einen Mann, der inmitten einer Ansammlung von Baumstämmen und hölzernen Pfosten mit einer Motorsäge hantierte. Er hatte Herbie den Rücken zugewandt und trug Ohrschützer. Kleine Wolken von feinem Sägemehl tanzten durch den grellen Lichtschein der Lampe über seinem Kopf. Woran er arbeitete, konnte Herbie von seiner Position aus nicht erkennen.

Der Lärm schmerzte in Herbies Ohren, und er setzte seinen Weg fort. Während der ganzen Zeit guckte er immer wieder zum Haupthaus hinüber, weil er das unbestimmte Gefühl hatte, beobachtet zu werden.

Es wird der Marshal sein. Behält dich im Auge, der Bursche. Für jede Minute Atempause zieht er dir eine halbe Stunde vom Lohn ab.

Aber es war Chenoa, die Indianerin.

Als Herbie sie hinter einem der Giebelfenster entdeckte, hob er zaghaft die Hand zum Gruß. Sie winkte lächelnd zurück und verschwand.

»Mal sehen«, sagte Herbie nachdenklich. »Hinter der Garage, hat Hibbel gesagt. Was ist wohl die Garage? Das da?« Er deutete auf einen kantigen Bau aus rötlichen Ziegelsteinen, der so gar nicht zu dem Rest der Gebäude passte. »Hat jedenfalls ein Garagentor.«

Tatsächlich fand er hinter dem Backsteingebäude einen weiteren Bretterverschlag.

Meine Güte, diese Ranch hat ja mehr Schuppen als ein ausgewachsener Dorsch.

»Mann, Julius, deine Kalauer waren auch schon mal besser«, knurrte Herbie und öffnete die von Hibbel beschriebene grüne Tür.

Oder als die Mutter von Hibbel.

»Erinnere mich nicht daran.«

Im Halbdunkel fand Herbie zwischen allerlei Gerümpel eine alte Schubkarre. Als er sie ins Freie rollte, ertönte bei jeder Umdrehung des Vorderrads ein schrilles Quietschen. Herbie seufzte. Als ob er es nicht schon geahnt hätte.

Den nächsten von Hibbel beschriebenen Schuppen fand Herbie links neben dem Haupthaus. Hier lagerten zahlreiche Rollen von chromglänzendem Stacheldraht.

Ich würde dir ja gerne helfen, alter Kumpel, aber … Julius breitete entschuldigend die Hände aus.

»Würdest du gar nicht. Es macht dir Spaß zuzugucken, wie ich mich quäle.«

Das ist jetzt aber ein bisschen vereinfacht formuliert.

»Ist aber so. Tja, mal sehen, das ist Stacheldraht. Da muss ich aufpassen …« Gleich beim ersten Handgriff stieß er sich einen der Drahtstachel tief in den linken Zeigefinger und fluchte laut.

Dennoch schaffte er es, zwei der großen Rollen ohne weitere Verletzungen auf die verbeulte Schubkarre zu hieven, und zog los – mit einem Quietschen, das ihm womöglich bald Zahnschmerzen verursachen würde.

»Nicht mal Mindestlohn. Der nimmt seine Leute ganz schön aus«, knurrte Herbie. »Und wenn ich das richtig verstanden habe, knöpft er Hibbel sogar noch Miete für die olle Bude ab.«

Er ist eben ein Menschenfreund, unser Marshal.

Als Herbie die Richtung ansteuerte, die Hibbel ihm gewiesen hatte, kam schon nach ein paar Metern unweigerlich die Zeltplane in Sichtweite, unter der sein Volvo begraben war. Er spielte kurz mit dem Gedanken, hinüberzugehen und einen Blick unter die Abdeckung zu werfen. Was würde er dort zu sehen bekommen? Hatten sich die *canapés* inzwischen aus der Kühlbox befreit und waren zu einer Forschungsreise durch das Wageninnere aufgebrochen?

In dem Moment hatte er wieder das Gefühl, beobachtet zu werden.

Als er zum Hausgiebel hinaufblickte, stand dort nicht Chenoa, sondern Marshal Schnorrenberg. Er hatte die Fäuste in die Seiten gestemmt und erwiderte Herbies halbherziges Winken nicht.

Schwungvoll rollte Herbie mit der nervtötend quietschenden Schubkarre in Richtung Waldrand. Ihm fiel ein, dass Hibbel gar nicht erwähnt hatte, wie viele Rollen gebraucht würden.

Schon nach hundert Metern lief ihm der Schweiß über die Stirn. Die Schubkarre ließ sich nur schwer über das unebene Gelände bugsieren, und ständig musste er von Muttis Eintopf aufstoßen. Wonach es schmeckte, wusste er immer noch nicht. Er hätte jetzt alles für ein kaltes Bier gegeben.

Machst du etwa schon schlapp?

»Nein, ich laufe gerade erst zur großen Form auf, Julius.« Wie zum Trotz holte er jetzt mit seinen Schritten weiter aus. Er musste damit anfangen, das Ganze als eine Art Fitnesstraining zu betrachten. Ein bisschen körperliche Betätigung hatte noch nie jemandem geschadet. Und Julius würde er damit zweifellos beeindrucken.

Weiter oben sah er die Bisons mit trägen Bewegungen über die Weide ziehen. Der Zaun um sie herum war mindestens zwei Meter hoch. Mit einem üblichen Weidedraht, durch den ein bisschen Schwachstrom floss, würden sich diese Kolosse vermutlich nicht aufhalten lassen.

Die Stelle am Waldrand, an der der Draht benötigt wurde, erkannte er auf Anhieb. Das Gras war hier kniehoch. Diese Fläche wurde offenbar im Moment nicht beweidet. An den Pfosten hingen ein paar Stacheldrahtstränge lose herab. Ja, hier waren mit Sicherheit ein paar Reparaturen nötig.

Als er die ersten Rollen abgekippt hatte und wieder talwärts rollte, durchströmte ihn ein Gefühl von Euphorie. Bei den restlichen Rollen würde er viel weniger Zeit brauchen, da er nun wusste, wo es langging.

Für die zweite Fuhre benötigte er anderthalb mal so lange.

Beim dritten Mal war es schon doppelt so lang.

Er fuhr insgesamt vierzehn Mal.

Hibbel war Gott sei Dank während der ganzen Zeit nirgends zu sehen.

Er wird immer noch sein kleines Federchen suchen. Eine anstrengende Tätigkeit. Während du hier mit ein paar läppischen Drahtrollen gemütlich die Zeit totschlägst!

Irgendwann hatte er die letzten beiden der insgesamt achtundzwanzig Rollen abgekippt und atmete tief durch. Der Muskelkater am nächsten Tag würde entsetzlich werden!

7. Kapitel

Er wollte gerade wieder die Hände um die Griffe der Schubkarre legen, um zur Ranch zurückzukehren, da erregte eine Bewegung zwischen den Sträuchern am Waldrand seine Aufmerksamkeit. Zuerst dachte er ganz unwillkürlich an einen der Bisons, der womöglich ausgebüxt sein könnte.

Julius, der wie immer seine Gedanken zu lesen schien, kicherte leise. *Stell es dir mal vor, das Riesenvieh, das auf Zehenspitzen durchs Unterholz schleicht!*

Da war es wieder. Dieses Mal folgte ein dumpfes Plumpsen.

Herbie eilte zu der Stelle, von der es kam. Als er ein paar Zweige zur Seite bog, sah er die plumpe Gestalt einer Frau, die am Boden kauerte und sich das Knie rieb. Neben ihr lag eine halb abgewickelte Kabeltrommel, von der aus sich eine Stromleitung im Gestrüpp verlor.

Die Frau war in schwarze Kleidung gehüllt. In den Falten ihres weiten, wollenen Umhangs hatte sich beim Sturz welkes Laub verfangen. Eine schwarze Mütze saß schief auf ihrem Kopf, und ebenfalls pechschwarze Locken fielen ihr in die Stirn.

»Was machen Sie denn da?«, fragte Herbie.

Schwarzarbeit womöglich?

»Ich bin hingefallen«, maulte die Frau. Ihre Stimme klang seltsam quäkend. Sie mochte etwa fünfzig sein, und ihre Augen waren von kräftigen, finsteren Kajalstrichen umrandet. Mühsam erhob sie sich und zupfte an ihrer schwarzen Kleidung herum. Ein silbern glänzendes Totenkopfmedaillon baumelte über ihrer voluminösen Brust. »Ich gehe hier nur spazieren.«

»Mit einer Kabeltrommel?«

Das macht man hier so. Du wirst dich wohl nie an die Sitten und Gebräuche der Ureinwohner gewöhnen. Manche gehen auch mit ihren Satellitenschüsseln Gassi.

»Wir dürfen das!«, kam eine schneidend scharfe Stimme von rechts. Herbie fuhr zusammen und entdeckte eine zweite Frau, die sich aus dem Halbdunkel des Waldes schälte. »Das Grundstück geht nur bis da!« Ihr ausgestreckter, schneeweißer Finger deutete ins Ungefähre. »Genau bis da vorne und nicht weiter! Der Wald ist Gemeindeeigentum, da haben Sie uns gar nichts zu sagen!«

Herbie hob beschwichtigend die Hände. »Schon gut, schon gut. Ist mir ja ganz egal, was Sie hier machen. Ich hatte nur ein Geräusch gehört.«

»Ich bin hingefallen, Doris«, quakte jetzt die Dicke. »Und das Knie habe ich mir dabei gestoßen.«

»Ich hab dir noch gesagt, du sollst aufpassen!« Die andere Frau schien zwar im gleichen Alter zu sein wie die Dicke und war ebenfalls ganz und gar in Schwarz gewandet, stellte aber ansonsten das genaue Gegenteil von ihr dar. Sie war anderthalb Köpfe größer und spindeldürr. Ihre Nase sprang hervor wie ein Papageienschnabel, und ihr Hals war lang und faltig.

Sie eilte mit großen Schritten auf Herbie zu, der sich gerade anschickte, sich zu entfernen. Laub raschelte um ihre schwarzen Schnürstiefel. Sie zerrte ein paar Mal an ihrem schwarzen Schal, der sich immer wieder im Dornengestrüpp verfing. »Halt! Warten Sie mal, junger Mann!«

»Was denn?«

Hau ab, Junge! Die beiden Vogelscheuchen sehen ja aus, als würden sie dich zum Abendbrot verspeisen wollen!

Im Nu hatte sie ihn erreicht und schob sich unangenehm nahe an ihn heran. »Wir haben uns nicht gesehen, können wir uns darauf einigen?«

»Wie bitte?«

Sie verdrehte die Augen. »Hören Sie, wir wollen keinen Ärger. Es ist nicht nötig, dass irgendwer erfährt, dass wir hier waren. Wir versprechen auch hoch und heilig, nicht über das Grundstück zu gehen.«

»Ja, genau, tun wir nie!«, plärrte die dicke Iris.

»Das Grundstück vom Marshal?«

»Vom Schnorrenberg, genau!« Die dürre Frau nickte heftig, und es sah so aus, als pickte sie mit ihrer Vogelnase nach Körnern. »Marshal … haha, das hört er gerne. Marshal, pah! Wenn er erfährt, dass wir hier waren, macht er wieder ein Mordstheater, der arme Irre. Dabei wollen wir nur alles vorbereiten und sind wieder weg, bevor einer was merkt.«

Aber du hast es doch schon gemerkt.

»Aber er hat es doch schon gemerkt!«, quakte Iris und kam durch das Unterholz auf sie zugehumpelt, in der Linken die sich weiter aufrollende Kabeltrommel.

»Ja, stimmt, ich hab's gemerkt. Kann aber unter uns bleiben. Erklären Sie mir denn wenigstens, was Sie hier vorhaben? Ich würde ganz gerne wissen, was ich nicht verraten darf.«

Die beiden Frauen tauschten ein paar schnelle Blicke aus. Es machte den Eindruck, als würden sie ihm misstrauen.

Die Dicke schob sich eine schwarze Strähne hinters Ohr und kräuselte abschätzig die Lippen. Die andere wackelte unsicher mit dem Kopf hin und her.

»Ich bin Herbie«, sagte er. »Mir könnt ihr's ruhig erzählen.«

»Na, also gut«, sagte die Dünne und trat hinaus aus dem Wald auf die Wiese. Sie reckte den faltigen Hals hin und her und schien sich vergewissern zu wollen, dass niemand sie beobachtete. »Ich bin Doris.«

»Und ich bin ihre Schwester, die Iris.« Die Dicke hatte wie aus dem Nichts eine Visitenkarte hervorgezaubert und reichte sie Herbie. Sie war natürlich schwarz.

Herbie las darauf in blassgrauen Buchstaben: *Gänsehautgrauen – Finstere Eifel-Touren, die Sie begeistern werden! Doris und Iris Dohmen, geprüfte Gästeführerinnen.* Es folgte eine Adresse in Weyer.

Er schaute auf und sah zwei Augenpaare auf sich gerichtet, deren Blick vor Stolz nur so strotzte.

»Das ist unsere kleine Firma!«, sagte Doris. »Meine Schwester und ich haben sie vor anderthalb Jahren gegründet. Wir machen geführte Nachtwanderungen zu schaurigen Orten in der Eifel.«

»Das gab es bis jetzt noch nicht. Wir sind die Ersten, die auf diese Idee gekommen sind! Das machen wir an festen Terminen, aber wir organisieren auch Komplettpakete für Firmen und Kegelclubs beispielsweise. Auch Junggesellenabschiede!«

»Ein Gruselausflug als Junggesellenabschied?« Herbie kniff skeptisch die Augen zusammen.

»Na ja, hatten wir bis jetzt noch nicht, könnte man aber durchaus machen.«

»An schaurigen Orten in der Eifel, sagt ihr?«

Oho, jeder Ort in der Eifel wird schaurig, wenn die zwei auf der Bildfläche erscheinen!

»So ist es! Leer stehende Höfe, verfallene Fabrikhallen, finstere Waldseen«, begann Doris aufzuzählen und berührte jeweils einen ihrer langen, schneeweißen Finger. »Es gibt Galgenberge und abgelegene Kapellen, Burgruinen und Höhlen! Die Eifel ist voll von Geistern! Und wir führen die Leute an diese schaurigen Stellen und lehren sie das Fürchten.«

Glaub ich aufs Wort!

»Und manchmal suchen wir sogar echte Spukorte auf! Plätze, an denen wirklich ein Gespenst umgeht!« Ein fiebriger Glanz trat in die Augen ihrer dicken Schwester. »So wie in diesem Wald!«

Herbie vergrub die Hände in den Hosentaschen und drehte sich ein bisschen unsicher hin und her. »Spukort? Hier?«

»Aber ja!«, kreischte Iris vor Vergnügen laut auf, schlug aber sofort im nächsten Augenblick die Hand vor den Mund. Die Schwestern schickten wieder hektische, suchende Blicke umher. »Aber ja!«, zischte Iris dann noch einmal leise.

Dann fasste Doris Herbie ganz unvermittelt an einem Zipfel seines Hemds und zog ihn mit sich zurück zwischen die Bäume. Sie wies in die Tiefe des Waldes. »Da hinten hat der Ginstermann gewohnt«, zischte sie ihm ins Ohr.

Hinter Herbies Rücken kicherte ihre Schwester leise.

Hilfe suchend sah Herbie zu Julius hinüber, der sich allerdings nur am Kopf kratzte und bedauernd mit den Schultern zuckte. *Ich hatte noch gesagt, hau ab! Jetzt ist dein Schicksal besiegelt, alter Knabe. In ein paar Stündchen werden sie sich die prall gefüllten Bäuche reiben und deine Knochen ablutschen.*

»Der Ginstermann?«

Zuerst lächelten sie über seinen vermeintlichen Scherz. Dann stahl sich Verunsicherung in ihre Mienen. Und schließlich starrten ihn die beiden Schwestern mit offenen Mündern an.

»Sag bloß, du hast noch nie vom Ginstermann gehört!«, sagte Iris empört.

Herbie deutete ein vorsichtiges Kopfschütteln an. »Sorry.«

Doris schloss gequält die Augen. »Der Ginstermann ist eine der berühmtesten Spukgestalten der ganzen Eifel«, erklärte Iris. »Hier hat er gelebt. Hier in diesem Wald.«

»Und er lebt hier immer noch!« Die Stimme ihrer Schwester wurde dunkel und kehlig, als käme sie geradewegs aus einem offenen Grab.

Jetzt guck nicht so verdattert. Wenn es einen gibt, der Leute sieht, die gar nicht da sind, dann bist du das doch wohl.

Julius grunzte amüsiert und schob die Augenbrauen in die Höhe.

»Dieser Platz ist einzigartig in der ganzen Eifel!« Iris fummelte wieder an ihrer Kabeltrommel herum. »Es gibt zahllose Spukgeschichten. Wiedergänger, Irrlichter, Werwölfe ... Aber es gibt so gut wie keine namentlich bekannten, nur einem einzelnen Ort zugeschriebenen Geister. Der Ginstermann ist etwas ganz Besonderes!« Ihre Schwester half ihr, eine große Plastiktüte um die Kabeltrommel zu stülpen. »Die wilde Jagd geistert in vielen Wäldern der Eifel umher. Mit lautem Getöse und Hundegebell und Hufgalopp. Auch die verfluchten Grenzsteinrücker, die als Wiedergänger ihre Schuld auf ewig sühnen müssen, gibt es auch fast in jedem Ort. Ebenso wie der Huckauf oder die Poltergeister. Aber den Ginstermann, den gibt es nur ein einziges Mal!«

»Und was habt ihr mit der Kabeltrommel vor?«

»Es wird eine wunderbar gruselige Inszenierung geben. In drei Tagen werden wir den Ginstermann leibhaftig spuken lassen!« Iris, die die verpackte Kabeltrommel im Laubteppich am Fuß einer Fichte verborgen hatte, rieb sich die Hände an ihrem schwarzen Wollkostüm sauber. »Stromgenerator und Nebelmaschine und Musikanlage bringen wir am Abend selber mit. Das kann man ja nicht im Wald rumstehen lassen, aber es ist gut, wenn schon mal stromtechnisch alles vorbereitet ist.«

Herbie lachte nervös auf. »Klingt toll. Wirklich spannend, diese Geschichte. Aber ich muss jetzt wieder ...«

Doris legte ihm die rechte Hand mit gespreizten Fingern auf die Brust und erhob die Stimme: »Ginstermann, Ginstermann, schau mich nicht so finster an … Das kennst du doch, oder?«

»Nein, tut mir leid. Wie war das?«

»Das ist nicht dein Ernst«, sagte Iris empört und schloss die Augen. Beschwörend breitete sie die Hände aus.

»Aus dem Himmel grau und finster,
streicht der Sturmwind durch den Ginster,
darfst Du nicht am Richtstein stehen,
sollst geschwind nach Hause gehen.
Denn es kommt auf leisen Sohlen
sonst der Ginstermann dich holen.«

Dann setzte ihre Schwester ein, und die beiden Stimmen wuchsen zu einem bedrohlichen Singsang an:

»Ginstermann, Ginstermann,
schau mich nicht so finster an.
Ginstermann, Ginstermann,
hast ein Leid mir angetan.«

Es herrschte ein paar Momente lang eisiges Schweigen, und es war nichts weiter zu hören als das flüsternde Geräusch der Baumwipfel, die der Wind hin und her tanzen ließ.

»Ein alter Kinderreim. Den kennt doch nun wirklich jeder.« Doris reckte ihre Adlernase in die Luft und warf einen spöttischen Blick auf Herbie herab.

»Bald wird es wieder gewittern«, sagte ihre Schwester düster. »Und in den Gewitternächten des Sommers streicht der Ginstermann durch den Wald.«

Herbie räusperte sich verlegen. »Na, dann werde ich wohl besser mal sehen, dass ich mich rechtzeitig davonmache«, sagte er und schob sich an den beiden vorbei in Richtung Waldrand.

»Und denk dran, wir sind nicht hier gewesen!« Doris wedelte eindringlich mit den weißen Händen.

»Schon klar, schon klar«, sagte Herbie und wünschte sich, es wäre die Wahrheit.

8. Kapitel

Herbie strauchelte aus dem Wald hinaus. Erst in diesem Moment wurde ihm der Temperaturunterschied bewusst. Augenblicklich war er wieder von der Schwüle des Sommertags eingehüllt.

Er blieb stehen und atmete tief durch. In der Ferne sah er ein paar der Bisons. Der Rest der Herde stand wahrscheinlich in einer Senke. Er sah das Haus, in dem Hibbel und seine Mutter wohnten, und weiter oben guckte der Giebel der Ranch hinter einem Hügel hervor.

»Julius, wir müssen hier weg!«

Wie meinen?

»Wir müssen weg, hörst du? Das sind ja lauter Bekloppte hier!«

Julius schob nachdenklich die Unterlippe vor. *Verstehe. Du wirst also zum Marshal gehen und ihn ganz freundlich um ein paar Tage Urlaub bitten?*

»Den Teufel werde ich tun. Wir machen uns klammheimlich aus dem Staub. Jetzt sofort!« Er versetzte der Schubkarre einen Tritt, sodass sie umkippte und zwischen ein paar leuchtend gelben Ginsterbüschen hindurch den Hang hinunterkullerte. Sie blieb verkehrt herum im Gras liegen und sah irgendwie entspannt aus, so als ruhte sie sich von der zurückliegenden Strapaze aus. Das Vorderrad, das sich langsam drehte, quietschte noch vergnügt vor sich hin.

»Siehst du den Weg da vorne, Julius? Der kommt von der Ranch. Ich habe keine Ahnung, zwischen welchen von den hundert und noch was verdammten Schuppen der da anfängt, aber der muss ja zwangsläufig irgendwo hinführen. Es kann ja nicht ewig dauern, bis wir an irgendeine menschliche Behausung kommen. Wir sind ja nicht in Sibirien.« Mit entschlossenem Schritt setzte er sich in Bewegung.

Zwar fühlte er sich immer noch vom Transport der Drahtrollen erschöpft, aber der spontane Entschluss, einen Schlussstrich unter das Wildwest-Abenteuer zu setzen, gab ihm neue Kraft.

Deinen kostbaren fahrbaren Untersatz willst du einfach zurücklassen?

»Fahrbar ist da gar nichts mehr dran. Du weißt es, Julius, der Wagen hatte sowieso nur noch Schrottwert. Soll der Cowboy ihn als kleine Wiedergutmachung behalten.«

Zuerst schlängelte sich der holprige Feldweg am Waldrand entlang, bevor er einen kleinen Schlenker zwischen mächtigen Fichten und einer kleinen Gruppe von Buchen machte. Ein Blick auf sein Handy zeigte ihm, dass es hier immer noch kein Funknetz gab und dass zudem der Ladezustand seines Akkus mittlerweile alarmierend gering war.

Als sie eine Weggabelung erreichten, hielten sie kurz inne. Zu seiner Linken erkannte Herbie zwischen den

Bäumen eine kleine Hütte aus Bruchsteinen. Die beiden vor ihnen liegenden Wege, die rechts und links an einem großen, weißen Stein vorbeiführten, sahen identisch aus. Keiner schien besser ausgebaut zu sein als der andere. Keiner versprach den schnelleren Weg in die Zivilisation.

Nun mal los, alter Trapper. Versuch mal ein paar Fährten zu lesen!

Herbie reckte den Kopf, um ein bisschen weiter sehen zu können. Er blickte zurück und erkannte in der Ferne ein Gebäude. War das die Ranch? Nein, keine Holzbalken. Es konnte sich nur um die rückwärtige Fassade des Hauses von Hibbel und seiner Mutter handeln. Dahin würde er auf keinen Fall zurückkehren! Also weiter voran! Aber für welchen der Wege sollte er sich entscheiden?

Also, ich würde den linken nehmen.

Mit einem trotzigen Grinsen nickte Herbie und ging nach rechts. Es dauerte nicht lange, und der staubige Weg ging in eine Schotterfläche über. Das war schon einmal verheißungsvoll.

Mit einem leisen Jubeln deutete Herbie nach einer Weile auf die vor ihnen liegende Stelle, an der der Schotter schließlich von einer Asphaltdecke abgelöst wurde.

»Sieg, Julius! Wir sind auf dem richtigen Weg!«

Na bravo, Lederstrumpf.

Und schließlich tauchten irgendwann am rechten Wegesrand die ersten Laternen auf. Rechter Hand plätscherte ein kleiner Bach träge den Berg hinunter.

»Na, das ist ja eine Überraschung!«

Herbie fuhr zusammen und erkannte am Bachlauf zwei Menschen, die ihre Rucksäcke ins Gras gelegt hatten und ihre Füße kühlten.

»Wo haben Sie denn Ihren Kanister?«

Es war das junge Pärchen von der Tankstelle.

Der schlaksige, junge Mann erhob sich und kam die Böschung heraufgeklettert. »Hat alles geklappt mit dem Auto und dem Tank?«

Nun ja, der Sprit hat jedenfalls schon mal bis zum nächsten Bison gereicht.

»Wir suchen einen Unterschlupf«, rief das Mädchen mit dem bunten Kopftuch und gesellte sich zu ihnen. Sie trat mit den nassen Füßen auf der Stelle und schüttelte ihre Hände trocken. »Kennst du dich hier aus?« Sie war einfach zum Du übergegangen.

»Eigentlich nicht«, sagte Herbie. »Ich bin selber nur ... na, sagen wir mal auf der Durchreise. Da vorne ist das Dorf, nehme ich an? Das müsste Reetz sein, richtig?« Er wies weiter den Weg hinunter, wo zwischen den Bäumen ein paar Hausdächer zu erkennen waren.

»Ja, aber da gibt es keine Pension oder so was. Nicht mal einen Gasthof. Zwei Ferienwohnungen gibt es noch, aber die sind belegt.«

»Wir suchen auch nur was für eine Nacht«, erklärte das Mädchen. »Einfach nur ein Dach überm Kopf. Es soll heute ein Gewitter geben.«

Sag ihnen doch, dass bei Mutter Hibbel ein Bett frei geworden ist. Und dass es da den leckersten Milchreis in der ganzen Gegend gibt.

»Eine Schutzhütte oder so was.« Der junge Mann deutete zu den Rucksäcken am Bachufer. »Irgendwas. Wir haben Schlafsäcke.«

Herbie fiel das kleine, steinerne Gebäude an der Weggabelung ein. »Da ist was oben im Wald. Könnte eine Schutzhütte sein. Es sind zwar keine Fenster und Türen in den Öffnungen, aber immerhin ist ein Dach drauf.«

Die jungen Leute sahen sich mit vielsagenden Blicken an.

»Das klingt gut!« In der Stimme des Jungen schwang ein Unterton mit, den Herbie nicht zu deuten vermochte. »Das klingt sehr gut!«

»Ist es noch weit?«, fragte das Mädchen.

»Nur ein paar Hundert Meter. Dahinten könnt ihr schon die Bäume sehen. Da ist es. An der Weggabelung bei dem großen, weißen Stein.«

Die beiden beschatteten ihre Blicke mit der flachen Hand und blickten den Weg hinauf.

»Klingt gut«, sagte das Mädchen. »Das probieren wir aus.«

»Na, dann viel Glück!« Herbie setzte seinen Weg fort. Im Gehen wandte er sich noch einmal um und rief: »Mal sehen, wo wir uns das nächste Mal begegnen!«

Die beiden winkten ihm hinterher.

»Wir haben Wein und Käse!«, rief das Mädchen. »Wenn du nachher noch an der Hütte vorbeikommst …«

»Sicher nicht!«, rief Herbie und stapfte voran. Dann presste er zwischen Zähnen hindurch: »Ganz sicher nicht.«

Sie erreichten die ersten Häuser des Dorfes. Gepflegte Vorgärten, Geranien, Sonnenblumen, Margeriten …

»Gott sei Dank, Julius! Wilder Westen ade! Die Eifel hat uns wieder! Guck mal da, ein Gartenzwerg! Zwei! Drei!« Er strahlte seinen unsichtbaren Begleiter an. »Dass ich mich darüber mal freuen würde!«

Es dauerte nicht lange, und der Weg mündete in eine große Straße, auf der mäßiger Verkehr floss. Herbie sah auf die Uhr. »Feierabend«, murmelte er. »Die Leute sind unterwegs nach Hause. Ein tröstlicher Gedanke, oder? Und wir beide machen das jetzt auch.«

Hast du auch schon eine Ahnung, wie?

Herbie zückte sein Handy. »Netz!«, jubelte er. »Hier kann man telefonieren!«

Im selben Augenblick ploppten mehrere Nachrichten auf. »Heieiei, dreizehn Anrufe in Abwesenheit.« Er sah Julius mit gekräuselten Augenbrauen an. »Tante Hettie natürlich. Na ja, nützt alles nichts.« Er wählte und wartete auf eine Verbindung. »Sie ist die Einzige, die mir helfen kann. Was muss Köbes auch ausgerechnet jetzt in Urlaub fahren!«

Nachdem es zweimal getutet hatte, krähte seine Tante: »Dass du es überhaupt noch wagst, hier anzurufen!«

»Es tut mir alles ganz schrecklich leid, Tantchen!«

»Das sollte es auch! Wir mussten pappige *hors d'oeuvres* von Bofrost auftauen!« Ihre Stimme überschlug sich vor Wut. »Was du wieder angerichtet hast, du missratener Lümmel! Doktor Finkenberg hat sich daran die Brücke zerbissen, und Frau Zernisch hat doch tatsächlich mit einem Stückchen Plundergebäck …«

Dann herrschte von einer Sekunde auf die nächste Stille.

»Leer«, murmelte Herbie und starrte ungläubig sein Mobiltelefon an. »Der Akku ist leer!«

Oh, mein Gott, werden wir nun jemals erfahren, wie es Frau Zernisch mit dem Plundergebäck ergangen ist? War es nicht richtig aufgetaut? Hat sie sich damit die Zunge aufgeschlitzt? Ist sie Bluterin? Liegt sie jetzt in der Notaufnahme?

Verärgert stopfte Herbie das Handy zurück in die Hosentasche. »Ich will hier weg, verdammt! Dann trampen wir eben! Irgendwer wird schon anhalten. Dich sieht ja keiner. Und wenn keiner anhält, werfe ich mich vor den erstbesten Wagen!«

Das hast du dir bei dem dicken Bison abgeguckt, stimmt's?

»Ja, genau, der wollte vielleicht auch weg von hier!«

Plötzlich warf er freudig die Arme in die Höhe. »Gerettet! Da vorne ist eine Bushaltestelle!«

Er lief zu der kleinen Signalsäule nahe einem Feuerwehrgerätehaus und stürzte sich auf die Fahrplantafel. Mit dem Finger fuhr er die Spalten entlang. »Die Busse fahren in Richtung Ahrdorf und Blankenheim! Mal sehen, wann kommt der nächste?«

Julius räusperte sich hinter seinem Rücken.

»Wie viel Uhr haben wir denn eigentlich? Oh, schon viertel nach sieben ... Mal sehen ...«

Julius räusperte sich erneut.

»Mist, der ist schon weg ... Der nächste kommt um ... Nein, der fährt nur sonntags ...«

Das Räuspern von Julius war jetzt unüberhörbar nah an Herbies Ohr.

»Ja, verdammt, was hast du denn?«

Wenn du dich nur mal für einen kurzen Moment umsehen könntest ...

Herbie fuhr herum. In seiner Euphorie war ihm das laute Tuckern gar nicht aufgefallen, das alle anderen Geräusche ringsumher übertönte.

Der Trecker stand in der Haltebucht und knatterte im Leerlauf vor sich hin. Der Mann in der Führerkabine schob sich den großen, breitkrempigen Hut in den Nacken, rieb sich über den struppigen, weißen Schnauzbart und kratzte sich am Kinn. Die Miene von Marshal Gereon Schnorrenberg war undurchdringlich. Auf seiner ledrigen Haut und seinem silbergrauen Pferdeschwanz glänzte die Abendsonne.

Für einen Moment schoss Herbie der absurde Gedanke durch den Kopf, er könnte einfach wegrennen. Er sah die Straße hinauf und hinunter. War da irgendjemand, der ihm helfen konnte?

Aber schon im nächsten Moment drang die bittere Erkenntnis zu ihm durch, dass er verloren hatte.

Entweder er fängt dich mit dem Lasso und schleift dich hinter dem Trecker her bis zu seiner Ranch, oder er erschießt dich einfach und hängt deine Leiche nach Indianerart in die Äste des nächsten Baums.

Mit einem Seufzer, der so tief war wie das tiefste Maar der Eifel, ließ Herbie den Kopf und die Schultern sinken. Er trottete zu dem Trecker hin und setzte den rechten Fuß auf die metallene Steighilfe. Dann schwang er sich hinauf.

Der Marshal spuckte geräuschvoll auf den Asphalt. »Dachte ich mir, dass ich dich hier im Dorf finde«, knurrte er, ohne Herbie anzusehen. »Du denkst ja wohl kaum ans Abhauen, oder? Wolltest wahrscheinlich irgendwo ein Feierabendbierchen trinken, stimmt's?«

Herbie sparte sich eine Antwort.

»Hab ich prinzipiell nichts gegen, aber Feierabend hast du nun mal erst, wenn deine Arbeit getan ist.«

Herbie reckte empört den Kopf hoch. »Aber es ist schon sieben!«

»Erst, wenn die Arbeit getan ist.«

»Ich habe doch schon die tonnenschweren Drahtrollen zum Waldrand transportiert.«

»Jepp«, sagte der Marshal knapp, beugte sich vor und ließ den Motor des Treckers laut aufröhren. »Stimmt, alle achtundzwanzig. War sicher 'ne Mordsarbeit. Da wird aber nur eine gebraucht.«

»Nur eine?«

»Eine einzige. Der Rest muss wieder zurück.«

»Zurück?« Herbie starrte ihn fassungslos an.

»Zurück.«

Jetzt kletterte auch Julius in die Fahrerkabine und grinste Herbie unverschämt an. *Ist doch dein Job, oder? Kurierfahrten … Wichtige Güter von A nach B …*

Der Marshal umfasste kraftvoll das Lenkrad und wendete das Fahrzeug mit einem Zug auf der Dorfstraße. »Yiiieeeha! Dann mal los, solange es noch hell genug ist. Den Rest musst du nämlich sonst mit der Taschenlampe erledigen!«

* * *

Apollo hätte noch ewig so weiter dagesessen, völlig vertieft in sein Kartenspiel, nur auf die Reihen der Bilder und Symbole konzentriert, die er zu legen hatte. So lange, bis die Dunkelheit hereingebrochen wäre und er nichts mehr hätte erkennen können. Manchmal glaubte Käthi, er lasse sich bewusst gehen, er bemühe sich gar nicht, irgendetwas selbst zu entscheiden, ein bisschen Ordnung in sein trauriges Leben zu bringen.

»Willst du Brote, oder soll ich Pizza machen?«

Er brummte etwas Unverständliches.

»Wie bitte? Bitte bemüh dich, ein bisschen deutlicher zu sprechen.«

»Pizza«, kam es knapp. Immerhin.

Ob alle so waren? Diese Frage stellte sich Käthi nicht zum ersten Mal. Jeden Tag fragte sie sich das mindestens zehnmal. Seit sechs Jahren.

Seufzend stieg sie in den Keller hinab und holte eine Tiefkühlpizza aus der Kühltruhe. Pilze mochte er nicht. Was würde wohl sein, wenn sie trotzdem die Funghi zubereitete, schoss es ihr plötzlich durch den Kopf. Wenn sie einfach mal genau das Gegenteil von dem tat, was er wollte. Würde das womöglich eine Reaktion hervorrufen? Käme da Widerspruch?

Sie schüttelte den Kopf und schloss die Truhe. Das war es nicht wert. Er war der Krüppel, nicht sie. Er hatte die Lebenslust verloren. Sie nicht.

Noch nicht.

Als sie den Backofen angeschaltet hatte, ging sie ins Wohnzimmer, um ihm den Fernseher anzumachen. Er sah gerne die Regionalnachrichten. Manchmal murmelte er vor sich hin, wenn ihm etwas nicht passte. Meistens bei der Politik. Wenigstens das war noch wie früher. Herrgott, was hatte er sich aufregen können. Sie musste instinktiv lächeln.

Auf dem Bildschirm erschien eine Straßenbaustelle. Ein Mann mit gelbem Schutzhelm erklärte, warum die marode Brücke abgerissen werden müsse. Weshalb das ausgerechnet in der Sommerferienzeit zu geschehen habe, darauf gab der Mann eine sehr ausweichende Antwort.

Apollo sagte etwas wie: »Dummes Arschloch!«

Käthi ging zur Terrassentür, um sie zu schließen. Wenn es dunkel wurde, kamen die Mücken rein. Das regte ihn auf. Sie auch, wenn sie ehrlich war.

Da war etwas im Dorf, was ihre Aufmerksamkeit erregte.

»Na sieh mal an …«, murmelte sie und griff nach dem Fernglas. »Wen haben wir denn da?«

Sie nahm das Haus der Neuen ins Visier. Das mit den herabgelassenen Rollläden. Es lag schon zur Gänze im abendlichen Schatten. Bis zu seinem Tod vor anderthalb Jahren hatte dort der alte Jenniges gewohnt. In dessen Garten war nie was anderes gewachsen als Unkraut. Nur in der Mittagszeit kam Sonne dorthin.

Die Neue verließ ihr Haus. Das war ausgesprochen selten. Komische Frau. Sie sah blass aus. Schlank war sie und schön, keine Frage. Zwischen fünfzig und sechzig Jahren. Schwer zu schätzen, ob näher an der Fünfzig oder an der Sechzig. Streng zurückgekämmtes, kastanienbraunes Haar, eine getönte Brille. Käthi ärgerte sich, dass sie in den Wochen und Monaten, die sie jetzt hier lebte, nicht mehr über sie hatte in Erfahrung bringen können. Im Supermarkt in Blankenheim hatte sie sie schon mal getroffen, abends, als es schon begonnen hatte, dunkel zu werden, aber außer etwas über ihre ungewöhnlichen Krankheiten hatte sie nicht viel aus ihr herausbekommen.

»Geheimnisvoll«, sagte sie leise. Ja, das war sie. Geheimnisvoll. Etwas Geheimnisvolles passte gar nicht nach Reetz.

»Die Neue geht spazieren«, sagte sie lauter. Apollo kümmerte das nicht. »Komisch ist die. Mal ehrlich, wieso zieht man in ein Dorf und hat dann keinerlei Kontakt zu irgendwem? Sie kriegt keinen Besuch, gar nichts.« Sie stellte das Fernglas an seinen angestammten Platz. »Ein Bier zur Pizza?«

Als Antwort kam wieder nur unverständliches Gebrummel.

»Willst du nachher noch ein bisschen Karten spielen?«

»Ja.«

»Sollen wir zusammen?«

»Hm.«

So würde der Abend laufen. Fernsehen, Pizza, Bier und dann Canasta bis zum Zubettgehen.

Wir sind irgendwie auch nicht viel besser als die Neue, dachte Käthi.

9. Kapitel

Aufruhr lag in der Luft. Als die Nacht anbrach, waren sie allesamt der Meinung, sie hätten sich jetzt lange genug ausgeruht. Es galt, etwas zu tun! Mit vereinten Kräften gelang es ihnen, den Deckel der Kühlbox hochzudrücken und zur Seite zu schieben. Sie formten eine Pyramide, sie kletterten übereinander. Ein Lachsschnittchen schaffte es als Erstes, auf den Rand der Kiste zu klettern. Dann half es den anderen, es ihm nachzutun. Die Forellenhappen waren die Stärksten. Sie stemmten die kleinen Schinkenröllchen mit vereinten Kräften nach oben.

Nur ein Käsehäppchen mit bereits arg verschrumpelter Weintraube schaffte es nicht mehr. »Zieht ohne mich weiter! Nehmt keine Rücksicht auf mich!«, ächzte es matt und sackte zurück in die trübe Mayonnaisepfütze zwischen den welken Salatblättern.

Durch die zersplitterte Frontscheibe gelangten sie schließlich ins Freie. Der Himmel hatte sich zugezogen, es war stockfinster.

»Wir müssen zusammenbleiben, koste es, was es wolle!« Das Lachsschnittchen hatte nun endgültig das

Kommando übernommen. »Es lauern viele Gefahren in der Nacht.«

»Wo müssen wir hin?« Mit flehentlichen Mienen sahen die kleinen Frischkäsekräcker zu ihm auf.

»Da hinten ist er.« Sie alle sahen das Haus am unteren Ende der Wiese. »Er schläft tief, und er ahnt noch nichts.«

Sie krabbelten auf die Motorhaube und ließen sich von dort in die Tiefe fallen. Es war ohne Zweifel ein wirklich gefährliches Himmelfahrtskommando mit ungewissem Ausgang, das da vor ihnen lag. Wie viele von ihnen würden es überstehen? Einige zogen sich angstvoll die papiernen Krausen enger um den Leib, andere reckten verwegen ihre Zahnstocher nach vorne. Sie waren etwas mehr als siebzig, und der Hass trieb sie an. Der Hass auf den Mann, der ihnen dies angetan hatte.

Während sie sich in einer Kette vorwärtsbewegten, spornten sie einander lautstark an. Ein Name erklang im Gleichklang ihrer trotzigen Schritte: »Herbert Feldmann, Herbert Feldmann, Herbert Feldmann …« Das Marschieren wurde lauter und lauter. Es verwandelte sich in dumpfen Trommelklang, in ein unablässiges Grollen, in das Donnern von Kanonen …

* * *

Herbie riss die Augen auf. Über sich erkannte er im Dunklen undeutlich die Muster der kitschigen Styroporplatten, die er vor dem Einschlafen betrachtet hatte.

Das Gesicht von Julius tauchte aus der Finsternis auf.

Was stöhnst du denn so? Entweder du hattest einen unanständigen Traum, oder das Abendbrot von Mutter Hibbel liegt dir schwer im Magen.

»Sie kommen«, ächzte Herbie und strampelte die Decke weg. »Sie kommen immer näher!« Er stürzte mehr aus dem Bett, als er aufstand, und strauchelte zum Fenster hinüber.

Ganz egal, wer da kommt. Er sollte dich wirklich nicht in diesem ausgeleierten Schlafanzug von Hibbels Vater sehen.

Herbie schickte panische Blicke durch die Nacht. Er sah die sanften Hügel der Eifel, die sich als gestochen scharfer Schattenriss gegen das Wetterleuchten abzeichneten, das in breiter Front von Südwesten her näher rückte.

Ein dumpfes Donnergrollen begleitete das irrlichternde Blitzen in der Ferne. Oder war es doch das Geräusch seiner marschierenden Feinde?

»Da irgendwo sind sie!«

Wer denn, zum Kuckuck?

»Die Schnittchen«, jammerte Herbie. »Die *canapés,* die *hors d'ouevres*!«

Nein, mein Bester, die sind auf der anderen Seite des Hauses. Julius war an seine Seite getreten und hatte die Stimme gesenkt. Er klang ungewohnt teilnahmsvoll und tröstlich. *Sie sind tot. Du kannst ihnen nicht mehr helfen. Sie ruhen in einem großen, roten Sarg aus Blech. Was du da vorne siehst, sind sicherlich die beiden jungen Campingfreunde.*

Und tatsächlich erkannte Herbie in diesem Moment ein winziges, tanzendes Licht im Wald. Vermutlich war es eine Taschenlampe. Herbie versuchte sich zu erinnern. Die Hütte an der Weggabelung musste in etwa in dieser Richtung liegen. Auch die Entfernung konnte stimmen. Als er am frühen Abend den Weg entlanggegangen war, hatte er von dort aus das Haus sehen können. Zu diesem Zimmer, das Hibbel ihm zugewiesen hatte, musste eins der Fenster gehören, die er von dort unten gesehen hatte.

»Ich habe geträumt, Julius«, sagte Herbie und atmete tief durch. »Ein schrecklicher Albtraum. Kein Wunder, nach diesem Abend.«

Ach, was war denn so schlimm daran?

Herbie sah ihn giftig an. »Jetzt hör aber mal auf! Zuerst durfte ich diese Krücke von einer Schubkarre suchen und mit ihr siebenundzwanzig tonnenschwere Stacheldrahtrollen endlos weit über die Prärie zurück in den Schuppen bugsieren …«

Dein neuer Freund Hibbel wollte dir immerhin helfen.

»Dann hätte es noch länger gedauert. Den hatte ich ja schon beim Abendessen am Hals. Oh Mann, dieses Abendessen!«

Was hast du daran nun wieder auszusetzen?

»Wie mich diese fette, alte Frau dauernd anstarrt. Und Hibbel quasselt ohne Ende und sagt alles dreimal!«

Das ist doch nicht schlimm. Also, so tragisch finde ich das gar nicht. Halb so wild, wenn du mich fragst.

»Hör sofort auf!«

Das Donnergrollen wurde jetzt lauter.

»Und die Finger tun mir höllisch weh. Ich hab sie mir an diesem verfluchten Stacheldraht aufgerissen.« Herbie starrte wieder nach draußen. Die Blitze nahmen jetzt eine deutlichere Gestalt an. Sie wurden zusehends größer. Das Gewitter kam mit hoher Geschwindigkeit näher.

Da war wieder das flackernde Licht. Herbie war sich jetzt sicher, dass es sich um eine Taschenlampe handelte.

»Oder ob das diese beknackten Gespensterschwestern sind, was meinst du?«

Ginstermann, Ginstermann … begann Julius mit hohler Stimme zu rezitieren.

Herbie fühlte sich jetzt hellwach. Trotz der Strapazen des zurückliegenden Tages hatte er nicht das Gefühl, noch einmal einschlafen zu können.

»Ich habe Durst«, sagte er und räusperte sich. »Diese komische, salzige Wurst auf den …«

Schnittchen?

»Ich will das Wort nicht mehr hören!«

Es war zwei Uhr. In Ermangelung seiner Pantoffeln stieg Herbie in seine Schuhe. Er musste irgendwo etwas Trinkbares auftun. Ein Wasserhahn im Bad würde ihm schon reichen. Als er in den Flur hinaustrat, versuchte er sich zu orientieren. Als Hibbel ihm vor ein paar Stunden die Anordnung der Zimmer erklärt hatte, war Herbie schon nach zwei Minuten ausgestiegen. Jetzt sah er sich mit einer Reihe von Türen konfrontiert, hinter denen irgendwo das Badezimmer lag. Nur wo?

Try and error. Was ist das Schlimmste, das dir passieren kann? Dass du im Zimmer der Mutter landest. Vielleicht kann sie ja auch nicht schlafen und freut sich über ein bisschen neckische Unterhaltung.

Herbie tapste den dunklen Flur entlang. Er musste die Treppe hinunter. Da unten lauerte wenigstens nicht so ein Minenfeld wie hier im ersten Stock. Es gab das Wohnzimmer, die Küche und ein Gäste-WC. Da konnte nicht viel schiefgehen.

Als er im Erdgeschoss ankam, warfen zuckende Blitze den Schatten des Fensterkreuzes der Eingangstür auf den Fliesenboden.

Die Fliesen hatten ein hässliches, olivgrünes Muster. Auch auf sämtlichen Tapeten verbreiteten gelblichbraune Ornamente den Charme der Siebziger. Dazu roch es auch noch passend.

Als Herbie die Küchentür öffnete und das Licht einschaltete, grollte der Donner.

Im Kühlschrank fand er eine Tüte Milch.

Oooh, was man daraus alles Leckeres zubereiten kann!

»Halt den Mund«, sagte Herbie zwischen zwei Schlucken.

Na, na, wenn du so empfindlich bist, schaust du besser nicht in das Schüsselchen mit der Zellophanfolie da vorne.

Herbie schloss die Kühlschranktür. Die Milchtüte würde er mitnehmen. Sein Durst war unbeschreiblich.

Sein Blick streifte die Wände. Auch hier diese schrecklichen Muster. Und überall Kreuze …

Er schaltete das Licht aus und zog hinter sich die Tür zu.

Gerade als er im Flur noch einmal die Milchtüte ansetzte, um einen weiteren Schluck zu nehmen, blitzte es wieder, und der Schatten des Fensterkreuzes wurde ihm direkt vor die Füße geworfen. Fast gleichzeitig erscholl der Donner.

Und dann wurde der kreuzförmige Schatten von dem einer menschlichen Gestalt ergänzt. Ein Kopf tauchte im Türfenster auf. Dann eine Hand, die flach gegen das Glas klatschte. Herbie ließ vor Schreck die Milchtüte los. Als sie auf dem Boden zerplatzte, spritzte ihr Inhalt durch das Dunkel.

Herbie stieß instinktiv einen leisen Schrei aus.

Die Hand klatschte ein zweites Mal gegen die Scheibe. Dann fand, wer immer auch draußen stand, wohl den Klingelknopf, und ein altmodisches Schrillen durchdrang den mittlerweile unablässig rollenden Donner.

Klingelingeling, klingelingeling, hier kommt der Ginstermann … heulte Julius.

Herbie war wie gelähmt. Er brachte es nicht über sich, zur Tür zu gehen. Er schaffte es nicht einmal, das Licht einzuschalten.

Das tat jemand anderes für ihn. Mit lautem Gepolter kam Hibbel die Treppe heruntergesprungen. »Wer kann das denn sein? Mitten in der Nacht, an der Haustür. Wer das wohl sein kann. Komisch, um die Uhrzeit, mitten in der Nacht!« Er drückte sich an Herbie vorbei. »Warum machst du denn die Tür nicht auf?« Hibbel hatte ganz nasse Haare. Sein Schlafanzug, bei dem es sich um einen aus dem Haus desselben edlen Couturiers zu handeln schien wie der von Herbie, war auf Brust und Bauch durchnässt.

»Nicht aufmachen!«, wimmerte Herbie, dem bizarre Bilder von Schnittchen und Ginsterbüschen vor dem geistigen Auge herumtanzten. Aber Hibbel riss die Tür auf, und eine zierliche Gestalt taumelte völlig durchnässt in den Flur und japste wie eine Ertrinkende »Hilfe … Helft uns …!«

Herbie konnte sie gerade noch auffangen, bevor sie zusammenbrach. Sie trug das bunte Kopftuch nicht, aber er erkannte sie gleich. Es war das Mädchen mit dem Rucksack, das mit seinem Freund an der alten Bruchsteinhütte campte.

»Du schon wieder«, hauchte sie noch und wurde bewusstlos.

Hibbel tanzte wie ein Derwisch um sie herum und fuchtelte mit den Händen. »Kennst du die? Wer ist das denn? Sag mal, du kennst die wohl. Die kennt dich doch, oder? Oder nicht?«

Gemeinsam bugsierten sie sie ins Wohnzimmer, das Herbie nun zum ersten Mal sah. Auch hier hingen beängstigend viele Kreuze.

Sie betteten das Mädchen auf dem Sofa. Hibbel tänzelte nervös hin und her und schaffte es mit zitternden Händen, ihr ein hässliches, besticktes Sofakissen unter den Kopf zu schieben.

Inzwischen hatte auch seine Mutter es nach unten geschafft. Sie stand im Türrahmen und rang die fetten Hände.

»Blut«, sagte Herbie. »Da ist Blut auf ihrem T-Shirt. Aber ich sehe nirgends eine Wunde. Keine Verletzung oder so was. Siehst du was?«

Meinst du mich?

»Woher soll ich das wissen, ob da eine Verletzung ist? Ich kenne die doch gar nicht. Du kennst die! Wer ist das? Was tut die hier? Was ist denn überhaupt passiert?« Hibbels Stimme hatte sich in ein schrilles Kreischen hineingesteigert.

»Ich kenne sie nicht!«, herrschte Herbie ihn an. »Sie ist mit einem jungen Mann unterwegs. Sie wollten heute Nacht ihr Lager in der alten Bruchsteinbude aufschlagen.«

Hibbel starrte ihn fassungslos an. »Die steinerne Hütte?«

Herbie nickte heftig.

»Die unten an dem weißen Stein?«

»Ja, das Dach schien ganz okay zu sein. Sie wollten eine Nacht da bleiben und dann weiterziehen.«

Hibbel starrte zu seiner Mutter hinüber. »Das Haus vom Ginstermann«, hauchte er.

»Wie bitte?«, fragte Herbie ungläubig.

»Der Ginstermann ... Ein Gespenst, ein Geist, das kennst du doch: ... *Ginstermann, Ginstermann, schau mich nicht so ...*«

In diesem Augenblick entfuhr seiner Mutter ein dünnes, hohes Wimmern. »Schon wieder!«, heulte sie auf. »Jessesmariajosef!« Dann ließ sie sich einfach nach vorne auf die Knie fallen, dass Herbie es krachen zu hören glaubte, verschlang die Finger ineinander, senkte den Kopf und begann leise murmelnd zu beten.

»Ihr Freund ist noch da unten«, sagte Herbie und fasste kurz nach der Hand der jungen Frau, die wie tot dalag. »Hoffentlich ist er okay. Das viele Blut, das bedeutet nichts Gutes.«

»Wir gehen runter«, sagte Hibbel halbherzig. »Man muss ja nachsehen, oder? Muss man doch, finde ich. Also ich finde, wir soll...«

»Du bleibst hier!«, herrschte Herbie ihn an. Wenn ihm irgendwer in einer Situation wie dieser nicht helfen konnte, dann war es dieses Nervenbündel. »Ruf die Polizei an!«

»Aber der Marshal wird wissen wollen ...«

»Es ist mir egal, was der Marshal will, hörst du! Die Polizei, den Krankenwagen! Na ja, was man eben so tut. Los, häng dich ans Telefon!«

»Heilige Maria, Mutter Gottes …«, kam es ununterbrochen von der Alten, die vor der Eichenschrankwand kauerte und wie unter großen Schmerzen den Oberkörper vor und zurück wiegte.

Wenn ich ehrlich bin, habe ich ja auch ein bisschen Sorge wegen der jungen Frau.

Herbie sah Julius ernst an. Vielleicht war es keine so gute Idee, das Mädchen in der Obhut der Stüssers zu lassen, aber eine andere Möglichkeit gab es nicht.

»Habt ihr eine Taschenlampe?«

»Eine Taschenlampe? Ja, mehrere. Also ein paar …«

»Wo?«

»In der Schublade der Garderobe sind …«

Den Rest von Hibbels Gefasel hörte Herbie schon nicht mehr. In einer Schublade des Garderobenschranks fand er tatsächlich eine Lampe.

Das grelle Licht der Blitze brandete immer wieder durch das kleine Fenster in den Flur. Der Donner schien sich zu überschlagen. Herbie griff sich wahllos eine Jacke vom Haken und riss die Tür auf.

»Passt gut auf sie auf, Hibbel!«, rief er über die Schulter in Richtung Wohnzimmer.

Und mach sie nicht nervös!

10. Kapitel

Suchend tanzte der Lichtkegel der Taschenlampe über Grasbüschel und glänzende Pfützen. Herbie hatte den Weg über die Weide gewählt, den einzigen, den er kannte. Ab und zu glitt er auf dem schlammigen Untergrund aus oder trat in ein Kaninchenloch. Er konnte von Glück sagen, dass er sich nicht schon nach den ersten Metern alle Knochen gebrochen hatte. Hier hatte er noch am Nachmittag stundenlang unter der gleißenden Sonne geschwitzt, und jetzt schlotterte er am ganzen Leib. Ob es die Nässe des langsam abebbenden Regens war oder die Aufregung, wusste er nicht zu sagen. Der Wind kam in kräftigen Böen, und Herbie klebten Pyjama und Jacke am Körper.

Damit würdest du jeden Miss-Wet-T-Shirt-Wettbewerb gewinnen. Ist das ein Damenmantel?

»Es war das Erste, was mir in die Finger kam!«

Sehr chic. Und lass dir von keinem was anderes erzählen.

Hoch am Himmel schoben sich die Wolken mit gewaltiger Wucht vorwärts. Immer wieder rissen vereinzelte Blitze das Land aus der Finsternis und tauchten es in kaltes, weißes Licht. Sie wurden schwächer, wanderten nordwärts. Der Abstand zum darauffolgenden Donner wurde merklich größer.

»Hier irgendwo waren diese beiden Vogelscheuchen mit der Kabeltrommel.«

Vor ihnen schälte sich der Waldrand wie ein unüberwindlich wirkender Wall aus dem Dunkel. Herbie blieb stehen und ließ den Lichtstrahl über die vordere Baumreihe tanzen. »Und danach sind wir dort hinten runtergegangen. Los, komm!«

Er hielt sich rechts und stolperte das abschüssige Gelände hinunter, während Julius gemessenen Schrittes neben ihm her stolzierte, die Daumen hinter die Revers seines Jacketts geklemmt.

»Da vorne ist der Weg! Los, hier links geht's lang!«

Kommandier mich nicht so rum!

»Meine Güte, Julius. Was ist da nur passiert? Das Blut auf ihrem Shirt … Wer hat da wen abgestochen?«

Abgestochen?

»Aufgeschlitzt, angeschossen, erschlagen, was weiß ich!«

Dass du immer gleich an das Schlimmste denkst.

Als Erstes sahen sie den Stein. Herbie hatte ihm am Nachmittag kaum Beachtung geschenkt. Er war mannshoch und leuchtete hell. Vermutlich war es Kalkstein. Seine Form hatte nichts Außergewöhnliches, sie erinnerte an einen keltischen Menhir. Aber der Platz, an dem er stand, war auffällig. Der Stein stand senkrecht aufgerichtet genau im Winkel zwischen den beiden weiter verlaufenden Pfaden, in die der Weg sich aufspaltete.

»Der Richtstein«, sagte Herbie. »In diesem Kinderreim war doch die Rede von einem Richtstein.«

Er leuchtete nach links. Dort stand die Hütte, das wusste er. Auch die hatte er kaum in Augenschein genommen, als er hier vorbeigekommen war. Jetzt tastete er behutsam jeden Meter der Fassade mit dem Lichtstrahl ab.

Das Gebäude war niedrig und aus dunkelgrauem Bruchstein errichtet. Hier und da waren die Fugen ausgewaschen. Wind und Wetter hatten tiefe Ritzen zwischen die Steine gegraben. In der Mitte der Vorderseite war eine niedrige Tür in die Mauer eingelassen, rechts und links, nahezu symmetrisch, je ein kleines, quadratisches Fensterloch. Über allen drei Öffnungen war jeweils ein breiter Sturz aus Sandstein eingemauert worden. Das Alter des Häuschens war schwer zu schätzen.

Junge, Junge, du nimmst dir aber ganz schön Zeit für deine bauhistorischen Studien.

»Ich habe Angst«, flüsterte Herbie. »Ich habe Angst vor dem, was ich da drinnen zu sehen kriege.«

Aber du wolltest doch unbedingt hierhin!

»Ich musste doch, Julius! Vielleicht kann ich ja noch helfen.«

Dann bummel hier nicht rum. Geh endlich rein!

»Hast recht.« Herbie gab sich einen Ruck und trat durch das Türloch.

Der Raum hatte nur die Öffnungen zum Weg hin. Nach hinten war die Wand geschlossen. Die Mauern waren aus rohem Bruchstein. Es gab keinen Verputz. Als Erstes sah Herbie die Rucksäcke. Sie standen direkt gegenüber vom Eingang an die Wand gelehnt. Aus ihren Öffnungen hingen Kleidungsstücke heraus. Ein paar Tupperdosen und Blechtöpfe standen auf dem Boden herum. Mehrere Schuhe waren säuberlich nebeneinander abgestellt worden.

Es roch verbrannt. Etwas weiter rechts war eine kleine Feuerstelle, in der unter ein paar fast verkohlten Holzstücken noch ein kleiner Rest Glut glomm.

Dann sah er die ausgerollten Schlafsäcke. Sie lagen nebeneinander in der Nähe des rechten Fensters. Die Zipfel zweier dunkelgrüner Isomatten waren darunter zu erkennen.

Draußen donnerte es wieder. Diesmal nur noch leise, wie aus weiter Ferne.

Die Szenerie hatte etwas Friedliches. Ein rustikales Stillleben, wie die Illustration zu einem Abenteuerbuch. Fehlten nur noch ein kariertes Tuch, ein Stück Käse und eine Flasche Rotwein.

Aber es gab einen Fehler in dem anheimelnden Bild.

Der linke Schlafsack war geöffnet, zerwühlt. Herbie glaubte erkennen zu können, dass der Reißverschluss gewaltsam aufgerissen worden war.

Der rechte Schlafsack war ebenfalls geöffnet.

Aber hier waren es mehrere Schlitze, die das Futter aufgetrennt hatten. Wie eine große Wunde klafften die Fetzen der äußeren Hülle auseinander, das weiße, watteartige Füllmaterial quoll hervor, und dazwischen glänzte der Stoff schwarzrot und nass vor Blut.

»Abgestochen«, sagte Herbie tonlos. »Sag ich doch. Wo ist er?«

Aus dem Schlafsack führten Spuren des Blutes über den Boden geradewegs auf ihn zu. Sie waren verschmiert, stellenweise hatten sich kleine Pfützen gebildet.

Als er mit dem Schein der Lampe bei seinen Füßen angekommen war, stellte er fest, dass er mitten in einer Blutlache stand, die der durch die Tür hereingefallene Regen verdünnt und zu den Rändern hin verwaschen hatte. Da lag etwas in der Pfütze, direkt vor seinem linken Schuh. Instinktiv bückte sich Herbie danach und hob es auf, ohne darüber nachzudenken, dass er wahrscheinlich gerade im Begriff war, wichtige Spuren am Tatort eines Verbrechens zu zerstören.

Es war ein kleiner Anhänger an einer Silberkette. Nur ein flaches, rundes Stückchen Metall mit der geprägten Darstellung eines Tieres. Die Kette war gerissen. Als Herbie das kleine Medaillon auf seinem Handteller hin und her schob, hinterließ es rote Schlieren auf seiner Haut. Der Gedanke, dass dieses Blut noch wenige Momente zuvor durch die Adern eines lebendigen Menschen geflossen war, verursachte ihm Übelkeit.

»He!«, erscholl in diesem Moment eine donnernde Stimme. »He«, brüllte es erneut, und es klang fast wie das Echo des letzten Donners. »Komm raus! Jetzt gehörst du mir!«

Herbie wusste nicht, wen er erwartete. Einen Mörder? Den Verletzten? Er hatte das Gefühl, überhaupt keinen klaren Gedanken mehr fassen zu können. Angstvoll sah er sich zu Julius um, der ratlos mit den Schultern zuckte.

Als er zaghaft in die Türöffnung trat, zuckte in der Ferne ein letzter schwacher Blitz auf, und eine Gestalt, die nur aus Schatten zu bestehen schien, groß und mit breiten Schultern, hob sich für Bruchteile gegen das weiße Licht ab. Die Schöße eines langen Mantels flatterten um die Beine, die mit dem Unterholz verwachsen zu sein schienen. Die breite Krempe des Hutes wellte sich im Wind.

Der Ginstermann kommt dich holen!

»Verdammt! Du verdammter Schwachkopf von einem verdammten Greenhorn! Was treibst du da, verdammt noch mal?«, brüllte der Marshal und ließ langsam den Lauf der Schrotflinte sinken.

11. Kapitel

Immer wieder zuckten die Schultern der jungen Frau in lautlosem Schmerz. Seit sie aus ihrer Bewusstlosigkeit erwacht war, weinte sie stumm in sich hinein.

»Keine Sorge«, sagte Herbie sanft. »Ein Krankenwagen ist auf dem Weg hierher. Und die Polizei auch.« Er blickte zu Hibbel auf. »Stimmt doch, oder?«

Hibbel seinerseits war damit beschäftigt, seine Mutter zu beruhigen. »Ja, ja, hab ich angerufen. Ist informiert. Die kommen gleich. Hoffe ich.«

Ihr müsst mindestens sieben Baustellen-Umleitungen mit einkalkulieren, Leute, mahnte Julius mit wichtiger Miene.

Hibbel rieb der alten Frau mit unbeholfener Fürsorglichkeit über die Schulter. Sie saß zusammengesackt in einem der abgeschabten, sandfarbenen Cordsessel und hatte die Hände so fest gefaltet, dass es aussah, als könnte man sie nie mehr auseinanderbekommen. Ihre schmalen Lippen bewegten sich in einem fort.

»Polizei!«, blaffte der Marshal, der breitbeinig auf einer Holztruhe beim Fenster saß. »Die Polizei hat hier nichts verloren!«

Herbie holt Luft, aber Julius schüttelte den Kopf, und so kniff er die Lippen fest zusammen, damit ihm keine unbewusste Erwiderung entfleuchte. Er betrachtete die junge Frau und hätte ihr zu gerne die nasse Strähne aus der Stirn geschoben.

»Ich bin Herbie«, sagte er leise. »Und wie heißt du?«

Zunächst kam als Antwort nur ein trockenes Schluchzen. Dann schniefte sie vernehmlich und sagte, ohne zu ihm aufzusehen: »Ich bin Mieke. Mieke Tendorp.«

Herbie hielt ihr eine Tasse heißen Tee hin. Hibbel hatte ihn eine Viertelstunde zuvor in der Küche fabriziert. Dabei hatte er Wasser verschüttet, Tee verstreut und sich am Herd verbrüht.

Miekes rot gefrorene Finger schlossen sich um die Tasse, auf der ein Gute-Laune-Spruch vergeblich gegen die düstere Stimmung ankämpfte: *Aufgewacht, die Sonne lacht!* Sie schlürfte und sagte dann: »Was ist mit Timo?« Sie hob den Kopf und sah fragend von einem zum anderen.

»Timo?«, erwiderte Hibbel. »Ist das … Bist du mit … also, ist er derjenige …«

»Wir haben um die Hütte herum gesucht«, sagte Herbie. »Aber wir haben ihn leider nicht gefunden.«

»Ha! Er wird abgehauen sein, als ich mit der Flinte aufgetaucht bin!«, blaffte der Marshal. »Hättet ihr mal besser beide gemacht. Ihr habt hier nämlich nichts verloren.« Und als er Herbies fassungslosen Blick sah, wurde er noch lauter: »Ist doch verdammt noch mal wahr! Andauernd treiben sich irgendwelche Arschgeigen auf meinem Besitz rum! Ich hab die Schnauze voll davon!«

»Aber soweit ich weiß, gehört doch die Hütte gar nicht zum Grundstück«, presste Herbie leise hervor.

»Das ist mir scheißegal, hörst du! Wanderer, Fußgänger, Autofahrer … das ganze Gesocks glaubt hier tun und lassen zu können, was es will! Im Wilden Westen hat man da eine ganz schnelle, ganz einfache Lösung parat!«

»Der Wilde Westen ist aber ziemlich weit weg«, warf Herbie zaghaft ein. »Also nicht nur geografisch, sondern auch …«

»Ja!«, blaffte der Marshal laut. »Weiß ich auch. Trotzdem geht mir das auf den Sack!« Er atmete tief durch und fuhr etwas leiser fort: »Mensch, ich kann ja auch nichts dafür, dass dieses Grundstück in der Eifel liegt. Ich habe nichts gegen meine Heimat, aber ich bin eben keiner von diesen Bauern. Die krebsen alle am Existenzminimum rum. Was ich will, ist was anderes. Ich will hier meinen Traum leben. Kann doch nicht so schwer zu verstehen sein.«

Er blickte Mieke an und mahlte mit den Wangenknochen. »Ist vielleicht alles nur die Show von diesen gehirnamputierten Schwestern. Die spuken dauernd da rum und wollen ihre Horrornummer abziehen. Legen Kabel da lang und so. Die interessieren sich einen Scheißdreck dafür, wo mein Land anfängt und wo es aufhört! Irgendwann brenne ich einer von diesen Schabracken ein Loch in den Pelz, und dann hört das ein für alle Mal auf!«

Hibbel nickte heftig. »Stimmt allerdings! Oh ja, das ist wahr! Kann man nicht anders sagen.«

Der Marshal war aufgesprungen und stapfte wütend im Zimmer herum, die Hände in den Hosentaschen vergraben. »Wo bleiben die verdammten Bullen bloß? Wird Zeit, dass das hier erledigt ist!« Wie selbstverständlich öffnete er eine Klappe der Schrankwand und griff zielsicher eine der dahinter befindlichen Flaschen heraus. Er schraubte sie auf und setzte sie an den Mund. Mit ein paar tiefen Schlucken stürzte er die darin befindliche goldgelbe Flüssigkeit hinunter.

Feuerwasser machen weißen Mann lustig und fidel. Julius las vor, was auf dem Etikett der Flasche stand: *Bourbon, einundfünfzig Prozent. Heidewitzka!*

»Aber wo ist Timo?«, rief sich Mieke in Erinnerung. Ihre Stimme klang rau. »Was ist bloß passiert?«

Der Marshal trat wütend gegen eine Kommode. »Scheiße, das wollen wir von dir wissen! Du warst doch da und nicht wir!«

Jetzt riss Herbie der Geduldsfaden. »He, he, he, jetzt kommen Sie aber mal runter! Sehen Sie denn nicht, dass sie völlig fertig ist?«

Mit zwei großen Schritten war der Marshal bei ihm, packte ihn am Kragen seines Schlafanzugs und riss ihn zu sich hinauf. Die kleinen Augen unter den buschigen Augenbrauen funkelten Herbie gefährlich an. »Du elender, kleiner Wicht«, knurrte er. »Was fällt dir ein, die Klappe so aufzureißen? Ich könnte dir sämtliche Knochen im Leib brechen, wenn ich das wollte, kapiert?«

Hibbel zupfte ihn vorsichtig am Ärmel. »Bitte, Marshal, bittebitte, mach dich nicht unglücklich.«

Der Griff lockerte sich, und Herbie wurde rüde weggestoßen.

»Ach, Scheiße«, brummte der Marshal und wandte sich ab. »Von so einem Würstchen lasse ich mich doch nicht aus der Ruhe bringen. Wenn ich es satt bin, erzähle ich den Bullen mal was von einem gewissen Unfall und von meinem Bison und von einer zwielichtigen Figur, die hier auftaucht und durch die Gegend schnüffelt und die ausgerechnet diesen ominösen, verschwundenen Camper und sein Mädchen in diese Hütte geschickt hat.« Er wandte sich langsam um und grinste Herbie diabolisch an. »Wär doch was, oder?«

Herbie schwieg betreten und sortierte seinen feuchten Schlafanzug.

»Wir waren froh, dass da diese Hütte war«, kam plötzlich Miekes Stimme vom Sofa her. Leise und zerbrechlich. »Schon seit ein paar Tagen ist immer die Rede vom Gewitter, und heute Nacht schien es wirklich was zu werden. Wir haben die letzten anderthalb Wochen immer im Zelt übernachtet. Unten an der Mosel und in der luxemburgischen Schweiz. Vorgestern am Meerfelder Maar haben wir sogar im Freien geschlafen.« Ihr Blick war starr auf die Tasse in ihrer Hand gerichtet, die Augen wie in Trance geweitet. »Genauso hatten wir uns das erträumt. In ein paar Tagen wollten wir dann in Köln sein. Und von da aus zurück mit dem Zug nach Hause. Nach Frankfurt. Es war so schön. Ich habe in meinem ganzen Leben noch nicht so viel Natur um mich gehabt.« Jetzt stahl sich ein schwaches Lächeln auf ihr Gesicht. »Bei Timo ist das anders. Er hat mit seinen Eltern früher auf einem Bauernhof am Bodensee gelebt. Hat er mir erzählt.« Sie sah zu ihnen auf und blickte von einem zum anderen, wie um sich zu entschuldigen. »So lange kennen wir uns ja noch gar nicht.«

»Was ist vorhin passiert?«, fragte Herbie leise. »Woran kannst du dich erinnern?«

»Wir haben Wein getrunken und auf das Gewitter gewartet. Und wir haben unser Einschlafspiel gespielt.«

»Bisschen gefummelt, was?«, raunzte der Marshal.

Herbie ballte die Fäuste vor unterdrückter Wut.

»Timo hat mir leise Fernsehmelodien vorgesummt, und ich musste die Serien raten. Irgendwann sind wir dann eingeschlafen. Ich glaube, ich habe noch in keinem Bett so tief und fest geschlafen wie in diesen Nächten im Schlafsack. Irgendwann hat mich der Donner geweckt. Zuerst habe ich gedacht, Timo würde sich neben mir nur unruhig im Schlaf hin und her wälzen. Aber da war irgendwer. Es war stockfinster, und immer wenn der Blitz kam, wurde es ganz hell. So wie im Stroboskoplicht in der Disko. Ich habe Timos Augen gesehen. Da war eine Hand auf seinem Mund. Dann rollte er sich über mich. Oder er wurde gezogen. Ich habe ein lautes Keuchen gehört. So ein tiefes, kehliges Röcheln. Es klang wie ... ein Tier ... oder ein ... jedenfalls nicht menschlich. Ich habe geschrien und versucht, mich aus dem Schlafsack zu befreien. Da war eine große, stinkende Hand, die auf mein Gesicht gepresst wurde.« Ihre Worte kamen jetzt schnell und hektisch, ihr Atem ging stoßweise, als sie das schreckliche Geschehen noch einmal durchlebte.

»Hast du noch irgendwas erkennen können? Kannst du den Angreifer irgendwie beschreiben?«

»Nein, nein, nein! Da war nur Geschnaufe und Getrampel. Timo hat, glaube ich, mit den Füßen um sich getreten. Ich weiß nicht einmal, ob es ein Mann war oder eine Frau oder ... was weiß ich!«

In diesem Moment fiel Herbie etwas ein. Er stand auf und ging zum Esszimmertisch. Den nassen Damenmantel, mit dem er vorhin durch die Nacht geeilt war, hatte er achtlos über eine Stuhllehne geworfen. Er tastete zuerst in der rechten und dann in der linken Tasche nach dem kleinen Gegenstand.

Schließlich förderte er das Medaillon mit der zerrissenen Kette zutage und legte es auf den Wohnzimmertisch. »Das habe ich gefunden«, sagte er.

»Es gehört Timo«, hauchte Mieke und nahm das kleine Schmuckstück in ihre Hände. Dann presste sie die Lippen aufeinander, schloss die Augen, und ihr Körper wurde wieder von einem tonlosen Weinen geschüttelt.

Plötzlich fuhr Mutter Stüsser aus ihrem Sessel hoch. Ihre Augen waren weit aufgerissen, und ihr Kinn bebte. Sie schob ihren unförmigen Körper auf die junge Frau zu und griff nach ihren Händen. Mit einem gewaltsamen Griff zwang sie Mieke dazu, ihre Hände zu öffnen. »Zeig her!«, fauchte sie. »Zeig das sofort her!«

Mieke sah verblüfft zu ihr auf und leistete dem Befehl Folge.

Die alte Frau starrte auf das Medaillon, und ihr Mund stand dabei weit offen vor lauter Fassungslosigkeit. Dann stürzte sie wimmernd aus dem Zimmer.

»Mutti! Ogottogottogott! Sag mal, Mutti, was ist denn …«, stammelte Hibbel und schickte sich an, ihr nachzulaufen. »Trink mal ein Cognäkchen! Das beruhigt die Nerven, hörst du! Warte mal, Mutti, warte!«

In diesem Moment wurde durch das Fenster ein bläuliches Licht erkennbar, das an- und wieder abschwoll und dabei immer greller wurde.

»Wurde verdammt noch mal Zeit«, knurrte Marshal Schnorrenberg und setzte noch einmal die Whiskeyflasche an.

12. Kapitel

Der Marshal schien der Einzige zu sein, der am nächsten Morgen schon wieder vor Energie strotzte. Als Hibbel und Herbie im Haupthaus der Ranch antraten, um ihre Tagesaufgaben entgegenzunehmen, band er sich gerade das lange, silberfarbene Haar zum Pferdeschwanz.

»Hibbel, hat das gestern mit der Tränke geklappt?«

»Mir ist die kleine Feder … Die ist mir … also, ich suche noch, aber dann ist das Ding so gut wie …«

»Okay, weitersuchen, fertig machen. Und du?« Er setzte die Kaffeetasse an den Mund und visierte Herbie über deren Rand hinweg an.

Du bist mit ein paar Drahtrollen Gassi gegangen.

»Der Draht ist wieder im Schuppen. Also bis auf die eine Rolle am Waldrand.«

»Okay. Die Zeit für den Rücktransport geht auf deine Kappe. Ich bezahle dich ja nicht für doppelt gemachte Arbeit, klar?«

»Klar«, murmelte Herbie und senkte den Kopf.

»Gut, wir verstehen uns. Lass mal überlegen, was kann ich dich denn heute gefahrlos …«

»Entschuldigung, wenn ich unterbreche«, sagte Herbie zaghaft. »Heute Nacht ist etwas Schreckliches unten an der Hütte passiert. Wir haben bis vier Uhr der Polizei Rede und Antwort stehen müssen. Jeden Einzelnen von uns haben die sich vorgeknöpft und befragt, obwohl wir doch gar nichts zu der Sache sagen konnten.«

»Außer dir«, sagte Hibbel schnell.

»Was denn? Dass ich den beiden die Hütte empfohlen habe? Das macht mich ja nun wirklich nicht verdächtig! Jedenfalls sind die immer noch hier. Die sind immer noch da unten am Waldrand zugange. Können wir denn überhaupt schon wieder so einfach an die Arbeit gehen?«

»Ja warum denn nicht, verdammt noch mal?« Der Marshal trat ans Fenster.

An seinem breiten Rücken vorbei erkannte Herbie einen Streifenwagen und ein schwarzes Zivilfahrzeug. Der Einsatz dauerte immer noch an. Das Blut und die Spuren in der Hütte deuteten darauf hin, dass es sich hier offenbar nicht um einen gewöhnlichen Vermisstenfall zu handeln schien.

»Die tun ihren Job und wir unseren. Die stellen Fragen über Fragen und finden kein Ende. Sollen sie doch den Wald durchsuchen, mir doch egal. Die sollen sich an die Kleine halten. Die kennt doch den Typ als Einzige. Wahrscheinlich ist das irgendein Beziehungsscheiß. Ein Streit unter jungen Leuten oder so! Ich weiß gar nicht, was wir damit zu schaffen haben.«

»Na ja«, machte Hibbel einen zaghaften Versuch, das Bild geradezurücken. »Immerhin hat es sich ja auf deinem Grund und Boden …«

»Quatsch!«, brüllte der Marshal. »Das da unten ist gar nicht mein Grund und Boden! Wisst ihr doch selbst! Kriege ich doch andauernd von allen Leuten vorgehalten. Die Hütte steht nicht auf meinem Land! Nur knapp daneben, aber eben daneben, kapiert! Und deshalb ist das auch gar nicht unser Problem, Leute! Von so einem dahergelaufenen Rucksacktouristen lasse ich mir nicht den gesamten Betrieb lahmlegen.«

Genauer gesagt ist er im Moment eher davongelaufen anstatt dahergelaufen.

Herbie verdrehte die Augen. Ihm war heute Morgen noch nicht nach Julius' schalen Scherzen. Er musste die ganze Zeit an die junge Frau denken, die dann doch spät in der Nacht irgendwann eingeschlafen war. Sie hatten sie in einem der Zimmer des alten Hauses untergebracht. Es sah nach einem alten Jugendzimmer aus. Ein Winnetou-Poster aus der Bravo hing an der Wand – womöglich war es das Kinderzimmer des Marshals gewesen. Dort lag Mieke jetzt und schlief. Die alte Frau Stüsser hatte sich angeboten, auf sie aufzupassen.

Als der Marshal für einen Moment den Raum verließ, um seine Stiefel anzuziehen, zupfte Herbie Hibbel am Ärmel und flüsterte: »Hör mal, Hibbel. Du hast doch ein Handy, oder?«

»Klar, hab ich. Handy, sicher. Ich habe eins, wieso?«

»Könnte ich wohl gleich mal kurz telefonieren?«

»Oh, oh, oh, keine gute Idee. Der Marshal wird das nicht wollen.«

»Nur ein einziges Telefonat! Ich muss dringend meiner Tante Bescheid sagen, dass ich okay bin.«

»Das käme nicht gut. Würde er nicht wollen, glaube ich. Kann ich mir kaum vorstellen, dass er einverstanden wäre.«

Die Indianerin kam herein und räumte die Kaffeetassen vom Tisch auf ein Tablett. Als sie sah, dass Herbies Tasse noch fast voll war, warf sie ihm einen fragenden Blick zu, und er schüttelte den Kopf. Ihm war noch nicht nach diesem Höllengebräu.

»No, thank you«, sagte er mit deutlicher Betonung auf jeder einzelnen Silbe. »You speak English? I mean … can you understand what we …? Understand us?«

Meine Güte, wo hast du denn Englisch gelernt? Auf der Baumschule?

Chenoa sah ihn mit einem fragenden Gesichtsausdruck an. Ihre großen, schwarzen Augen glänzten wie heißes Pech. Dann verzog sich ihr Mund zu einem Lachen, und sie sagte: »Hör mal, Kollege, meinste, ich versteh Deutsch, un ich kriech auch alles mit.« In breitestem rheinischen Tonfall.

Herbie konnte es nicht fassen. Er suchte nach den richtigen Worten. »Du bist … du kannst …«

Versuch es auf Englisch.

Chenoa klopfte ihm kumpelhaft auf die Schulter. »Kriech dich mal wieder ein. Bis nit der Erste, dem dat passiert. Ich seh vielleicht aus wie so 'ne Vorzeigesquaw, aber eigentlich bin ich die Anke aus Quadrath-Ichendorf.«

»Aber alle sagen Chenoa«, sagte Hibbel. »Der Marshal will das so. Möchte der so haben.«

In diesem Moment kam Marshal Schnorrenberg wieder in den Raum stolziert.

»Mach ihn nicht wütend, hörst du?«, wisperte Hibbel. »Kein Telefon! Auch nicht das bei uns im Haus.«

Der Marshal räusperte sich. »Okay, was ist mit dem Mädchen? Ist sie schon wach?«

»Nein, sie hat ein paar Beruhigungstabletten gekriegt«, erklärte Herbie. »Das wird ihr helfen, sich zu erholen.«

»Erholen, erholen ... Sie ist hier nicht im Urlaub. Sobald sie wach ist, fliegt sie raus.«

»Aber ihr Freund, der ist doch, nun ja ...«, stammelte Hibbel. »Solange der nicht gefunden worden ist ... Bis dass der auftaucht, kann sie doch ...«

Der Marshal gab einen knurrenden Laut von sich. Halblaut sagte er: »Dann werde ich mal über die Miete nachdenken müssen. Soll bloß nicht glauben, dass sie hier auf ewig und drei Tage durchgefüttert wird.«

»Wir brauchen übrigens noch ein paar Pfosten«, fiel es Hibbel ein. »Pfähle. Da sind noch ein paar nötig. Es sind zu wenig. Reicht nicht.«

»Einen Meter fünfzig?«

»Ja, zehn Stück etwa. Also so ungefähr. Acht, neun, zehn ...«

»Gut. Du besorgst die, Greenhorn!« Der ausgestreckte Zeigefinger des Marshals deutete auf Herbie.

In dessen Kopf keimte sofort Hoffnung auf. »Klar, kann ich machen. Wo muss ich die holen? In Hillesheim bei der Raiffeisenkasse?«

Der Marshal grinste breit und trat ganz nah an ihn heran. »Jahaaa, netter Versuch, Knäbchen. Die gibt es unten im Dorf. Da ist ein Sägewerk. Von wegen Hillesheim! Schnapp dir die Schubkarre und ab die Post.«

»Mit der Schubkarre?«, sagte Herbie ungläubig.

»Aber ja! Ihr habt euch doch schon prächtig aneinander gewöhnt. Außerdem …« Er ließ beifallheischend den Blick zwischen Hibbel und Chenoa hin und her wandern. »Außerdem ist die Schubkarre ein ganz schlechtes Fluchtfahrzeug!« Zu dritt brachen sie in Gelächter aus.

Und Julius stimmte besonders hämisch mit ein, was Herbie noch mehr verärgerte.

Hibbel beschrieb ihm den Weg zum Sägewerk, und Marshal Schnorrenberg gab ihm die Anweisung, sich einen Lieferschein geben zu lassen.

»Und wenn der Typ die Pfosten nicht ohne Bezahlung rausrücken will, rufst du mich aus seinem Büro an. Nummer hat er. Und ich komme dann da runter und ballere ihm ein zweites Loch in den Arsch, kapiert?«

Herbie trottete los. Die Schubkarre schien schon auf ihn gewartet zu haben. Als er sie in Bewegung setzte, spürte er augenblicklich einen höllischen Schmerz in den Muskeln, die er am Vortag bei genau dieser Tätigkeit besonders belastet hatte.

»Und bring bloß nicht mehr als zehn Stück mit!«, rief der Marshal ihm durch das geöffnete Fenster hinterher. »Sonst kannst du die wieder zurückfahren!«

»Zehn Stück etwa«, hörte er noch leise Hibbels Stimme. »Also so ungefähr. Acht, neun, zehn …«

Der Weg hinunter nach Reetz schien ihm endlos lang. Wenigstens war es nicht mehr so heiß. Das Gewitter hatte die Schwüle mit sich genommen. Der Himmel war bedeckt. Es roch dumpfig.

»Das ist entwürdigend.« Verdrossen schob Herbie die Karre vor sich her.

Was meinst du? Die Tatsache, dass du ein Hemd von Hibbels Vater trägst? Das ist zeitlos … hässlich.

»Nein, die Schubkarre. Mit der Schubkarre einkaufen zu gehen. Der Möchtegerncowboy hätte das doch mit seinem Trecker in einer Viertelstunde erledigen können. Reine Schikane, so was.«

Er trottete talwärts. Die Gedanken an die vergangenen Geschehnisse spukten unablässig in seinem Kopf herum. »Das macht mich neugierig, Julius. Was hat diese alte Schachtel da heute Nacht mit ›schon wieder‹ gemeint? Die ist ja völlig durchgedreht.«

Die war auf Milchreis.

»Sie hat sich aufgeführt, als würde diese Spukgestalt hier reihenweise die Leute aus dem Verkehr ziehen.«

Na ja, der ländliche Aberglaube …

»Wir leben im 21. Jahrhundert!«

Ja, aber in der Eifel. Tieropfer, Hexenverbrennung … Man hält hier doch gerne an liebgewonnenen Traditionen fest.

»Blödsinn. Die Alte ist nur überfromm. Hast du die ganzen Kruzifixe gesehen?«

Allerdings. Für Vampire ist das Hibbel-Haus jedenfalls eine No-go-Area.

»Auch ohne Knoblauch.« Herbie musste schmunzeln. »Jedenfalls finde ich das alles sehr mysteriös.«

Plötzlich blieb er stehen und setzte die Schubkarre ab.

»Hier war es!«

Was?

»Mein Unfall. Hier ist die Stelle, an der mir das Tier ins Auto gelaufen ist!«

Die Spuren des unsanften Zusammentreffens waren auch heute noch deutlich zu erkennen. An der Seite, die sich sanft in Richtung Tal neigte, war das Gestrüpp zerzaust. Das kniehohe Gras war platt gewalzt, teilweise ausgerissen. Am Rand des Wegs erkannte Herbie eine große, dunkle Lache einer inzwischen getrockneten Flüssigkeit. Ob es sich um ausgelaufenes Öl oder halb versickertes Blut handelte, wollte er nicht nachprüfen. Einer der Bäume hatte in etwa einem halben Meter Höhe eine tellergroße, blass schimmernde Narbe. Herbie bückte sich und hob ein kleines, orangefarbenes Plastikteil auf, das er im zerpflügten Boden fand. »Mein Blinker«, murmelte er traurig. »Wie gut, dass die Polizei hier nicht fündig geworden ist. Meinen Führerschein wäre ich los, wenn das rauskommt.«

Er blickte zu der anderen Seite des Wegs hinüber. Dort stieg das Gelände leicht an. Zwischen den Ginstersträuchern hindurch konnte er einen Teil der dahinterliegenden Weide erkennen. Der Zaun war offenbar inzwischen geflickt worden. Ob Hibbel das erledigt hatte?

»Da ist er hergekommen.« Sein Blick folgte dem Weg, den der Bulle genommen haben musste. »Dort die Böschung runter, und dann hier vorne …«

Peng, Krach, Bumm.

»Für mich hat es anders geklungen.«

Ich hätte noch Paaf, Pardauz, Boing anzubieten.

»Überzeugt mich auch nicht.«

Er packte wieder die Griffe der Schubkarre. Schweigend hing er für die nächste Viertelstunde seinen Gedanken nach und schob die Karre den Weg hinunter.

Nach weiteren hundert Metern wurde Motorengeräusch laut. Ein alter, grauer Pick-up kam von der Ranch herunter. Hinter dem Steuer saß Chenoa, die ihm im Vorbeifahren freundlich zuwinkte. Herbie blickte ihr nach, wie sie bergab in Richtung des Dorfes fuhr. Die Ladefläche war geradezu schändlich leer. Sein Transportauftrag kam ihm nur noch nutzloser vor.

Das Sägewerk fanden sie wenig später auf Anhieb. *Holzhandlung Giesen* stand in verwitterter Schrift auf dem Schild über dem Eingang. Es schien ein alteingesessener, kleiner Familienbetrieb zu sein, der auch Gartenhäuser und Zaunelemente aus eigener Fertigung anbot. Ein paar Männer standen rauchend herum und unterhielten sich.

Als Herbie bei einem von ihnen sein Anliegen vortrug, erntete er spöttische Blicke und unverblümte Heiterkeit.

»Nee, echt jetzt? Und da schickt der Marshal dich den weiten Weg mit der Schubkarre?« Der junge Mann mit dem Dreitagebart grinste ihn unverschämt an. »Hätte ich ihm doch mit dem Transporter mitbringen können.« Seine Augen leuchteten hellblau. Alles an ihm strahlte irgendwie. Auch seine makellosen, weißen Zähne, das blondierte Haar und der kleine Schmuckstein in seinem rechten Ohrläppchen. »Ich bin Tom. Kettensägen-Tom.« Er reichte Herbie die Hand. »Mein Atelier ist weiter oben an der Straße Richtung Freilingen.«

»Ich bin Herbie. Was für ein Atelier denn?« Und während er noch fragte, dämmerte es ihm. Er hatte den jungen Mann am Vortag auf der Ranch gesehen. Allerdings nur von hinten.

»Ich mache Kettensägen-Kunst. Statuen. Adler, Löwen, all so was. Aus Holz. Mit der Kettensäge.« Er warf die Kippe zu Boden und trat sie aus. »Für den Marshal mache ich gerade zwei große Totempfähle. Riesenoschis, kann ich dir sagen.« Er beschrieb mit den Händen etwas Gigantisches.

»Toll, muss ich mir unbedingt mal angucken. Jetzt besorge ich aber besser erst mal die Zaunpfähle.«

»Klar, klar.« Der junge Mann klopfte ihm auf die Schulter. »Frag den alten Bert dahinten. Der gibt dir, was du brauchst.«

Der alte Bert saß auf einem zerschlissenen Bürostuhl in einem kleinen Verschlag. Er war ein dicker, wortkarger Typ in blauer Latzhose, der offenbar sehr an dem Innenleben seiner Nase interessiert war. Was immer er auch gerade mit dem Finger von dort hervorgeholt hatte, betrachtete er mit großer Hingabe und ließ keinen Zweifel daran, dass ihm die Störung gar nicht passte.

»Nee, ohne Bezahlung gebe ich gar nichts raus«, schnarrte er.

»Der Marshal sagt, wenn Sie mir das nicht ohne Barzahlung geben wollen …«

Das wirst doch nicht allen Ernstes wiederholen, was dieser Rohling von sich gegeben hat!

In diese Verlegenheit kam Herbie gar nicht. Der alte Bert winkte ab und erhob sich schnaufend von seinem Bürostuhl. »Ja, ja, dann kommt er mit seiner Flinte und … blablabla.«

Herbie folgte ihm ins Lager. Hier lagen Bretter, Latten, Pfähle und allerlei andere Teile aus Holz in großen Regalen gestapelt.

»Das ist ein Maulheld. Der droht immer nur.« Er begann mit kraftvollen Bewegungen, die ihm Herbie kaum zugetraut hätte, dunkelbraune Holzpfähle hervorzuziehen und gleich auf Herbies Karre zu legen.

»Ich nehme an, du willst die imprägnierten.«

»Ähm, ja, wahrscheinlich schon.«

»Oder nicht?«

»Doch, doch.«

»Die mit Bitumen an der Spitze.«

»Hm.«

»Hm was?«

»Hm, ja.«

Der Mann fuhr mit seiner Tätigkeit fort.

»Warum kommt der Hibbel nicht?«

»Hat was anderes zu tun.«

»Der macht mich sowieso wahnsinnig. Du bist mir lieber. Kommst du jetzt öfter?«

Spätestens wenn er den elften Pfosten zurückbringen muss.

»Oh, zehn!«, schrak Herbie auf. »Zehn reichen!«

Einer der Pfähle wanderte zurück auf den Stapel.

Mithilfe eines halb verrotteten Seils, das ihm der alte Bert großmütig überließ, brachte Herbie seine überaus bewegliche Fracht einigermaßen ans Halten.

Wie nennt man in der Fachsprache diesen Knoten, den du da fabriziert hast? Ist das ein doppelter gordischer Linksschlingenmurks?

»Er hält jedenfalls. Der Rest ist unwichtig.«

Als er vom Hof rollte, wobei er mit äußerster Konzentration versuchte, das Gleichgewicht zu behalten, ertönte eine Stimme.

»He, Sie da!«

Er fuhr herum, und beinahe wäre die Karre umgekippt.

Bei der Einfahrt stand eine Frau, die ein kleines Gatter aus grün lasierten Holzlatten festhielt. Sie mochte etwa sechzig Jahre alt sein und hatte graues, zu einer Tolle frisiertes Haar. Herbie konnte sie nicht einordnen.

»Sie sind das doch!« Ihre Stimme klang nicht gerade freundlich.

»Kennen wir uns?«, fragte Herbie und stellte die Karre ab.

»Sie fahren doch diesen roten Volvo!«

Sie fuhren!

»Ja, stimmt.« Herbie machte ein paar Schritte auf sie zu, und auch sie kam ihm entgegen.

Sie hatte ganz offensichtlich große Mühe, das kleine Zaunelement einigermaßen bequem zu halten. »Es ist nicht schwer, aber unhandlich«, presste sie zwischen den Zähnen hervor.

Als sie sich gegenüberstanden, funkelten ihre Augen ihn feindselig an. »Sie waren das doch gestern mit dem roten Volvo!«

Und da fiel es Herbie wie Schuppen von den Augen. »Auf dem Feldweg«, sagte er. »Wir sind knapp aneinander vorbeige…«

»Dauner Kennzeichen, genau! Sie hätten mich um ein Haar überfahren!«

Julius grinste breit. *Das hat er sich für den nächstbesten Bison aufgehoben.*

»Das war haarscharf, junger Mann, wissen Sie das! Ich könnte jetzt tot sein!«

»Tut mir wirklich unglaublich leid. Ich war so schrecklich in Eile. Meine Tante …« Und er dachte, es könnte nicht schaden, der schnöden Wahrheit einen kleinen, freundlichen Anstrich zu verpassen. »Es ging um Leben und Tod. Meine Tante, meine arme, alte Tante. Ich musste ihr dringend etwas bringen, sonst ...«

»Medikamente?«, kam es schon etwas besänftigt zurück.

»Ja, genau. Wichtige Medikamente für meine Lieblingstante.«

Julius runzelte die Stirn. *Ich weiß, dass du oft in Zusammenhang mit deiner Tante von Arzneien gesprochen hast, aber da ging es um Digitalis, Blausäure, Strychnin und solche Sachen.*

Herbie beachtete ihn gar nicht. »Und da sind ja diese unseligen Baustellen und Umleitungen überall ...«

»Wem sagen Sie das!« Jetzt hatte sich die Feindseligkeit der Frau bereits halbwegs in eine Form von Verständnis verwandelt. »Ganz schrecklich, diese zahllosen Baustellen. Jeden Tag eine neue Umleitung!« Sie setzte das Gatter ab. »Haben Sie es denn noch rechtzeitig geschafft?«

»Nein, leider nicht.«

Sie stieß einen leisen Laut des Entsetzens aus.

Als Herbie merkte, was er damit angedeutet hatte, sagte er rasch: »Aber es ist gerade noch mal gutgegangen! Sie hat etwas aufgetaut.«

»Aufgetaut?«

»Aufget... Aufgetrieben! Sie hat andere Medikamente aufgetrieben.«

»Na gut. Trotzdem passen Sie demnächst besser auf. Außerdem ist das ein Privatweg.«

Herbie warf sich in die Brust. »Ja, stimmt, aber ich bin befugt. Also ich darf ihn benutzen.«

»Und wieso das?«

»Weil ich für Herrn Schnorrenberg arbeite!«

»Für Gereon?« Sie war die Erste, die ihn nicht *Marshal* nannte. »Das ist ja mal interessant. Ist was mit Hibbel? Ich meine, ist er krank oder so?«

»Nein, ich bin zu seiner Unterstützung eingestellt worden.«

Unterstützung! Dass ich nicht lache! Julius lehnte sich an eines der Gartenhäuschen, die neben der Einfahrt als Schaustücke aufgebaut worden waren. *Du bist der Unterknecht, der Schlappenschammes. Du bist nichts anderes als Schütze Arsch im letzten Glied, mein Freund.*

»Zur Unterstützung, soso.« Sie sah ihn prüfend an. »Sagen Sie mal, wo ich Sie da so sehe, mit Ihrem … Transportmittel … Denken Sie wohl, es wäre möglich, damit einen kleinen Schlenker zu machen? Nur ein kleiner Umweg, an unserem Haus vorbei. Dann würde ich Sie nämlich bitten, dieses kleine Gartentörchen oben auf Ihre Pfosten draufzulegen. Wie gesagt, es ist nicht schwer, nur unhandlich.«

»Ich weiß nicht. Die Pfosten werden offenbar ganz dringend auf der Ranch gebraucht.«

»Es sind wirklich nur ein paar Minuten Umweg. Und im Gegenzug vergesse ich unseren kleinen Beinahe-Zusammenstoß von gestern.« Sie sah ihn mit schief gelegtem Kopf an. »Na?«

Herbie rang sich ein Lächeln ab und nickte ergeben. »Na gut. Wenn es nur ein kleiner Umweg ist …«

Sie strahlte ihn an. »Das ist prima. Dann wollen wir das mal obendrauf packen.« Sie schwang das kleine Gatter auf den Pfostenstapel, sodass die Schubkarre gefährlich hin und her schwang.

Julius hob beschwörend die Hände. *Das klappt nie!*

»Ich bin übrigens die Käthi. Käthi Schnorrenberg.«

»Schnorrenberg?«

»Ja, genau«, bestätigte sie mit einem feinen Lächeln. »Mein Mann Apollo ist der Bruder vom Marshal.«

13. Kapitel

Julius schüttelte missbilligend den Kopf und hob mahnend den Zeigefinger. *Immer Arbeit, nie ein Spiel, wird dem Faulpelz bald zu viel.*

»Noch ein Glas?« Käthi Schnorrenberg hielt die Flasche in die Höhe. Mit fragend hochgezogenen Augenbrauen blickte sie Herbie an. »Noch ein Schlückchen Sprudel?«

Herbie winkte ab. Er versuchte, sich auf die für ihn aussichtslos verlaufende Partie zu konzentrieren. »Danke, wirklich nicht. Wenn wir diese Runde zu Ende gespielt haben, muss ich ganz dringend los. Herr Schnorrenberg wird nicht froh sein, wenn ich zu spät komme.« Herbie hielt verkrampft die Spielkarten in der Linken und schielte immer wieder zu der Wanduhr hinüber. Es wurde wirklich langsam Zeit.

Der Mann gegenüber gab einen unwirschen Laut von sich. Er mochte es offenbar nicht, wenn sie sich während des Kartenspiels unterhielten. Es war schwer einzuschätzen, ob er der ältere oder jüngere Bruder des Marshals war. In seinen schlaffen Gesichtszügen suchte Herbie vergeblich nach einer Familienähnlichkeit. Sein eisgraues Haar war ungekämmt und hing ihm in Strähnen in die Stirn, aus Nase und Ohren wuchsen Borsten, sein Mund hing auf der linken Seite schief herab, und der Kopf war weit nach vorne gebeugt. Er erinnerte an eine alte Schildkröte, die aus ihrem Panzer hervorguckt. Zwischen seinen Lippen steckte eine qualmende Zigarette.

Käthi Schnorrenberg hatte ihn eine Dreiviertelstunde zuvor gewarnt, bevor sie ins Haus hineingegangen waren. Ein Schlaganfall vor sechs Jahren habe ihren lieben Mann zu dem gemacht, was er jetzt sei.

»Aber Gott sei Dank kehrte ja der Gereon kurz darauf zurück ins Dorf und hat dann den Hof übernommen. Das wäre ja auch alles nicht mehr gegangen. Wir haben jetzt dieses kleine Häuschen und schaffen es, alles alleine zu organisieren. Für unsere nächsten zwanzig Jahre oder so haben wir genug beiseitegelegt, damit es uns an nichts fehlt. Der Gereon hat seinen Bruder großzügig ausbezahlt, müssen Sie wissen. Es wird wohl auch noch für dreißig Jahre reichen.« In ihre letzten Worte hatte sich ein matter Unterton der Mutlosigkeit hineingemischt. Sie hatte dabei ihren Mann betrachtet, und Herbie hatte aus ihrem Blick deutlich herauslesen können, dass sie nicht daran glaubte, dass sie noch zwanzig Jahre oder mehr mit ihm würde verbringen können.

Und dann hatte sich Herbie zu einem kurzen, schnellen Kartenspiel überreden lassen. Und augenblicklich war in dem kraftlosen Körper des Mannes eine Veränderung vorgegangen. Zwar saß er nach wie vor schlaff und zusammengesunken da, so wie vorher, aber seine Hände hatten freudig zu zittern begonnen, und in seinen Augen war ein begeistertes Flackern zu sehen gewesen.

Herbie war alles andere als ein versierter Skatspieler. Eigentlich machte er sich überhaupt nichts aus Spielkarten. Als Kind hatte er mit der Familie Mau Mau gespielt und Herzblättchen, weil man das eben so machte, und als Jugendlicher hatten ihn seine Mitschüler mehr oder weniger zum Skatspiel gezwungen, aber ansonsten verfügte er über keinerlei Kenntnisse.

Julius räusperte sich. *Karten sind des Teufels ABC.* Er schien heute besonders tief in seinem Sprichwort- und Zitatenschatzkästlein zu kramen.

Aber hätte Herbie denn diesem gebrechlichen, vom Schicksal geschlagenen Mann dies kleine Vergnügen verwehren können?

»Mein Schwager hat sicher nichts dagegen«, hatte Käthi Schnorrenberg gesagt. »Er kommt ja selbst ab und zu, um mit seinem lieben Bruder ein Ründchen zu spielen.«

Er hatte wieder ergeben genickt und am Wohnzimmertisch Platz genommen.

Das war nun fast fünfzig Minuten her.

Nach dem Reizen sah sich Herbie dem Ehepaar Schnorrenberg als Team gegenüber.

»Wir spielen um Streichhölzer«, erklärte Käthi. »Sonst macht es Apollo keinen Spaß. Nicht wahr, Apollo?«

Der erste Stich ging an Herbie. Das fing gut an. Das war zwar sein letzter für diese Partie, aber das Spiel lief zügig, und es versprach, eine schnelle Sache zu werden.

»So, und nun sagen Sie mal, was war denn da gestern Nacht eigentlich am Hof los?«, fragte Käthi, ohne ihn anzusehen, während sie die Karten in ihrer Hand sortierte. »Die Polizei, das Blaulicht und all das.«

Aha, daher weht der Wind! Die Dame will dich ein bisschen ausquetschen. Julius spitzte die Lippen, trat hinter sie und guckte ihr mit unverhohlener Neugier ins Blatt.

»Ich könnte natürlich meinen Schwager fragen, aber wir sehen uns wahrscheinlich erst in den nächsten Tagen«, murmelte sie.

Herbie blickte zu seinem Begleiter auf und begriff, dass Julius mit seiner Vermutung wahrscheinlich richtiglag. Er sah in diesem Moment auch das Fernglas auf der Fensterbank und vermutete, dass Käthi Schnorrenberg eine Frau war, die sich gerne umfassend über die Vorgänge im Dorf zu informieren pflegte. Aber er sah überhaupt keine Veranlassung, die Geschehnisse der letzten Nacht zu verschweigen. Von ihrem Schwager würde sie ohnehin alles erfahren. Also setzte er sie mit knappen Worten in Kenntnis. »Ein junges Pärchen hat in der Hütte übernachtet. In der Hütte vom Ginstermann. Und dann scheint sich eine Gewalttat ereignet zu haben.« Während er es erzählte, spürte er, dass es ihm half, den Lauf der Ereignisse noch einmal zu sortieren. Nebenbei bemühte er sich, beim Kartenspiel den Überblick zu behalten.

»Soso, das klingt ja interessant.« Käthi hörte ihm die ganze Zeit aufmerksam zu und bediente mit langsamen Bewegungen jede der gelegten Karten. Entweder die Geschichte schien ihr nicht spektakulär genug, oder sie war ganz einfach besonders geübt darin, ihre wahren Empfindungen zu verbergen. Sie strich sich nur ihre graue Tolle aus der Stirn und sagte: »Apollo? Was sagst du?«

Der rechte Mundwinkel ihres Mannes zuckte andeutungsweise nach oben, und er presste etwas hervor, das klang wie: »Grand Hand!«

Herbie hatte wieder keinen Stich gekriegt. Jetzt schon zum dritten Mal. Bei den ersten beiden Runden war es nicht ganz so dramatisch gewesen.

Spielen ist keine Kunst, aufhören hingegen schon!

Julius ging ihm langsam auf den Zeiger mit seinen affigen Aphorismen.

Käthi hielt Herbie weitere Zündhölzchen hin.

»Nein danke«, lehnte dieser entschieden ab. »Ich muss jetzt wirklich los.«

Der alte Mann sah ihn mit wässrigen Augen über den Tisch hinweg an.

»Nur noch eine Runde, bitte«, flehte seine Frau und rollte bedeutungsvoll die Augen in Richtung ihres Ehemanns, der gerade mit zitternden Fingern eine neue Zigarette anzündete.

»Aber nur noch eine.« Herbie seufzte wieder, und sie gab die Karten aus.

»Die Sage vom Ginstermann ist ein altes Schauermärchen«, begann Käthi wieder zu plaudern. »Kein Mensch hat wirklich Angst davor. Wirklich keiner. Es gibt da zwei Schwestern, die machen eine Menge Brimborium darum, aber das ist Quatsch.«

»Die Geschwister Dohmen.«

»Ach, die kennen Sie auch schon!«

»Allerdings.«

»Waren die etwa gestern Nacht auch im Wald? Würde mich nicht wundern. Ein Gewitter ist für die doch das, was für normale Leute ein schöner Sonnenuntergang ist.«

»Ich habe sie jedenfalls nicht gesehen. Die Polizei sucht den ganzen Wald ab«, sagte Herbie und nahm die neuen Karten entgegen. »Es ist alles sehr geheimnisvoll. So viel ist sicher.« Dann kam ihm ein Gedanke. »Die Mutter vom Hibbel hat das Ganze übrigens anscheinend ganz schön mitgenommen. ›Schon wieder!‹, hat sie geheult. Was kann das wohl heißen? *Schon wieder?* Ist an der Hütte vielleicht schon mal was Ähnliches vorgefallen?«

Käthi lachte auf. »Ach, die alte Ernestine! Die ist mindestens genauso durcheinander wie ihr Sohn! Beide herzensgut, wirklich herzensgut! Aber ernst nehmen sollte man sie auf keinen Fall! Oder, Apollo?« Sie stieß ihren Mann sanft an, der aufspielte und nur grunzte. »Nein, die Hütte ist nur ein alter Steinhaufen, in dem früher ein Besenbinder gelebt hat. Eine arme Gestalt, wissen Sie? Hat Besen aus Ginsterbüschen hergestellt. Ein Ausgestoßener. Soziale Randfigur. Um solche Gestalten ranken sich oft die abenteuerlichsten Geschichten!«

»Dachte ich mir«, sagte Herbie halbherzig.

Er kriegte auch dieses Mal keinen Stich.

Hinterher zählte Käthi durch, wer noch wie viele Streichhölzchen besaß. »So, wollen mal sehen. Sechs haben Sie von uns gekriegt, und sechs haben Sie leider auch verloren.« Sie strahlte ihn an. »Bei der Revanche demnächst wird es sicher besser für Sie laufen.«

»Ja, sicher.«

Sie hielt die Hand auf. »Ja, das wären dann sechzig Euro.«

Herbie blickte sich ratlos zu Julius um.

Der hatte allerdings nur eine weitere Binsenweisheit für ihn parat: *Es spielen sich eher zehne arm als einer reich.*

»Moment mal, das mit den Hölzchen war doch nur … Ich meine, wir haben doch nicht wirklich um …«

»Ich sagte ja schon, dass es Apollo sonst keinen Spaß macht. Ein Hölzchen sind zehn Euro. Sie hätten ja auch gewinnen können.«

Ihr Blick ließ keinen Zweifel daran, dass sie das in Wirklichkeit für ein Ding der Unmöglichkeit hielt.

»Ich bin allerdings alles andere als flüssig«, sagte Herbie matt.

Du kannst es ja abarbeiten! Julius gluckste albern.

»Nun, wir schreiben es fein auf«, sagte Käthi und räumte das Kartenspiel in eine Schublade des Wohnzimmerschranks. »Da gerät es dann auch nicht in Vergessenheit. Morgen sieht es ja vielleicht schon wieder besser aus mit den Finanzen.«

»Morgen?«

»Wir wollen es ja nicht unnötig auf die lange Bank schieben, nicht wahr?«

»Hm, also morgen.«

14. Kapitel

Etwa auf halber Strecke hatten die Zaunpfähle spontan beschlossen, sich selbst abzuladen. Es brauchte nur einen winzigen Moment der Unachtsamkeit, und sie lösten sich aus der dürftigen Sicherung und rutschten seitlich weg. Der alte Strick verfing sich im quietschenden Rad, was eine abrupte Bremsung zur Folge hatte, und Herbie stürzte über die Karre und fand sich mit schmerzendem Schienbein zwischen den auf dem Weg herumliegenden Pfosten wieder.

Im Zirkus würden die Leute Eintritt zahlen. Ich sehe das bunte Plakat vor mir: Herbie Feldmann und seine atemberaubende Schubkarren-Dressur! Julius ahmte ein paar Fanfarenstöße nach.

Es dauerte geschlagene zwanzig Minuten, bis es weitergehen konnte. Mittlerweile war es fast elf Uhr.

Als sie sich der Ranch näherten, erkannten sie ein blaues Flackern, das zwischen den Bäumen durchdrang.

»Die Polizei? Immer noch?«

Oder schon wieder.

Aber es war ein Krankenwagen. Er stand vor dem alten Haus, und als Herbie und Julius sich näherten, wurde eine Transportbahre aus der Eingangstür herausgetragen. Als die Sanitäter mit ihrer Fracht die beiden Eingangsstufen überwunden hatten, klappte an der Unterseite das Fahrgestell heraus. Hibbel hüpfte wild gestikulierend und mit federnden Schritten um die beiden jungen Männer herum.

»Alles wird gut, Mutti. Keine Sorge, das wird wieder! Hörst du mich, Mutti? Kannst du mich hören?«

Herbie stellte die Schubkarre ab und trat näher. Auf der Trage war die alte Frau Stüsser festgeschnallt. An ihrem Kragen war zu erkennen, dass sie ein verblichenes, geblümtes Nachthemd trug. Die Träger hatten hochrote, verschwitze Köpfe. Herbie konnte sich vorstellen, dass es kein Kinderspiel gewesen war, die alte Frau – wie hatte Käthi Schnorrenberg sie genannt? Ernestine! – die Treppe hinunter zu bugsieren.

Wenigstens stellen sich die Jungs nicht so ungeschickt an wie du. Stell dir mal vor, die würde hier rumkullern.

Von der Trage, die nun klappernd über den unebenen Vorplatz auf den Rettungswagen zugeschoben wurde, war ein wimmernder Ton zu hören. Ähnlich wie der, den Hibbels Mutter in der Nacht ohne Unterlass von sich gegeben hatte.

»Was ist los, Hibbel?«, rief Herbie, erhielt aber keine Antwort.

»Ich hole nur schnell ihre Pantoffeln!«, rief Hibbel aufgeregt und stolperte zum Hauseingang. »Die braucht sie doch sicher im Krankenhaus. Und ihre Zahnbürste! Und auch ihre Creme für die Füße und das Kölnisch Wasser!«

Der Rasierapparat ist wichtiger. Julius rümpfte mitleidslos die Nase.

Hinter dem Steuer des Wagens saß ein weiterer Mann, der telefonierte und irgendwelche Dinge auf einem Klemmbrett notierte, das vor ihm auf dem Lenkrad lag.

Bevor die Bahre zwischen den beiden weit offen stehenden Türflügeln hineingeschoben wurde, riss Ernestine Stüsser noch einmal weit die Augen auf. Und dann packte sie ganz unvermittelt nach Herbies Hand. Sie zog ihn zu sich runter und flüsterte krächzend: »Muss aufhören … darf nicht noch mal … Unglück, hörst du? Großes Unglück!« Ihr Atem ging rasselnd und stoßweise.

»Beruhigen Sie sich, Frau Stüsser.« Er versuchte, sanft ihre Hand abzuschütteln, aber sie packte nur umso fester zu.

Hibbel kam wieder auf sie zugeeilt, ununterbrochen vor sich hin brabbelnd.

»Lurdes«, kam es röchelnd von der alten Frau. »Lurdes … geh nachgucken. Dass es aufhört … endlich aufhört …« Der Rest ging in einem gurgelnden Geräusch unter.

Hibbel schien ihn erst jetzt zu bemerken. »Oh Herbie, es ist schrecklich! Mutter muss ins Krankenhaus. Ihr Herz. Das hat sie alles so sehr mitgenommen. Jetzt muss sie in die Klinik. Ins Krankenhaus. Das muss sein!«

Die Sanitäter schoben sie jetzt hinein. Hibbel riss an ihren Ärmeln. »Ich kann doch mit, oder?« Über die Schulter rief er Herbie zu: »Sag dem Marshal Bescheid! Ich bin bald wieder da! Also bald. Wirklich so schnell es geht, hörst du? Er ist oben bei der Herde. Bei den Tieren. Also bei den …«

Dann wurden die Türen geschlossen. Herbie fragte noch: »Wohin bringt ihr sie?«, und der junge Mann, der im Begriff war, auf der Fahrerseite einzusteigen, antwortete: »Ins Kreiskrankenhaus Mechernich.« Dann sprang er hinein, und fast augenblicklich setzte sich der Wagen in Bewegung und rollte auf dem knirschenden Schotter davon.

Herbie blickte ihm hinterher, die Hände in die Seiten gestemmt.

Mann, Mann, Mann. Julius runzelte die Stirn.

Und Herbie ergänzte: »Hier ist ja vielleicht was los heute.« Er betrachtete die Schubkarre mit den Pfosten. »Ich will da mal kein Risiko eingehen. Zuerst suchen wir den Marshal und erzählen ihm, was mit Hibbels Mutter passiert ist, und dann frage ich ihn gleich, wo die Pfosten hinmüssen. Ich habe keine Lust, die Dinger unnötig hin und her zu fahren.«

Er ließ den Blick schweifen. Wo hielt sich die Herde auf? In Sichtweite jedenfalls nicht, so viel war klar. Der Krankenwagen hätte den Marshal sicher neugierig gemacht.

Also kletterte Herbie auf eine Anhöhe. Von dort aus hatte er eine viel bessere Weitsicht in Richtung Nordwesten. In der Ferne konnte er die Windräder auf der Anhöhe oberhalb von Rohr erkennen. Da irgendwo verlief die Straße in die Freiheit. Aber sie war, wie im Moment alle Straßen der Eifel, von einer Baustelle blockiert.

Dann entdeckte er zwei Rinder. Waren das Bisons? Ja, ziemlich sicher. Als er sich ein wenig nach links bewegte, sah er auch den Rest. Es schien die ganze Herde zu sein. Und der Trecker des Marshals war auch da.

Also machte er sich auf einen weiteren Fußmarsch.

Während er über die Weide stapfte, versuchte er zu überschlagen, wie viele Stunden echter Arbeitszeit er schon abgeleistet hatte. Viel kam da noch nicht zusammen. Es schien ihm, als hielte ihn eine höhere Macht davon ab, richtig zu ackern.

Bis zu der Herde brauchte er fast eine Viertelstunde, weil er zwischenzeitlich zweimal an unüberwindlich hohe Zäune kam. Zwei Meter schienen Standard bei der Bisonzucht zu sein.

Willst du nicht mal darüber nachdenken, warum die Pfosten, die du besorgen musstest, nur einen Meter fünfzig lang sind?

»Nein, will ich nicht, Julius.«

Der Marshal begrüßte ihn mit einem knappen »Wurde auch Zeit« von seinem Trecker herunter.

»Mit dem Trecker ginge alles schneller«, presste Herbie zwischen den Zähnen hervor.

»Wie bitte?«

»Nichts, nichts. Es ist was passiert!«

»Was?«

»Hibbels Mutter ist vom Krankenwagen abgeholt worden.«

Der Marshal schrak hoch »Ernestine? Wieso das denn?«

»Offenbar das Herz.«

Der Marshal drehte den Zündschlüssel, und das Tuckern des Motors erstarb. Dann sprang er mit einem dumpfen Geräusch ins Gras. »Verdammt, was ist denn bloß los? Die Alte ist doch sonst so zäh.«

Herbie zuckte mit den Schultern. »Heute Nacht, das wird wohl zu viel für sie gewesen sein.«

Der Marshal brummte unwirsch und schritt nachdenklich zum Weidezaun hinüber. Herbie konnte nicht erkennen, welche Tätigkeit er bis jetzt verrichtet hatte. Breitbeinig blieb er stehen und starrte zu seinem Vieh hinüber, das friedlich auf der Weide graste.

»Geht mir auf die Nerven, das Ganze.« Ohne sich zu Herbie umzudrehen, fragte er: »In welchem Krankenhaus liegt sie?«

»Mechernich.«

»Hast du die Pfosten?«

»Klar, Kinderspiel.«

Julius räusperte sich überdeutlich.

»Marshal, ich hätte da mal eine Frage.«

»Hm?«

»Nur für meine Planung. So ein Bison … Also so ein Bulle wie der da …«

»So einer wie du ihn auf dem Gewissen hast?«

»Äh, ja. So einer.« Herbie deutete auf die Weide. Er zählte sechsundzwanzig Rinder. Einer davon schien ein männliches Tier zu sein.

Woran erkennst du das denn?

Herbie warf seinem Begleiter einen tadelnden Blick zu.

Die gewaltigen Körper strahlten eine beeindruckende Ruhe aus. Die großen, gewölbten Rücken, von denen immer noch Teile des karamellfarbenen Winterfells herunterhingen, glänzten in der Sonne. Mit gemächlichen Bewegungen schoben die Tiere ihre Mäuler über die Grasfläche. Schnauben war zu hören und Schmatzen. Sie bewegten sich langsam umeinander. Nur die Schwänze und die kleinen Ohren zuckten unter dem Angriff der Fliegen hektisch durch die Luft.

»Du willst wissen, was er kostet, so ein Bulle?«

Herbie nickte erleichtert. »Oh ja, das würde mir eine Vorstellung vermitteln, wie lange …«

Der Marshal legte das Kinn auf die Brust und betrachtete seine Stiefelspitzen. Dann trottete er langsam zum Trecker zurück, langte in die Führerkabine und holte eine grün schillernde Sprudelwasserflasche hervor. Er setzte sie an die Lippen und trank.

Er trank lange.

Dann rülpste er laut und stellte die Flasche zurück, ohne Herbie etwas angeboten zu haben. Er lehnte sich mit dem Rücken gegen den Trecker und verschränkte die Arme.

»Also«, begann er und kratzte sich enervierend lange an der Nase. »Das sind ja nicht irgendwelche Bisons, weißt du, Greenhorn? Das sind reinrassige amerikanische Präriebisons. Keine Wisente, keine europäischen Züchtungen. Das ist hundert Prozent Wildwest, verstehst du? Das ist *echt*.«

Herbie nickte. Er verkniff sich jede Bemerkung, um den Marshal nicht in seinen Ausführungen zu unterbrechen.

»So ein Bulle wiegt gut und gerne eine Tonne. Beeindruckend, oder?«

Herbie nickte wieder. Aber der Marshal hatte sich längst von ihm abgewandt und sah wieder zu seinen Tieren hinüber.

»Wenn man nun einen solchen Bisonbullen kauft, muss man locker sechs- bis achttausend Euro auf den Tisch legen.«

Die Zahl mit den vielen Nullen blitzte vor Herbies geistigem Auge auf. Es war, als würde ihm jemand mit Wucht in die Magengrube treten.

»Nicht schlecht, oder? Das allerdings sind nur die Anschaffungskosten. Jetzt wächst er und gedeiht. Die Haltung, die Pflege … das kann man kaum beziffern. Und irgendwann geht es dann ans Schlachten. Die Fleischausbeute bei einem so prächtigen Tier beträgt etwa dreiundfünfzig Prozent. Das sind circa fünfhundertdreißig Kilo. Der Fleischpreis liegt bei zwölf Euro im Durchschnitt. Kommst du noch mit?«

Herbie pulsierte das Blut in den Ohren. Das waren ja …

»Aber das Fleisch ist nicht alles. Das Fell ist wertvoll. Die Decke. Wir sprechen von einem Sommerfell. Das bringt weniger als das Winterfell, sagen wir etwa vierhundert Euro. Und der Kopf bringt, wenn man ein schönes Tier im richtigen Alter hat, makellos und unbeschädigt, als Trophäe auch noch einmal tausendzweihundert Euro. Dazu kommt die Vermarktung der restlichen Sachen. Knochen, Talg und so weiter. Seife, Salben und Tierfutter also. Das bringt auch noch was.«

Julius schien das alles höchst amüsant zu finden. *Schaffst du das im Kopf? Bei so großen Summen wird es ja schnell schwierig.*

»Summa summarum hat man im günstigen Fall einen Erlös von zehntausend Euro.«

Jetzt sah Herbie kleine Sternchen. Das musste an der Sommerhitze liegen.

Aber der Marshal war noch nicht am Ende: »Aaaaaber das Fleisch kann man natürlich nur verkaufen, wenn der Bison artgerecht getötet wird. Nach der Beschau durch den Amtstierarzt, mit einem Fangschuss in den dritten Halswirbel, ausgeführt von jemandem, der den speziellen Gehegewildjagdschein hat.«

Jetzt kam der Marshal zu ihm hin und baute sich vor ihm auf. »So läuft das alles normalerweise. Kommt allerdings so ein Irrer mit seinem Auto angebrettert und fährt das Tier an, sodass es da liegt, den Schädel zerschmettert, die Fesseln gebrochen, dann ist es hinterher, wenn man ihm die erlösende Kugel verpasst hat, nicht viel mehr wert als fünfhundert Kilo Fleisch für die Tierfutterindustrie!«

Die Knie gaben unter Herbie nach. Er ließ sich kraftlos ins Gras sinken.

Auf der anderen Seite des Zauns setzte sich eine Bisonkuh in Bewegung und kam auf sie zugetrottet. Der Marshal riss ein paar Zweige von einem nahen Strauch ab und streckte sie ihr durch die Maschen des Zauns hin. Genüsslich rupfte sie mit den Lippen an dem Grünzeug und begann malmend zu kauen.

»Also noch mal. Ganz einfache Rechnung: achttausend Euro Kaufsumme zuzüglich des entgangenen Gewinns von zehntausend Euro. Die lächerliche Summe, die ich noch für die Überreste kriege, will ich mal großzügig mit dem verrechnen, was ich in den sechs Jahren in das Tier investiert habe.« Er drehte den Kopf zu Herbie und grinste. »Ich bin ja kein Unmensch. Und es läuft ja auch mehr oder weniger an der Steuer vorbei.«

Julius stand da und zählte irgendwelche unerfindlichen Summen an den Fingern ab. *Aha, wenn ich mich nicht verkalkuliert habe, hast du erst mal für die nächsten drei Jahre eine feste Arbeitsstelle. Also eine ohne Bezahlung.*

»Plus Zinsen natürlich«, fiel es dem Marshal noch ein. *Vier Jahre. Auch schön.*

15. Kapitel

Mieke war aus dem Schlaf erwacht. Herbie und Julius fanden sie am Küchentisch des alten Hauses sitzend. Ihre Gesichtshaut war blass, ihre Augen rot geweint und von dunklen Schatten umrahmt. Mit zitternden Händen schob sie sich eine Strähne hinter das linke Ohr.

»Es hat vorhin an der Tür geklingelt, da bin ich wach geworden. Die Polizei war noch mal hier«, sagte sie leise, als er sich zu ihr setzte. »Sie können nichts finden. Sie finden einfach nichts.«

Was sollte er sagen? Worte des Trostes waren doch immer irgendwie nur leere Hülsen, die keinem weiterhalfen. Das wusste er selbst aus leidvoller Erfahrung.

»Und du?«, fragte er stattdessen. »Kommst du langsam dazu, deine Gedanken ein bisschen zu sortieren?«

»Geht so.« Sie fuhr mit dem Finger das Muster der Wachstuchdecke nach. »Ich hab wenigstens schlafen können. Habt ihr mir was gegeben?«

»Ein Beruhigungsmittel, ja.«

»Wo bin ich hier?«

Herbie erklärte es ihr. Sie sah sich mit gekräuselter Stirn im Raum um. »Hast du vielleicht einen Kaffee?«

»Kann ich dir machen.« Herbie stand auf und versuchte, sich ins Gedächtnis zurückzurufen, wo die Alte am Vortag alles hergeholt hatte. Im Schrank fand er die Dose mit dem Pulver und die Filtertüten, auf der Anrichte einen Zuckerstreuer und im Kühlschrank Kondensmilch. Wenig später blubberte die Kaffeemaschine auf der Anrichte.

»Wo sind die anderen Leute?«

»Frau Stüsser ist ins Krankenhaus gekommen.«

»Die dicke, alte Frau?«

Die mit den Milchreisbröckchen im Schnurrbart, genau! Julius setzte sich auf einen freien Stuhl und legte die Hände auf die Tischplatte.

»Ich kriege das gar nicht mehr alles auf die Reihe«, sagte Mieke matt. »Ich weiß nur noch, dass ich plötzlich vor eurer Tür stand und dagegen geklopft habe wie verrückt. Ich dachte: Das hören die nie bei dem Donner! Aber ihr wart irgendwie direkt da. Du, der andere und diese Frau. Und später kam der Typ dazu, der wie ein Cowboy aussieht.«

Herbie stellte zwei Tassen auf den Tisch.

Und ich kriege keine?

»Das war wirklich eine seltsame Nacht.«

»Ja, alles total surreal. Ganz verzerrt. Absoluter Horror.« Sie sah ihn angstvoll an. »Hast du manchmal Albträume?«

»Hin und wieder.«

Dann kommen sie, die bösartigen, kleinen Weißbrotschnittchen mit ihren scharfen, krustigen Käsescheibenrändern und ihren schwitzenden Fettaugen und ihren …

»Genauso war das. Wie ein Albtraum. Wie ein Scheißalbtraum!« Sie schluckte schwer. »Das ist so schrecklich! Timo und ich, wir haben uns so wohl gefühlt. Das war so ein toller Urlaub, und dann plötzlich …«

Der Lärm der Kaffeemaschine steigerte sich zum furiosen Finale.

»Seid ihr schon lange zusammen?«

»Seit einem Dreivierteljahr. Wir haben uns auf einer Geburtstagsfete in Kelkheim kennengelernt.«

»Das liegt bei Frankfurt, richtig?«

»Ja, Timo lebt in Frankfurt.«

»Tendorp … Dein Name klingt irgendwie so holländisch. Tendorp stimmt doch, oder?«

»Mein Vater ist Holländer. Er ist bei einem Autounfall ums Leben gekommen, als ich zwei war.«

»Und Timo? Wie heißt der?«

»Schallert. Timo Schallert.« Sie kniff ein Auge zu und blickte Herbie intensiv an. Da war fast so etwas wie ein Lächeln auf ihren Lippen. »Sag mal, verhörst du mich hier etwa?«

Mit einem nervösen Lachen winkte Herbie ab. »Ach nein, Blödsinn. Ich bin nur neugierig, weißt du. Kann ich irgendwie nichts für.«

Julius stützte sein bärtiges Kinn mit der Faust. *Es gibt eine Menge Dinge, für die du nach eigener Auffassung nichts kannst: Vergesslichkeit, Unzuverlässigkeit, mangelnde Durchsetzungskraft …*

Hastig erhob sich Herbie und holte die Kaffeekanne.

Dann saßen sie eine Zeit lang still am Tisch. Nur Julius summte leise vor sich hin.

Mieke brach irgendwann das Schweigen. »Was hat die alte Frau damit gemeint, als sie ›Schon wieder, schon wieder!‹ gerufen hat? Die ist ja völlig ausgetickt, als sie das Medaillon gesehen hat.«

»Keine Ahnung. Ich habe auch schon drüber nachgedacht.«

Mieke griff in die Tasche ihrer Jeans und holte das Schmuckstück hervor.

»Du hast es nicht der Polizei gegeben?«

»Warum sollte ich? Es gehört doch Timo.« Sie presste die Lippen aufeinander und ergänzte mit bitterem Ton: »Er hat es noch nie ausgezogen.«

Sanft nahm Herbie es aus ihrer Hand. In den feinen Rillen des Medaillons und in den Kettengliedern war das Blut inzwischen verkrustet und schwarz geworden.

»Ein Ochse«, murmelte er. »Könnte allerdings auch ein Bison sein, oder?« Herbie warf Julius einen wichtigen Blick zu. »Hatte Timo vielleicht irgendwas mit Bisons zu tun?«

Sie sah ihn überrascht an. »Hä? Quatsch. Das ist ein Sternzeichen: Stier. Timo hatte letzten Monat Geburtstag.«

»Ach so, ähm, ja …«

Oh Mann, du Superdetektiv!

Mieke zupfte an ihrem T-Shirt herum. »Das ist ja ganz schrille, hippe Mode, die ihr hier in der Eifel tragt, was?«

Das T-Shirt stammte von Hibbel. Es war dunkelblau und trug eine knallgelbe Achtziger-Jahre-Aufschrift: *Fly with the eagle or scratch with the chicken.*

»Weißt du, du musstest heute Nacht ja irgendwas anderes anziehen. Das Blut und so … Ich glaube, die Polizei hat dein Shirt mitgenommen.«

»Deins ist aber auch nicht übel«, sagte sie schwach lächelnd und zeigte auf sein rot-weiß quer gestreiftes Polohemd.

»Ich bin hier auch nur zu Gast und habe keine eigenen Klamotten dabei. Wir werden hier alle im Moment mit den historischen Kostümen der letzten vierzig Jahre ausstaffiert, die die Familie Stüsser gesammelt hat.«

»Verstehe ich nicht.«

Herbie winkte ab. »Du hast es gut. Du kannst wieder abhauen, aber ich …«

»Ich bleibe hier!«, fuhr Mieke auf, die Augen weit aufgerissen. Und kleinlaut setzte sie hinzu: »Also, wenn ihr mich lasst. Ich kann doch nicht so einfach abhauen, wenn Timo noch nicht wieder aufgetaucht ist.«

»Ich fürchte, da kann ich gar nichts entscheiden. Wie schon gesagt …«

»Außerdem muss ich mich für die Polizei zur Verfügung halten!« Das klang regelrecht trotzig.

Herbie zuckte mit den Schultern. »Na ja, Hibbels Mutter ist im Krankenhaus in Mechernich, und ich glaube, sonst kümmert es sowieso keinen, ob du hier bist oder nicht.«

Es ist schon bemerkenswert, dass jemand freiwillig hier Unterschlupf sucht. Ich würde jede heruntergekommene Dorfpension dieser muffigen Bude vorziehen. Julius stand wieder auf und betrachtete die Kruzifixe. Da waren welche aus hellem Holz, andere aus dunklem, es gab große und kleine. Auf manchen schimmerte der Leib des Gekreuzigten golden, auf anderen war er lackiert oder bleich wie Kreide. Es gab Kreuze mit goldenen Strahlenkränzen und solche mit kleinen, hölzernen Sockeln.

Unbewusst war Herbie mit den Blicken seinem Freund gefolgt, was Mieke bemerkte. »Die sind ganz schön fromm, was?«

»Ich weiß kaum etwas über die«, sagte er wahrheitsgemäß. »Ich weiß nur, dass sich hier eine Menge wirklich seltsamer Leute tummelt.«

»Hast du irgendwo Zigaretten?«

»Bedaure. Ich bin Nichtraucher.«

»Oder Tabak? Haben die irgendwo Tabak und Blättchen? Meine Sachen sind im Rucksack, und den hat wahrscheinlich die Polizei.«

»Ich glaube, Hibbel raucht auch nicht. Und seine Mutter sowieso nicht.«

»Mist. Ich würde so gerne eine rauchen. Wir wollten eigentlich nach der Tour endlich aufhören. Ungesund und teuer. Und lästig ist es auch. Die ewige Dreherei ...«

Er lächelte sie schwach an. »Wenn du sowieso aufhören wolltest, kannst du doch auch gleich jetzt anfangen.«

Sie lachte spöttisch. »So kann nur einer reden, der nicht raucht.« Dann trank sie ihre Kaffeetasse leer. »Im Dorf würde ich sicher was kriegen. Aber ich traue mich nicht wegzugehen. Nachher kommen die Bullen wieder, oder Timo ist plötzlich ...«

Herbie verspürte tiefes Mitleid mit ihr. Ihr zarter, zerbrechlicher Körper kauerte, in sich zusammengesackt, am Küchentisch. Obwohl es sommerlich warm war, sah sie aus, als würde sie frieren.

»Wer tut Timo so was an? Was ist da passiert? Gleich neben mir! Direkt an meiner Seite! Und ich weiß nicht mal, ob ich geträumt habe oder wach war! Aber das Blut … Die Polizei sagt, sie hätten kein Messer gefunden.« Sie begann leise zu weinen.

Wie konnte er ihr nur helfen?

Du kannst dir ja nicht mal selbst helfen!

Julius hatte natürlich recht. Er steckte so sehr in der Klemme, wie es selten der Fall gewesen war. Dem Marshal war er schutzlos ausgeliefert, und keiner schien in der Nähe zu sein, den er um Hilfe bitten konnte. Er dachte kurz an die Squaw aus Quadrath-Ichendorf, an Chenoa oder Anke, die Gefährtin des Marshals. Was war sie? Seine Angestellte? Seine Ehefrau? Schwer einzuschätzen.

Sie gab sich einen Ruck und stand auf. »Ich vertrete mir ein bisschen die Beine. Nur ums Haus rum.« Ihre Stimme zitterte leicht. »Das Wetter ist schön. Das ist doch ein Bauernhof hier. Gibt es Tiere?«

»Oh ja, die gibt es.«

»Hühner, Schweine?«

»Viel besser.« Herbie ging hinter ihr her. »Ich zeige sie dir.«

Das Telefon! Im Flur stand ein Telefon! Dort, wo es klassischerweise in jedem braven Eifelhaushalt stand. Auf einem kleinen Telefontischchen mit einer kleinen Sitzbank. Warum war ihm das bisher noch nicht aufgefallen? Hatte Hibbel es nicht sogar erwähnt?

Jetzt, wo Hibbel und seine Mutter außer Sichtweite waren, konnte er es wagen!

»Geh schon mal vor. Ich muss noch schnell was erledigen.«

Als geradezu harten Bruch mit dem Rest der Einrichtung hatte das Telefon keine Wählscheibe mehr. Als Mieke aus der Tür war, wählte er rasch die Nummer, die er auswendig kannte und die er nie tippen konnte, ohne ein bisschen vor Furcht zu zittern.

Julius kannte die Nummer ebenfalls. *Oh, da wird sie sich aber freuen. Sie hört so gerne deine Stimme.*

Während Herbie auf die Verbindung wartete, wanderte auch hier sein Blick über die vielen Kruzifixe und Heiligenbildchen an der Wand.

»Hellbrecht!« Es war ein Statement, eine Tatsache, ein Befehl.

»Ich bin's, Tante Hettie.«

»Du? Dass du es wagst! Gestern hast du einfach aufgelegt!«

»Mein Akku war am Ende.«

»Meine Geduld *ist* am Ende!«

Bestell doch bitte herzliche Grüße von mir!

»Ich brauche deine Hilfe, Tante Hettie.«

»Und das schon seit Jahrzehnten! Das ist ja die Katastrophe!«

»Dieses Mal ist es wirklich ernst.«

»Das hoffe ich!« Der Tonfall ließ mehrere Deutungen zu, wie sie das gemeint haben könnte.

16. Kapitel

Julius sah ihn als Erster. *Da vorne kommt er! Leichenwagenschwarz!*

Der Mercedes fuhr an der Bushaltestelle vor, und Herbie guckte sich erst hektisch nach rechts und links um, bevor er in gebückter Haltung auf die hintere Seitentür zuspurtete. Er beeilte sich aufzumachen und sprang so rasch hinein, dass Julius Mühe hatte, rechtzeitig hinterherzuklettern.

Du benimmst dich wie in einem schlechten Agentenstreifen.

»Meine Güte, was soll das werden? Ein schlechter Agentenfilm?« Tante Hettie fixierte ihren Neffen mit gekräuselten Lippen.

Manchmal würde ich mich gerne mit ihr unterhalten! Julius strahlte.

Auf ihrem Schoß lag ihr ondulierter Pudel und knurrte Herbie mit hochgezogenen Lefzen an.

»Was hast du für ein scheußliches Hemd an?«

»Lass uns von hier wegfahren«, sagte Herbie mit zwischen den Schultern eingezogenem Kopf. Er ließ sich tiefer in den Sitz rutschen. Tante Hettie vermied den körperlichen Kontakt und rutschte so weit auf dem Rücksitz nach rechts, wie es nur ging. Ihr Hund unterstrich das mit einem Zähnefletschen in Richtung ihres Neffen.

»Muss nicht weit sein. Nur weg von dieser Bushaltestelle. Bis zum Ortsausgang meinetwegen.«

»Ich warne dich«, zischte seine Tante. »Wir haben drei Straßenbaustellen umfahren müssen! Drei Stück! Bärbelchen bekommt so was gar nicht gut. Das arme Tier ist so sensibel. Mitten in Roggendorf mussten wir anhalten, weil sie sich erbrechen musste.«

»Ihr seid über Roggendorf gefahren?«

»Überall Umleitungen und Staus! Kannst du dir das überhaupt vorstellen?«

Herbie hätte beinahe laut losgelacht.

Julius tat es.

»Wir sind sogar in Unterurholz gelandet! In *Unterurholz*!« Es klang fast so, als wäre dies zwischen der Sibirischen Tundra und den Slums von Costa Rica einzusortieren. »Ich wusste nicht einmal, dass es so ein Nest bei uns in der Eifel überhaupt gibt! Meine Nerven sind daher arg strapaziert. Ich warne dich also! Wenn das wieder eine deiner üblichen Spinnereien ist, dann …«

»Bitte, Tante Hettie. Es ist ernst.«

Sie gab dem Fahrer, der sie im Rückspiegel beobachtete, einen Wink. »Na meinetwegen. Schlösser, Sie haben gehört, was der verwirrte, junge Mann sagt. Fahren Sie zum Ortsausgang, und dann parken Sie irgendwo.«

Fritz Schlösser war ein alter Postbeamter aus Bad Münstereifel, der sich seit ein paar Jahren seine Rente aufbesserte, indem er Henriette Hellbrecht durch die Gegend fuhr. Er war schwerhörig und maulfaul. Beide Eigenschaften prädestinierten ihn für diesen Job.

Er ließ den Wagen aus der Haltebucht rollen und fuhr durch das Dorf. Am Ortsausgangsschild in Richtung Freilingen hielt er in der Einmündung eines Wirtschaftswegs.

»So, und nun rede! Was hast du wieder angestellt?«

»Gar nichts. Alles fing an mit dieser elenden Umleitung.«

»Das ist nicht gerade originell.«

»Aber es ist die Wahrheit. Ich musste doch so dringend zu dir und deiner Feier, und da waren dauernd diese Baustellen …«

»Bist du etwa auch in Unterurholz gelandet?«

»Nein, auf einer Ranch.« Er machte einen unbeholfenen Versuch, ein wenig Zuneigung zu dem Pudel zu heucheln, und deutete ein Streicheln an. Bärbelchen schnappte mit laut zuklappendem Gebiss nach ihm.

»Lass den armen Hund in Ruhe! Was soll das heißen, *Ranch*?«

»Auf einem Bauernhof hier in der Nähe. Mein Auto ist kaputt.«

»Das ist mir egal. Wird es verdient haben. Was ist mit den *canapés*?«

Julius grinste süffisant. *Au ja, versuch doch mal zu beschreiben, wie sie jetzt aussehen.*

Aber Herbie hatte nicht die Absicht, sich zu diesem Thema auszulassen. »Mir ist ein Tier vors Auto gelaufen.« Er verlor sich für einen Moment in der Betrachtung des Pudels und dachte, warum es ein stolzer Bison und nicht diese Töle gewesen war.

»Was jetzt?«

Die schneidend scharfe Stimme seiner Tante riss ihn aus seinen Tagträumen. »Ja, und jetzt brauche ich Geld.«

»Die *canapés*? Wo sind sie? Sie waren sündhaft teuer! Hast du sie wenigstens eingefroren?«

Eher das Gegenteil.

»Tante Hettie, ich muss unbedingt diesen Unfallschaden bezahlen. Ich weiß, dass du sehr sorgsam auf mein Erbe achtgibst …«

»Ich schütze es vor dir, um genau zu sein! Denk bitte daran, dass ich dein gesetzlich bestimmter Vormund bin. Immerhin bist du nicht gesund.« Sie tippte sich überdeutlich an die Schläfe. »Du siehst *Leute*!«

Huch, wen meint sie denn damit?

»Ich weiß, ich weiß. Es ist nur so, dass ich dringend etwas von meinem Geld brauche, um diesen Schaden zu bezahlen.«

Sie schnaubte verächtlich. »Bah, das ist ja so was von erbarmungswürdig, dich so betteln zu sehen. Dass du dich nicht in Grund und Boden schämst!«

Herbie biss sich auf die Lippen. Sie hortete seit vielen Jahren sein Geld. *Sein* Geld! Und er musste für jeden Euro Kratzfüße machen. Irgendwann würde ihm der Kragen platzen!

»Bitte«, sagte er mühsam beherrscht.

»Wieviel?«

»Achtzehntausend.«

Die entstehende Pause war nur sehr kurz. Sie endete beinahe, bevor sie begonnen hatte. »Raus«, zischte seine Tante. Und fast im selben Atemzug beugte sie sich nach vorne und sagte schneidend scharf: »Schlösser, wir fahren!«

Bärbelchen begann laut zu kläffen und trampelte der Tante auf dem Schoß herum.

»Bitte, Tante Hettie! Ich brauche das Geld ganz dringend, sonst …«

Der Köter hörte nicht auf zu bellen, und die scharfe Stimme der Tante mischte sich in den Lärm. »Doktor Finkenberg hat sich wegen dir die Brücke zerbissen, und über das, was Frau Zernisch mit dem Plundergebäck passiert ist, darf man gar kein Wort verlieren! Du bringst nichts als Chaos, Unglück und Ärger, seit du auf dieser Welt bist! Und jetzt raus hier! Sofort!«

»Wenigstens ein bisschen Geld!«

Sie griff wortlos um den Pudel herum in ihre Handtasche, holte mit einer ruppigen Handbewegung ein Portemonnaie hervor und riss einen Hunderter heraus. Den warf sie ihm angewidert in den Schoß. »Und jetzt raus! Schlösser, losfahren, sofort!«

Der Wagen rollte langsam an, und Herbie strauchelte ins Freie. Die Tür schloss sich von selbst, als der Wagen einen Satz nach vorne machte.

Verdattert blieben Herbie und Julius am Straßenrand stehen. Herbie betrachtete zerknirscht den Geldschein und sagte: »Na ja, wenigstens ein Anfang.«

Und dann beobachteten sie, wie der Mercedes ganz unerwartet etwa hundert Meter weiter wieder an den Fahrbahnrand rollte und anhielt. Herbie witterte Morgenluft. Er und Julius sahen sich an.

»Weißt du, letzten Endes ist sie ja doch meine Tante. Und tief in ihr drin schlägt irgendwo heimlich und leise ein Herz.« Er setzte sich erwartungsfroh in Bewegung, lief auf den Wagen zu, hielt aber jäh inne, als der alte Schlösser auf der Fahrerseite ausstieg, den Wagen umrundete, die Tür öffnete und die Hundeleine mit dem Pudel entgegennahm.

Dann schlurfte er mit dem Hund über den schmalen Wiesenstreifen, der die Straße säumte, hielt bei einer Gruppe von Sträuchern an, und der Pudel erbrach sich mit einem lauten, röchelnden Geräusch.

Als das Tier seinen Magen endgültig geleert zu haben schien, gingen sie in gelassenem Tempo zurück zum Auto, der Hund sprang wieder zu Henriette Hellbrecht in den Fond des Wagens, Fritz Schlösser nahm auf dem Fahrersitz Platz, und wenige Minuten später war der Mercedes hinter der nächsten Kurve verschwunden.

»Ich wünsche ihr dreiunddreißig Umleitungen nach Unterurholz!«

Er drehte sich um und ging dorfeinwärts.

Julius bummelte gut gelaunt neben ihm her. *Hundert Euro sind nicht gerade ein fulminantes Startkapital.*

»Warte ab, Julius. Mit ein bisschen Glück mache ich vielleicht sogar mehr draus.« Er vergrub die Hände in den Taschen und hatte das Kinn auf die Brust gelegt. »So leicht kriegt man mich nicht unter.«

Zwei vorbeikommende Frauen blickten ihm neugierig hinterher.

»Schau mal, das ist doch das Atelier von diesem Kettensägenkünstler, oder?« Mit dem Kinn wies Herbie in Richtung einer mittelgroßen Scheune, die etwas abseits von der Straße halb versteckt hinter einer mannshohen Buchenhecke stand.

Ein paar Skulpturen aus Holz stellten unterschiedliche Tiere dar. Die Kunstwerke waren dem Genre »Gequälter Realismus« zuzuordnen. Erkennen konnte man sie fast alle. Mehr oder weniger.

Das ist ein Pinguin, oder?

»Ich denke eher, ein Adler.«

Das soll doch gewiss ein großes Meerschweinchen sein.

»Ein Bär.«

Und das da?

»Ist ein alter, grauer Pick-up.«

Sehr gelungen. Täuschend echt.

»Chenoa ist da. Vielleicht kann sie uns zur Ranch mitnehmen.«

Das Tor stand einen Spaltbreit offen. Vorsichtig spähte Herbie hinein. Es roch intensiv nach frisch gesägtem Holz.

Im Halbdunkel konnte Herbie nur schemenhaft Umrisse der Einrichtung erkennen. Weitere Skulpturen in unterschiedlichen Stadien der Entstehung lagen und standen auf dem Boden, auf Holzböcken und Arbeitstischen und warteten auf ihre Fertigstellung.

»Hallo?«, rief Herbie in das Halbdunkel hinein. »Tom? Chenoa?« Zaghaft trat er ein. Sägemehl lag fast überall auf dem Betonboden. »Jemand da?«

Er öffnete den Torflügel, und Licht breitete sich aus. Langsam ging er in den Raum hinein. Von irgendwoher kam Musik. Es handelte sich um handfesten Hard Rock mit nervenzermürbend schrillen Gitarren-Riffs.

»Hallo!«, rief Herbie erneut. Er erkannte, dass er keine Chance hatte, gegen die Musik anzukämpfen.

Hier im Inneren der Halle standen Skulpturen, die zum Teil eine beachtliche Größe aufwiesen.

So, das ist aber jetzt ein Pinguin!

»Das ist ein Hirsch.«

Nein, nie im Leben.

»Aber sicher.«

Ach ja, doch, von hinten kann man es erkennen.

»Seltsam, wo sind die zwei nur?« Herbie drehte sich einmal um die eigene Achse. Der Raum war etwa sechs Meter hoch. An der hinteren Stirnseite gab es eine hölzerne Stiege, die zu einer schmalen Balustrade führte. Von dort schien die Musik zu kommen.

»Tom!«, rief Herbie jetzt noch lauter.

Julius stromerte zwischen den Statuen herum und kicherte ab und zu amüsiert. *Dass sich Leute so was in den Vorgarten stellen.*

»Besser als Zwerge oder nacktärschige Putten. Oh, guck mal hier! Das ist einer der Totempfähle, von denen Hibbel gesprochen hat!«

Die Skulptur lag auf zwei Böcken aus Vierkantrohr und war noch in sehr unfertigem Zustand. Der obere Teil bestand aus dem kantigen Kopf eines grimmig dreinblickenden Greifvogels. Weiter unten waren indianische Symbole und weitere Gesichter menschlicher Natur zu erahnen. Sie waren bislang erst sehr grob in das Holz gekerbt. Unterhalb des Kopfs waren seitlich große Zapflöcher gemeißelt worden, in denen später beiderseits gewaltige Schwingen eingelassen würden. So hatten diese Pfähle jedenfalls in *Western von gestern* und *Rauchende Colts* immer ausgesehen.

Julius streichelte dem Greif zärtlich über den Holzkopf. *Ganz schönes Kaliber. An dem wird der Marshal demnächst ungebetene Besucher festbinden. Ob es die wohl auch in der richtigen Größe gibt, um kleine, schön geföhnte Pudel daran zu verzurren?*

»Ein herrlicher Gedanke.« Herbie ging auf die Treppe zu. »Sie werden da oben sein. Lass uns mal raufgehen.« Er hatte den Handlauf bereits in der Hand, als etwas in einer dunklen Ecke des Raumes seine Aufmerksamkeit erregte.

Langsam bewegte er sich zwischen den Skulpturen darauf zu. Hatte er zuerst geglaubt, das Licht spiele ihm einen Streich, so wurde es doch deutlicher und deutlicher, je näher er kam.

»Und das ist auch kein Pinguin«, murmelte Herbie.

Die Figur war etwa einen Meter sechzig hoch und stellte einen schlanken, weiblichen Körper in einer Art indianischem Minimalbikini mit Fransen dar. Die Frau reckte lasziv die Hüfte zur Seite, was aber durch das Unvermögen des Künstlers oder die natürlich Krümmung des Materials entstanden sein mochte. Die Hände waren deutlich überproportioniert, und die beiden Brüste, die das Oberteil kaum verdeckte, waren extrem unterschiedlich ausgeprägt. Rechts gab es ein deutliches Übergewicht. Das Gesicht hatte unzweifelhaft die indianischen Züge von Chenoa.

Verwirrt starrte Herbie zu der Tür auf der Galerie hinauf, hinter der jetzt lautes Lachen durch die Rockmusik hindurchtönte. In diesem Augenblick wurde die Klinke runtergedrückt, und die Tür öffnete sich einen Spalt. Das Lachen und die Musik wurden lauter.

Du weißt, wie sehr ich peinliche Situationen hasse. Lass uns verschwinden.

»Im Gegenteil, du liebst sie, Julius. Lass uns trotzdem verschwinden.«

Bevor im oberen Stockwerk die Tür vollständig geöffnet wurde, waren sie bereits wieder durch das halb offene Tor hinausgelaufen.

17. Kapitel

Als Herbie gegen zwei die Ranch erreichte, lag die Nachmittagshitze über den Gebäuden und Plätzen wie zäher Sirup. Es war damit zu rechnen, dass sich am Abend wieder Gewitter einstellen würden. Herbie drang der Schweiß aus jeder Pore.

Mieke saß vor dem Haus auf einem der weißen Plastikstühle und rauchte.

Er ließ sich auf einen anderen Stuhl fallen und deutete auf Tabak und Blättchen. »Zigaretten?«

Sie lächelte schwach. »Die Polizei war hier und hat mir gesagt, dass die Suche um die Hütte herum eingestellt worden ist. Ich hätte meine Sachen holen dürfen, aber ich hatte Schiss davor, alleine da rüberzugehen. Das haben sie verstanden, und einer von denen war so freundlich, mir meinen Rucksack rüberzubringen. Die waren echt nett.«

»Na fein.«

»Timos Sachen haben sie behalten. Sie können seine Papiere nicht finden. Kein Wunder, die hat er immer in so einem altmodischen Brustbeutel um den Hals. Sie versuchen, seine Familie zu kontaktieren, aber die sind wohl in Urlaub. Ich habe ihnen die Nummer gegeben, aber es meldet sich keiner. Ich versuch's auch dauernd. Wenn ich nur wüsste, was ich denen sagen soll.«

»Ist Hibbel schon zurück?«

Sie schüttelte stumm den Kopf.

»Soll ich uns was zu trinken holen?«

»Ich fürchte, dazu hast du keine Zeit. Der Cowboy war hier und hat nach dir gefragt.«

»Der Marshal?«

»Ja, dieser große, pampige Typ.«

»Dem gehört das hier alles.«

»So tut der aber auch. Er fragte, wo du dich rumtreibst. Total unfreundlich. Du sollst den Rindern Grünzeug bringen. Das Gras ist trocken und verbrannt. Er hat einen Berg von Zweigen am Haupthaus parat gelegt.«

Herbie verzog den Mund. »Nicht nur die Bisons haben Hunger. Ich auch.«

Du kannst ja was vom Grünzeug abzweigen. Julius kicherte, weil ihm sein eigenes Wortspiel so gut gefiel.

»Der Cowboy will das schnell erledigt haben, hat er gesagt.«

Mit einem mürrischen Laut stemmte er sich hoch und setzte sich in Richtung Blockhaus in Bewegung.

»Du sollst die Schubkarre nehmen, hat er gesagt!«

»Ja, was wohl sonst«, murrte Herbie und stapfte davon.

Der grüne Haufen von Blättern und Zweigen reichte Herbie bis zum Kinn. Er betrachtete ihn missmutig und überlegte, wie oft er wohl den Hügel rauf- und wieder runterfahren musste, bis das alles bei den hungrigen Bisons war.

Julius sprach ihm Mut zu. *Bevor du fertig bist, ist die Sonne untergegangen. Da ist es bei den letzten Fuhren ein bisschen angenehmer.*

Er lud so viel auf die Karre wie möglich und schob mit quietschendem Rad los. Schwer war seine Fracht nicht, aber alle paar Meter rutschten die Zweige seitlich herunter.

Als er schließlich die Koppel erreichte, war der Marshal nirgends zu sehen. Die Bisons standen weiter oben, auf der Kuppe, und rupften mit ihren Mäulern an den dürren Grasbüscheln herum.

Herbie stand ratlos vor dem Gatter und sah sich um. Er beschattete seine Augen mit der flachen Hand und ließ den Blick schweifen.

Keine Spur vom Marshal?

»Nirgends.«

Und nun?

»Er hat gesagt, ich soll das Grünzeug zu den Tieren bringen. Da kann ich ja nicht viel falsch machen.« Er machte sich an dem großen, metallenen Riegel des Tors zu schaffen, das in die Umzäunung eingelassen war.

Die Tiere grasten in der Ferne weiterhin friedlich vor sich hin.

Mit einem kreischenden Geräusch schwang das Tor auf, und Herbie rollte die Schubkarre hinein. Erneut fielen Zweige herunter, und er bückte sich, um sie wieder aufzuladen. Als er das Gefährt samt Ladung im Inneren der Koppel hatte, schloss er gewissenhaft das Tor hinter sich. Er zwinkerte Julius zu. »Falls ein

Auto vorbeikommt.« Dann rollte er weiter hügelaufwärts.

Es war wirklich wie im Wilden Westen. Die flirrende Hitze, die vertrocknete Steppe. Herbie begann, im Takt des quietschenden Schubkarrenrads die Melodie von *High Noon* zu pfeifen. Er musste sich langsam mal zwingen, dieser öden Arbeit ein bisschen Spaß abzugewinnen.

Eines der Tiere wandte ihm den Kopf zu. Offenbar hatten die schrillen Geräusche seine Aufmerksamkeit erregt.

»Guten Tag! Pizza-Taxi!«, rief Herbie gut gelaunt. Der Schweiß lief ihm unablässig zwischen den Schulterblättern herunter.

Jetzt drehte sich der Koloss komplett zu ihm um. Auch die anderen Tiere reckten nun ihre Köpfe.

Der erste Bison machte ein paar schlendernde Schritte auf ihn zu.

Ist das der Bulle? Ein stolzes Tier. Schau mal, er scheint sich sehr für dich und die Karre zu interessieren.

»So, Leute, ich hab hier viermal die Siebenundzwanzig, elfmal die Vierzehn ohne Oliven, achtmal die Neunzehn mit doppelt Ruccola und dreimal den großen Sommersalat!«

Guck mal, wie putzig, er kommt dich abholen.

Der Bulle beschleunigte seinen Schritt.

Aus dem langsamen Trott wurde ein munteres Traben.

Hui, jetzt gibt der aber richtig Gas!

Und das Traben verwandelte sich in ein Galoppieren.

Erst dies war der Moment, in dem es Herbie dämmerte, dass er womöglich einen Fehler gemacht hatte. Er ließ langsam die Schubkarre zu Boden sinken und nahm die Hände von den Griffen. Wie paralysiert starrte er zu dem sehr schnell näher kommenden, gewaltigen Tier hinüber.

Tja, mein Freund, Abhauen wäre jetzt die eine Möglichkeit. Die andere wäre … ähm … nein, eigentlich nur abhauen!

Zuerst wich Herbie mit langsamen Schritten zurück, ohne den Bison aus den Augen zu lassen. Dann machte er schließlich kehrt und begann zu rennen. Er brauchte sich nicht umzudrehen, um zu merken, dass die Gefahr näher kam. Das donnernde Getrampel der Hufe wurde lauter und lauter.

Ein blechernes Poltern und ein schrilles Quietschen mischten sich unter das unablässig rumorende Geräusch.

Julius pfiff anerkennend durch die Zähne. *Die Schubkarre hat sich gerade in einen Klumpen Schrott verwandelt.*

Herbie rannte keuchend auf das Tor zu, und gerade als er begann, darüber nachzudenken, ob es ihm wohl gelingen würde, den Riegel von innen schnell genug zu öffnen, sah er eine Gestalt. Der Mann wedelte mit den Armen und sprang aufgeregt von einem Fuß auf den anderen.

»Hibbel!«, schrie Herbie. »Das Tor auf, los!«

Hibbel machte sich mit heulenden Lauten an der Verriegelung zu schaffen. »Eieieieiei«, rief er. »Um Himmels willen! Das gibt's doch nicht. Das gibt's doch alles gar nicht!«

Hinter sich hörte Herbie jetzt auch ganz nah das Schnauben des wütenden Tiers. Es konnten nur noch wenige Meter zwischen ihm und dem rasenden Ungetüm liegen.

Das Tor schwang auf, Herbie warf sich durch die Öffnung, stürzte auf den staubigen Boden, und im nächsten

Moment erklang laut Metall auf Metall. Hibbel schob den Riegel vor, und mit einem wütenden Aufheulen bremste der Bulle seinen Lauf.

Herbie rollte sich herum und starrte auf das bizarre Bild: Hibbel raufte sich laut lamentierend die Haare, Julius schüttelte missbilligend den Kopf, und nur anderthalb Meter entfernt stand der Bisonbulle, stampfte mit den Hufen, schaufelte mit dem linken Vorderlauf wütend den Staub in die Sommerluft und warf den riesigen Schädel hin und her, sodass der Sabber in großen Fäden rechts und links davonspritzte.

In Pamplona hätten sie dich dafür ausgepfiffen.

Herbie wischte sich einen Film aus Schweiß und Staub aus dem Gesicht. Er zwinkerte, weil seine Augenlider verklebt waren.

»Danke, Hibbel«, sagte er krächzend. »Das war ja gerade noch rechtzeitig.«

»Aber was hast du dir da nur gedacht? Sag mal, wie konntest du nur …? Bist du denn …?«

»Ich wollte ihnen die Zweige bringen.«

»Aber doch nicht ins Gatter! Man darf doch nicht so einfach …«

Sieh ruhig mal genau hin! Ein prächtiges Geschöpf, durch und durch!

Der Bulle war in der Tat ein stattliches Tier. Für einen kurzen Augenblick sah Herbie verschwommen ein paar Bilder des Autounfalls vor sich. Er sah den gewaltigen Kopf, den riesenhaften Körper …

Das kastanienbraune Fell, die bebenden Nüstern, die kleinen, funkelnden Äuglein …

»Du hättest tot sein können! Hörst du, tot!«

Herbie achtete nicht auf Hibbels Gegreine, denn da war etwas, das seine Aufmerksamkeit erregte. Er robbte auf den Knien näher an das Tor heran. »Interessant, Julius«, murmelte er. »Du hast recht, ich muss ihn mal genau betrachten.«

»Was sagst du?«, rief Hibbel, aber Herbie reagierte nicht darauf.

»Die Hörner«, hauchte Herbie. »Besonders das linke!«

Sag ich doch!

Sanft gekrümmt wies das Horn nach oben, von Faustdicke in eine geradezu elegante Spitze zulaufend. Ein mattes Grau, mit hellen, elfenbeinfarbenen Schattierungen.

Du siehst es auch, nicht wahr? Das Rot? Derselbe Farbton, den dein armes, kaputtes Auto hat.

Herbie musste an Unfälle denken, bei denen der Verursacher anhand der Lackspuren identifiziert werden konnte. Da waren eindeutig ein paar rote Schrammen auf dem Horn zu sehen. Das war Lack von der Kühlerhaube seines roten Volvos.

Oder die tragen das jetzt so. Während Mädchen sich die Zehennägel lackieren, haben solche Bisons ja vielleicht Spaß an ein bisschen buntem Hornschmuck.

Herbie drehte langsam den Kopf zu Hibbel um. »Sag mal, wie viele Bullen gibt es eigentlich in so einer Herde?«

»Einen«, sagte Hibbel bestimmt. »Der Marshal hat immer nur einen Bullen in der Herde. Kann sonst passieren, dass die nachwachsenden Jungs zu aufmüpfig werden!«

Herbie erhob sich und klopfte den Staub von den Knien. »Tatsächlich, ich sehe nur einen einzigen Bullen.«

Im Hintergrund hatten die restlichen Bisons sich um die zertrümmerte Schubkarre geschart und machten sich über die frischen Blätter her.

»Der Marshal nennt ihn Dempsey, wie Kirk Douglas in *Mit stahlharter Faust*. Wir haben ihn seit sechs Jahren und …« Sein munteres Plappern verebbte, als ihm klar wurde, dass er gerade im Begriff war, einen hinterhältigen Betrug auffliegen zu lassen. »Oh, ich …«

»Ja?«

»Ähm, manchmal, wenn zwei Bullen dicke Freunde sind, dann …«

»Was dann?«

»Es kommt vor, dass wir auch mal zwei Bullen, wenn sie …«

»Wenn sie was?«

»Sich gut verstehen … Kumpels … Buddies …«

»Quatsch!« Herbie ging auf ihn zu, und Hibbel wich ängstlich zurück. »Eine Herde – ein Bulle. Du hast es selbst gesagt! Der Bulle, der mir vors Auto gelaufen ist, hat keinesfalls die letzte Reise zum Abdecker angetreten, sondern ist mopsfidel und erfreut sich blendender Gesundheit.«

»Stimmt nicht! Nein, nein, du vertust dich! Gar nicht wahr!«

»Oh wohl! Er heißt Dempsey, und er hätte beinahe das mit mir gemacht, was er meinem Auto angetan hat!«

»Ob er ganz gesund ist, weiß man nicht, hat der Marshal gesagt. Kann sein, dass er zeugungsunfähig ist oder so!« Hibbels Stimme war ängstlich und schrill geworden.

Der Bulle hatte sich inzwischen abgeregt und trottete wieder zu den Bisonkühen hinüber.

»Von wegen! Der ist in Topform!«, rief Herbie wütend. »Der strotzt vor Testosteron! Der vernascht die Kühe reihenweise!«

Hibbel fasste ihn am Arm. »Sag dem Marshal nicht, dass du es von mir hast! Bittebitte, sag ihm bloß nichts, hörst du? Bloß nicht!«

Herbie schüttelte verärgert seine Hand ab. »Überlege ich mir noch. Sag mal, warum war eigentlich heute Nacht dein Schlafanzug so nass?«

»War er?«

»Ja, war er.«

Hibbel dachte kurz nach. »Ach, ich weiß wieder. Als ich vom Klingeln wach wurde, hab ich das Fenster aufgemacht, um von oben zu gucken, wer da mitten im Gewitter vor der Tür stand.«

Ich glaube, immer, wenn er nicht stammelt, lügt er!

Herbie sah Hibbel skeptisch an.

»Bitte, es ist im Moment alles so schlimm für mich!« Hibbel ließ Kopf und Schultern sinken und sah aus wie ein begossener Pudel. »Meine Mutti und all das …«

»Wie geht es ihr?«, fragte Herbie, dem er jetzt schon fast wieder leidtat.

»Besser.«

»Ist sie bei Bewusstsein?«

»Ja, ist sie. Sie geben ihr Medikamente, damit das Herz wieder in die Reihe kommt.« Hibbel seufzte tief. »Sie ist stark, weißt du? Sie hat ihren Glauben, der hilft ihr.« Er ließ sich langsam in die Hocke auf das dürre Gras sinken und begann, an einem heruntergefallenen Zweig herumzuzupfen.

Herbie setzte sich neben ihn und blinzelte in die Sonne.

»Lebt dein Vater noch?«

»Keine Ahnung. Weiß ich nicht. Kann ich dir nicht sagen.«

»Wieso?«

»Der war Belgier, sagt die Mutti immer. Soldat. War in Euskirchen stationiert. Irgendwann ist der einfach zurück nach Belgien und hat nie mehr was von sich hören lassen.«

»Mist, was?«

»Hm. Die waren verlobt, und ich war unterwegs. Und dann war der einfach weg, ganz kurz vor der Hochzeit. Das ist das Schlimmste, sagt die Mutti immer, dass er weg ist und dass man gar nicht weiß, ob er überhaupt noch lebt. Clément hieß er wohl. Clément Irgendwas.«

»Hast du mal versucht, ihn zu finden?«

»Nö.«

»Deine Mutter?«

»Auch nicht. Sie betet lieber, dass es ihm gut geht. Sie hat ja all ihre Kreuze. Geht in die Kirche, macht Wallfahrten mit. Jedes Jahr nach Barweiler zu der Madonna mit den blühenden Lilien und nach Trier zum Heiligen Rock. Früher ist sie immer noch zu Fuß mitgepilgert. Seit sie das offene Bein hat, lässt sie sich fahren.«

»Toll.« Herbie bekam es nicht überzeugend hin. Mit einer Handbewegung wedelte er ein paar Fliegen beiseite.

»In Kevelaer, Lurdes und Banneux war sie auch schon mal.«

Herbies Kopf fuhr herum. »Wo?«

»Was?«

»Wo war sie?«

Unsicher begann Hibbel zu wiederholen: »Äh, in Barweiler, bei der Madonna mit den blühenden …«

»Ja, ich weiß! Das andere!«

»Trier? Heiliger Rock?«

»Nein!«

»Kevelaer, Lurdes und …«

»Lourdes!« Herbie blickte hoch und strahlte Julius an. Dieses Wort hatte ihm die alte Stüsser zugeraunt, als sie in den Krankenwagen bugsiert worden war. Lurdes!

Julius kicherte. *Die Eifeler und ihre außergewöhnliche Begabung, wohlklingende ausländische Ortsnamen gnadenlos einzueifeln. Ich sage nur Pahriss und Mallorkah!*

»Ja, das war schön, da war ich damals mit«, sagte Hibbel stolz. »Also in Lurdes.« Er sprach den Namen unbeirrt so aus, wie er es gelernt hatte.

»Lourdes interessiert mich«, sagte Herbie und erhob sich.

Hibbel sah unsicher aus der Froschperspektive zu ihm hinauf. »Eine Wallfahrt? Du?«

»Klar, warum nicht?«

Warum hatte die Alte ihm dieses Wort zugeworfen? Was hatte sie ihm sagen wollen? So leise, dass keiner der Umstehenden es hatte hören können? Mieke nicht und auch nicht ihr eigener Sohn …

Und da blitzte bei ihm erneut eine Erinnerung auf. Er sah das Telefontischchen im Bauernhaus. Dort stand auf einem kleinen Brokatdeckchen das alte, grüne Telefon, und an der Wand darüber hingen Heiligenbilder, Weihwasserschälchen, Kruzifixe … Herbie versuchte, das Bild deutlicher werden zu lassen. Eine Madonna war dabei, die auf einer kleinen, hölzernen Konsole stand. Lourdes! Er sah den Schriftzug *Lourdes*!

»Ich werde dann mal weitermachen«, sagte er und schickte sich an zu gehen.

»Hör mal, Herbie, du sagst dem Marshal doch nichts, oder? Machst du doch nicht. Oder? Oder doch? Nicht, oder?«

Gerade wollte Herbie ihn schon beruhigen, als ihm mit einem Mal etwas einfiel. »Sagen wir mal, ich könnte es vielleicht vergessen zu erwähnen, wenn …«

Ein Strahlen breitete sich auf Hibbels Gesicht aus.

»… wenn du mir einen kleinen Gefallen tust.«

»Klar! Sicher! Logisch! Also kein Problem, mach ich!«

»Da hinten ist noch ein ganzer Berg von Zweigen und Blättern, die hierhin zu den Bisons müssen. Der Marshal muss ja auch nicht gerade erfahren, dass ich sie nicht selbst rübergefahren habe, oder?«

Hibbel klopfte ihm übermütig auf die Schulter. »Mach ich für dich! Ist in Nullkommanix erledigt! Und der Marshal muss nichts davon wissen!«

Gratulation, mein Bester, jetzt hast du einen Freund fürs Leben.

18. Kapitel

Mieke war nirgends zu sehen. Auf dem Wohnzimmertisch fand er einen handgeschriebenen Zettel: *Bin ein bisschen spazieren.*

Herbie machte sich an die Untersuchung der Muttergottes aus Lourdes. Mit einer Ehrfurcht, die er sich selbst nicht so recht erklären konnte, nahm er die kleine Figur von ihrem Sockel und betrachtete sie von allen Seiten. Eine schlanke, cremefarbene Statuette aus irgendeinem Gussmaterial mit einigen wenigen Goldornamenten. Die Jungfrau Maria hielt eine blaue Stola in den Händen. Im Boden der Figur gab es ein kreisrundes Loch. Herbie versuchte, ins Innere zu schielen, doch er konnte nichts sehen. Als er die Figur schüttelte, rappelte oder klapperte nichts im Inneren.

Julius lehnte im Rahmen der offenen Küchentür und beobachtete jeden seiner Handgriffe. *Tja, ich schätze, du wirst sie kaputtschlagen müssen. Traust du dich?*

»Eine Heiligenfigur?« Herbie wog die Figur in der rechten Hand und betrachtete dann die Kante des Telefontischchens. So was tat man zwar nicht, aber es musste wohl sein.

Gerade als er Anstalten machte auszuholen, fiel sein Blick auf die kleine Konsole, die immer noch an der Wand hing. In ihre Vorderseite war der Schriftzug *Lourdes* geschnitzt. Wäre er nicht gewesen, hätte Herbie die Madonna gar nicht als Devotionalie erkennen können. Das kleine, hölzerne Kästchen hing mit zwei Metallösen an der Wand. Jetzt sah er, dass der hölzerne Korpus mit einem Kläppchen versehen war, auf dem sonst die Figur stand.

Er nahm es von der Wand, klappte es auf und blickte hinein.

Hier, zu Füßen der Madonna, verwahrte Ernestine Stüsser ihre kleinen Schätze. Er trug das Kästchen in die Küche und leerte den Inhalt auf dem Esstisch aus. Mehrere gefaltete Papiere, drei Schwarz-Weiß-Fotografien mit gezackten Rändern, eine Münze, ein kleines Stoffbeutelchen und ein Ring, der über den Rand des Tischs kullerte und zu Boden fiel. Herbie musste erst eine Weile suchen, bevor er ihn unter der Eckbank wiederfand.

»Wollen mal sehen«, murmelte Herbie und zwinkerte Julius voller Vorfreude zu. »Dieser Ring interessiert mich am meisten.«

Im Inneren fand er eine Gravur: *Clément 25.3.1953.*

»Das wird der Verlobungsring sein. Geheiratet haben sie ja nicht. Das scheint das Einzige zu sein, was von Hibbels Vater in der Eifel geblieben ist.«

Die Münze konnte er nicht gleich zuordnen, aber je länger er sie betrachtete, desto mehr dämmerte es ihm. Sie war goldfarben, und die Vorderseite zierte eine Antilope. Darüber war der Schriftzug *Krugerrand* geprägt. Eine afrikanische Münze.

»Da dämmert mir was, Julius. Meine Mutter hat auch so eine besessen. Als Kind habe ich sie mir manchmal angucken dürfen. Das war damals eine beliebte Geldanlage. Was so was wohl heute wert ist?«

Was denkst du? Will die alte Schachtel dir ihren Notgroschen zukommen lassen?

»Wohl kaum.«

Im Inneren des Beutelchens fand er drei Zähne.

»Milchzähne vom kleinen Hibbel, wette ich.«

Damit hat er den ersten Milchreis gekaut. Süß!

Auf dem ersten Foto war ein junges Paar zu sehen. Auf dem zweiten eine Frau mit einem Baby und auf dem dritten der Mann alleine. Ein stattlicher, gut aussehender, blonder Bursche mit dichten, schwarzen Augenbrauen.

»Das wird dieser Clément Irgendwas sein. Findest du, Hibbel sieht ihm ähnlich?«

Aber ja! Die abstehenden Ohren! Die hat das nervöse Hemd ganz klar von seinem Erzeuger.

Herbie faltete die Papiere auseinander. Da war ein Glückwunschschreiben des Landrats zu Ernestine Stüssers neunzigstem Geburtstag zwei Jahre zuvor. Und ein Muttertagsgedicht von ihrem Sohn war dabei. Er hatte es bestenfalls in der Grundschule geschrieben, denn es strotzte vor Schreibfehlern:

Meine libe Mutti du
Ich will dier etwass schenken,
was ich dier sagen will dahzu
das kants du dier schohn denken.
Ich wünch dier Glük und Frölich Keit,
die Sonne soll dier lachen.

So gut ich kann und aleZeit
Will ich dier freude machen.

Alle Papiere war sehr klein zusammengeknickt, sodass es in das Holzkästchen hineinpasste.

Und dann faltete Herbie einen Zeitungsauschnitt auseinander. Auf der einen Seite war eine Aldi-Werbung zu sehen und auf der anderen ein Foto eines Mannes.

»Das ist aber nicht Clément.«

Er trug ein kariertes Hemd und eine Steppweste. Die Sonne schien ihm ins Gesicht. Ein paar seiner kleinen, grau melierten Löckchen wurden von einem Windstoß aufgerichtet. Die Augen leuchteten hellblau. Es hätte ein Bild voller Lebensfreude sein können, aber da verbarg sich noch etwas anderes: Das Lächeln, das der Mann den Betrachtern präsentierte, sah irgendwie gezwungen aus. Die Falten um die Augen herum hätten als Lachfalten durchgehen können, aber Herbie war sich auf eine seltsame Art und Weise sicher, dass sie von tiefen Sorgen herrührten. Er las den dazugehörigen Text:

Dieser Mann wird vermisst!
Gerhard W. (57) aus Aschaffenburg, der sich seit Ende Mai auf einer Rucksackreise durch das Rheinland befindet, wird vermisst. Seit letzter Woche hat seine Familie jeden Kontakt zu ihm verloren. Zuletzt wurde er am 12. Juni in Meerfeld in der Eifel gesehen. Gerhard W. gilt als psychisch labil, und es kann nicht ausgeschlossen werden, dass er sich etwas angetan hat. Wer Hinweise zu seinem Verbleib geben kann, wird gebeten, Kontakt zur nächstgelegenen Polizeidienststelle aufzunehmen.

Am unteren Rand des Zeitungsartikels hatte jemand mit blauem Kugelschreiber eine Reihe von Ziffern notiert. Es handelte sich um eine Handynummer, die mit 0171 begann. Die Ziffern waren klein und sorgfältig geschrieben, mit ein paar altmodischen Schnörkeln, so wie die alte Stüsser sie wohl machen würde.

»Es wird geheimnisvoll, Julius!« Herbie zog bedeutungsvoll die Augenbrauen in die Höhe. »Der zweite Verschwundene in unserer Geschichte!«

Der Zweite?

»Hibbels Vater und dieser Mann aus Aschaffenburg.«

Und was ist mit dem jungen Burschen aus der Hütte?

Herbie sah ihn staunend an. »Stimmt ja! Meine Güte, du hast ja recht, Julius. Drei.«

Er ging in den Flur zurück und nahm den Hörer vom Telefon. »Wer meldet sich? Was denkst du?«

Bei deinem Glück ist es der Marshal, für den du gerade Grünzeug durch die Gegend karren sollst.

Herbie wählte. Als die letzte Ziffer eingetippt war, erklang das erste Tuten. Das Geräusch wiederholte sich ganze sieben Mal, bis schließlich am anderen Ende abgehoben wurde.

Eine Frauenstimme sagte: »Warczewski?« Sie klang schwach und brüchig. Ein Fragezeichen hing am Ende des Namens in der Luft. Wie die unausgesprochenen Worte: *Wer sind Sie? Woher haben Sie diese Nummer? Meinen Sie wirklich mich?*

»Verzeihung, falsch verbunden«, sagte Herbie knapp und legte den Hörer auf.

Eine Weile blieb er vor dem Telefontischchen stehen und betrachtete den leeren Fleck an der Wand, an dem die hölzerne Konsole aus Lourdes gehangen hatte. Die Gedanken kreisten in seinem Kopf umeinander. Er hatte das Gefühl, die Spitze eines Eisbergs im Ozean entdeckt zu haben. Ob es ihm gelingen konnte, auch den Rest in Augenschein zu nehmen?

Julius trat an seine Seite und betrachtete mit schief gelegtem Kopf ebenfalls die beiden zierlichen Nägel in der Wand.

»Ich hätte die Frau fragen sollen, ob dieser Gerhard W. inzwischen wieder aufgetaucht ist.«

Stattdessen hast du aufgelegt. Telefonstreich für Anfänger.

Herbie seufzte.

Und was jetzt?

»Jetzt gucke ich mal, ob es im Stüsser'schen Haushalt ein Fläschchen Bier oder etwas Ähnliches gibt, und dann setze ich mich draußen auf einen der fiesen Plastikstühle in die Abendsonne und denke nach.«

Das mit dem Bier finde ich gut, aber beim Nachdenken begibst du dich auf dünnes Eis. Damit kennst du dich doch gar nicht aus.

Herbie lachte milde. Seine Stimmung war im Aufwind. Seit dem Wettrennen mit dem Bison fühlte er sich wie neugeboren. »Ich werde ein bisschen über die Dinge nachdenken, die ich gerade in Frau Stüssers Versteck gefunden habe, und auch darüber, wie ich dem Marshal am besten klarmachen werde, dass sein mieser Trick aufgeflogen ist. Irgendwann wird Mieke von ihrem Spaziergang zurückkommen, und dann schauen wir mal, ob wir meinem alten Freund Hibbel gemütlich dabei zugucken können, wie er meine Arbeit macht.«

* * *

Ernestine Stüsser dachte an viele Dinge. An solche, die lange zurücklagen, und an solche, die sich erst vor kurzer Zeit ereignet hatten. Alles floss völlig ungeordnet durcheinander. Gesichter tauchten auf und verwandelten sich in andere Gesichter. Landschaften breiteten sich vor ihr aus, die Nordsee wurde zum Siebengebirge, Schnee fiel in wildem Gestöber, und Ginsterbüsche leuchteten grell darin auf.

So war es immer, wenn sie nicht schlafen konnte. Sie nahm mit dem einen Gedanken das Ende eines Fadens auf, und wenn sie das Gefühl hatte, es gelänge ihr endlich, alles säuberlich aufzuwickeln, war da plötzlich noch ein weiterer Faden. Und noch einer und noch einer, und schließlich hatte sie sich wieder hoffnungslos in ihren Gedanken und Erinnerungen verheddert.

In ihrem Schlafzimmer betrachtete sie dann stundenlang den alten Kastanienbaum vor ihrem Fenster, der sich gegen den Sternenhimmel abzeichnete. Auch ohne Brille konnte sie Dinge in großer Entfernung sehen.

Hier im Krankenhaus war durch das Fenster nichts zu erkennen. Nicht einmal die Sterne waren zu sehen. Die Nacht ringsum war einfach zu hell erleuchtet von all den Lichtern der Stadt.

Vor einer Stunde hatte sie sich kurz erschrocken, weil sie glaubte, sie habe entfernte Blitze gesehen. Aber sie hatte sich getäuscht. Kein Gewitter.

Sie wollte nie wieder ein Gewitter erleben! Schreckliche Dinge ereigneten sich in den Gewitternächten!

Vom Bett nebenan kam ein leise schnarchendes Geräusch. Eine Frau aus Nettersheim, eine Lehrerin, die die Gallensteine entfernt bekommen hatte. Sie würde morgen schon nach Hause gehen können und freute sich schon so auf ihre Familie.

Wie lange würde sie selbst wohl noch hierbleiben müssen?

Wollte sie überhaupt zurück?

Sie fühlte sich schwach. Sie war müde, sehr müde. Den ganzen Tag, egal ob morgens, mittags oder abends. Sie hätte gerne geschlafen. Lange geschlafen. Ewig vielleicht sogar. Hatte sie sich das nicht endlich verdient?

Ernestine Stüsser dachte an ihren Jungen. Eigentlich würde sie ihn nicht zurücklassen können. Er war so unselbstständig. All die vielen Jahre zu zweit – das konnte nicht ohne Folgen bleiben. Was würde er ohne sie machen, wenn es erst einmal so weit war?

Sicher würde er an ihr Grab kommen, würde ihr immer wieder sein Herz ausschütten. Er würde so tun, als läge sie da unten drin, dabei würde sie doch ganz woanders sein. Hoch oben, über allem. Bei Gott, dem Schöpfer. Es würde keinen Schmerz mehr geben und keinen Kummer.

Vielleicht würde sie ihre Eltern wiedersehen. Und Clément. Dann wüsste sie wenigstens endlich, wo er war. Es war die Hölle auf Erden gewesen, nicht zu wissen, wohin er gegangen war. So etwas hatte kein Mensch verdient!

Das Schnarchen wurde kurz unterbrochen, und dann wurde es etwas leiser fortgesetzt. Überall waren da Geräusche in der Krankenhausnacht. Ein leises Surren, ein paar Klickgeräusche, leise Schritte auf dem Flur, weit entferntes Husten, ein paar einsame Autos draußen auf der nächtlichen Straße.

Und ein Atmen war da.

Ein kaum wahrnehmbares, unterdrücktes Atmen.

Es kam nicht von der Lehrerin. Nein, es gehörte ganz unverkennbar zu jemandem, der nicht im Zimmer sein sollte, das spürte sie.

Das Atmen kam näher.

Sie versuchte noch einmal, die Sterne zu sehen, reckte ein wenig den Hals.

Etwas schob sich in ihr Blickfeld. Etwas Knisterndes, etwas aus Stoff. Das Kissen mit dem angenehm kühlen Bezug legte sich auf ihr Gesicht. Zuerst ganz sanft, wie ein erfrischender Abendhauch, dann fester.

Sie hatte den Impuls, sich zu wehren, grub die Hände unter der Bettdecke hervor, wollte sie schon abwehrend hinaufrecken, aber dann hielt sie mit einem Mal still. Wenn es schon geschehen sollte, konnte es auch jetzt sein.

Dann würde sie endlich schlafen können.

Sie ließ es geschehen.

Tat nichts mehr, hörte auf zu atmen.

Ob sie trotzdem in den Himmel kommen würde?

19. Kapitel

Hibbel war die Ruhe selbst. Da war kein Zappeln mehr und kein Hin- und Herrutschen auf dem Küchenstuhl. Er hatte rot geweinte Augen, hatte die Hände beiderseits des Frühstücksbrettchens auf den Tisch gelegt und starrte lustlos auf das Butterbrot, das Mieke ihm geschmiert hatte.

»Leberwurst«, murmelte er.

»Du hast gesagt, dass deine Mutti dir immer Leberwurstbrote gemacht hat.« Mieke war voller Mitgefühl.

»Sie wollte schnell wieder nach Hause kommen«, sagte er matt. »Eigentlich ging es ihr schon wieder ganz gut.«

Der Anruf aus dem Krankenhaus war um kurz vor sieben gekommen. Frau Stüsser sei friedlich entschlafen, hatte man ihm mitgeteilt.

»So ist das manchmal.« Mieke legte ihm die Hand auf den Arm. »Sie war zweiundneunzig und bis zum letzten Tag gesund. Das ist doch eine Gnade.«

»Hat der Marshal dir heute freigegeben?«, fragte Herbie zwischen zwei Bissen. Er hatte Appetit und konnte nicht sagen, dass ihm der Tod der unfreundlichen, alten Frau besonders naheging.

Hibbel nickte. »Er sagt, dass ich ja morgen alles nacharbeiten kann.«

Ein wirklich mitfühlender Zeitgenosse.

»Hat er sich zu der Versorgung der Bisons geäußert? Die Blätter? Die Zweige?«

»Fand er in Ordnung.«

Herbie lächelte in sich hinein und lutschte sich versonnen die Butter vom Daumen. Der Marshal konnte ja nicht ahnen, dass er diese Arbeit gar nicht selbst verrichtet hatte. Dass er von jetzt an überhaupt keine Arbeit mehr auf dieser Ranch leisten würde! Er war diesem Karnevals-Cowboy nichts mehr schuldig. Das Konto war ausgeglichen.

Auf das Gesicht bin ich gespannt, wenn du es ihm auf deine bekannt diplomatische Art beibringst. Julius hatte auf dem freien Stuhl Platz genommen. Auf Mutter Stüssers Stuhl.

Hibbel blickte ihn traurig an, ohne ihn wirklich zu sehen. Für ihn saß da immer noch seine Mutter. »Die ersten Leute haben schon angerufen.« Er seufzte abgrundtief. »So was macht ganz schnell die Runde im Dorf. Der Pastor, die Vorsitzende vom Strickkränzchen, die Schwägerin vom Marshal …«

Käthi! Siedend heiß fiel es Herbie ein, dass es doch noch eine Schuld gab, die er einzulösen hatte. Zerknirscht tastete er in seiner Hosentasche nach dem Hunderter. Den würde er eigentlich nicht so gerne hergeben.

»Noch ein Brot?«, fragte Mieke.

Herbie war erstaunt über die mütterlichen Anwandlungen, die sie an den Tag legte.

Er schüttelte den Kopf. »Du selbst isst ja gar nichts.«

Sie senkte den Blick und presste die Lippen zusammen. »Ich kann nicht. Dauernd muss ich an Timo denken. Er trinkt morgens immer Malzkaffee. Jeden Tag.«

Hibbel schob seinen Teller von sich. »Mutti trank immer Pfefferminztee mit drei Löffeln Zucker.«

Guck sie dir nur an, wie sie da sitzen, unsere beiden Trauerweiden.

Herbie sah Julius tadelnd an, gab ihm aber insgeheim recht. Er ertrug den Anblick auch nicht länger und erhob sich. »Ich habe noch was zu erledigen.«

Hibbel blickte auf. »Für den Marshal?«

»Nein, eine Privatsache.«

»Und wenn er nach dir fragt?«

Ein Glucksen kämpfte sich Herbies Kehle empor. »Dann sag ihm, ich bin mit der Schubkarre geflohen.«

Hibbel starrte ihm verständnislos hinterher.

* * *

Herbie machte sich auf den Weg hinunter ins Dorf. Neugier und Abenteuerlust trieben ihn an.

Du hast wieder diesen Blick. Julius betrachtete ihn von der Seite.

»Welchen Blick?«

Den, den du immer aufsetzt, als hättest du plötzlich von irgendwas eine Ahnung.

Herbie schürzte die Lippen. »Ich habe das Gefühl, dass ich hier womöglich etwas viel Wichtigeres tun kann, als Bisons zu füttern.«

Der Himmel war leicht bewölkt, es schien endlich wieder einmal ein Tag mit erträglichen Temperaturen zu werden.

»Sicherlich ist dir auch aufgefallen, dass der verschwundene Herr W...«

Warczewski?

Herbie stutzte. »Warczewski? Ach so, natürlich, so wie die Frauenstimme am Telefon. Warczewski! Dass also der vermisste Gerhard Warczewski mit dem Rucksack unterwegs war, bevor er verschwand.«

Natürlich ist mir das aufgefallen. Lange vor dir übrigens.

Herbie grunzte verächtlich und fuhr fort, seine Gedanken zu sortieren. »Das ist ja schon mal eine seltsame Duplizität der Dinge, nicht wahr?«

Na ja.

»Weiter: Ernestine Stüsser, die Frau, die im Besitz des Zeitungsartikels über das Verschwinden des Gerhard Warczewski war, überraschte uns alle mit dem Ausruf ›Nicht schon wieder!‹, richtig?«

Na und?

»Man könnte annehmen, dass sich vorletzte Nacht etwas wiederholt hat. Etwas, das zuvor Warczewski zugestoßen ist. Ich glaube, da finden wir den Schlüssel zu diesem Geheimnis!

Na prima.

»Meine Güte, was bist du so einsilbig? Sonst quasselst du pausenlos dazwischen und bringst mich in Teufels Küche, und wenn ich dich mal als geistigen Sparringspartner brauche, kneifst du.«

Na, na. Julius schmunzelte milde. *Vielleicht habe ich einfach nur ausnahmsweise mal nichts gegen deine Gedan-*

kengänge einzuwenden. Kommt selten genug vor, genieße es also!

»Na gut!« Herbie grinste ihn breit an.

Sie hatten unterdessen das Haus von Käthi und Apollo Schnorrenberg erreicht. Das Fahrrad lehnte neben der Haustür an der Wand.

»Und jetzt pass auf, mein neunmalkluger Freund, und staune! Wenn sich hier im Ort irgendetwas ereignet haben sollte, das mit unserer Sache im Zusammenhang steht, dann weiß Käthi Schnorrenberg mit Sicherheit Bescheid darüber. Ich werde es aus ihr herauskitzeln, und nebenher ziehe ich die beiden beim Kartenspielen ab!« Er drückte den Klingelknopf.

Als Käthi Schnorrenbergs Gesicht im Türspalt erschien, leuchteten ihre Augen regelrecht auf. »Das freut mich aber! Ein junger Mann, der Wort hält! Apollo, jetzt guck aber mal, wer uns besuchen kommt!«

* * *

Herbie hielt verkrampft die Spielkarten in der Linken und durchlitt ein schreckliches Déja-vu.

Er hatte es für eine glänzende Idee gehalten, ein anderes Spiel vorzuschlagen. Es war ihm völlig klar gewesen, dass eine weitere Runde Skat mit diesen Profis unweigerlich seinen sicheren Ruin bedeutet hätte, und so hatte er gleich bei seiner Ankunft die Weichen für einen fulminanten Sieg gestellt. Kein Skat, das war sein Vorschlag gewesen.

»Aber natürlich. Sie sind doch unser Gast, da dürfen Sie selbstverständlich gerne das Spiel wählen«, hatte

Käthi Schnorrenberg mit einem feinen Lächeln erwidert.

Herbie hatte den Hundert-Euro-Schein gezückt und mit großer Geste auf den Tisch gelegt. »Hier wäre dann also der Betrag von gestern. Und den Rest setze ich schon mal gleich bei der Revanche. Das mit den Streichhölzern sparen wir uns heute mal.«

»Wunderbar! Woran hatten Sie denn gedacht? Poker? Doppelkopf?«

»Nein, eigentlich schwebte mir etwas anderes vor.«

Dann hatte er am Tisch Platz genommen, und jetzt – nur eine Dreiviertelstunde später – war sein schöner Plan mit Pauken und Trompeten in die Binsen gegangen.

Julius hatte natürlich seine diebische Freude an Herbies Scheitern und hielt damit nicht hinterm Berg. *So was schafft nur Herbert Feldmann: Haus und Hof verspielen beim Mau Mau!*

Herbie wedelte den Qualm von Apollo Schnorrenbergs Zigarette beiseite. Er stand mittlerweile mit hundertsiebzig Euro bei den beiden in der Kreide.

Wie hatte das nur geschehen können? Mau Mau kannte er seit seiner Kindheit! Das hatte er drauf! Aber die schwatzhafte Käthi, die pausenlos über Gott und die Welt schwadronierte, und ihr stummer Ehemann Apollo, der unentwegt rauchte, robotergleich die Karten legte und nicht viel mehr von sich gab als ein Brummen dann und wann, hatten ihn nach allen Regeln der Kunst abkassiert.

»Noch einen Kaffee?«, fragte Käthi.

Herbie lehnte dankend ab. »Ich müsste dann auch langsam wieder.«

»So, dann hätten wir also noch hundertdreißig Euro zu kriegen.« Käthi nahm das Geld vom Tisch. »Morgen, nicht wahr?«

Herbie nickte kraftlos. »Morgen, klar.« Er hatte keinen blassen Schimmer, wie er das schaffen sollte.

Hui, das wird brenzlig. Wenn du nicht erscheinst, kommen sie mit seinem Rollstuhl vorbei und brechen dir die Finger mit dem Nussknacker.

Ebenso sehr wie über das verlorene Spiel ärgerte sich Herbie, dass er überhaupt keine Gelegenheit gehabt hatte, Käthi Schnorrenberg ein bisschen auszuhorchen. Eigentlich war sie es gewesen, die pausenlos Fragen stellte. Was auf der Ranch so vor sich ging, was ihr Schwager machte … Sie verhörte ihn regelrecht. Auf den letzten Drücker fiel ihm gerade noch ein, dass er noch die Suchmeldung bei sich trug.

»Ach, da hätte ich noch eine Frage!« Er zog das zusammengefaltete Papier aus der Hosentasche und hielt es ihr hin. »Sagt Ihnen das hier vielleicht etwas?«

Sie nahm ihre Lesebrille vom Küchentisch und ging näher zur Lampe, um den Zeitungsartikel besser erkennen zu können. »Wer soll das sein?«

»Jemand, der vermisst wird … also wurde. Sind Sie ihm vielleicht mal begegnet? Oder sagt Ihnen der Name etwas? Das W steht vermutlich für Warczewski.« Er ärgerte sich darüber, dass ihr seine Frage völlig wirr vorkommen musste.

»Nein, den Herrn habe ich noch nie gesehen. Von wann ist die Notiz?«

Sie stellt die richtigen Fragen!

Herbie wackelte unsicher mit dem Kopf.

»Ist der Mann inzwischen gefunden worden?«

Da kannst du dir ein Beispiel dran nehmen.

»Keine Ahnung. Ich hatte die Vermutung, dass der Mann hier im Dorf gewesen sein könnte. Ist aber auch nicht so wichtig.«

Vom Tisch kam ein kräftiges Husten. Käthi wandte sich ihrem Mann zu. »Einen kleinen Moment, junger Mann!« Apollo Schnorrenbergs Oberkörper wurde heftig geschüttelt, und seine Frau eilte zu ihm, um ihm auf die Schulter zu klopfen. »Ist ja gut, ist ja gut«, sagte sie in beruhigendem Tonfall. »Willst du dich ein bisschen aufs Bett legen?«

Den Laut, den er ausstieß, konnte nur sie als positive Antwort deuten. »Bin gleich wieder da«, rief sie Herbie mit einem Augenzwinkern zu und rollte ihren Mann aus dem Zimmer.

Im Hintergrund war nach einer Weile die Toilettenspülung zu hören. Inzwischen waren Herbie und Julius ans Fenster getreten.

Demnächst machst du dir gefälligst Notizen. Die einfachsten Fragen fallen dir nicht ein!

»Dieses verdammte Kartenspiel hat mich völlig kirre gemacht!«, zischte Herbie leise.

Mau Mau! Ha!

»Ich glaube, die würden mich sogar bei Autoquartett und Mikado plattmachen.«

Beim Sackhüpfen hättest du vielleicht eine Chance, sie zu schlagen.

Etwas schepperte, und Herbie rief: »Kann ich Ihnen helfen?«

»Nein, danke«, kam Käthis Antwort von nebenan. »Wir sind gleich so weit.«

Beiläufig hatte Herbie das Fernglas von der Fensterbank genommen und an die Augen gesetzt. Er ließ den Blick über die Dächer des Dorfes wandern. An einem Haus blieb er hängen. Sämtliche Rollläden waren dort heruntergelassen, was in einem heißen Sommer wie diesem eigentlich nichts Ungewöhnliches war. Möglicherweise war es auch ein Wochenendhaus, dessen Besitzer nicht zugegen waren. Was Herbie allerdings bemerkenswert erschien, war nicht das Haus selbst, sondern der graue Pick-up, der halb verdeckt von dichten Sträuchern hinter der Garage geparkt stand. Das war Chenoa, kein Zweifel.

Er dachte an den gestrigen Besuch bei Tom, dem Kettensägenkünstler, und an die verfängliche Situation, die durch die hölzerne Nachbildung von Chenoas Körper entstanden war. Und er dachte auch daran, dass er über diese getürkte Indianerin so gut wie nichts wusste. Kaum ein Wort hatte er bislang mit ihr gewechselt. Er sah sie immer nur von Ferne.

Dann schick ihr doch einfach mal ein paar freundliche Grüße per Rauchzeichen.

»Schön, unser Dorf, oder?«, vernahm er Käthis Stimme. Er fuhr herum. Sie war wieder in das Wohnzimmer gekommen und begann, den Spieltisch abzuräumen.

»Ja, wirklich schön. Bisschen viel Durchgangsverkehr vielleicht.«

»Ein hübsches Hemd haben Sie da übrigens an.«

Julius grunzte abfällig.

Sie nahm die Tupperdose mit den Salzbrezeln vom Tisch, verschloss sie und trat für einen Moment an seine Seite.

»Wir sind froh, dass wir so ein schönes Haus gefunden haben, der Apollo und ich. Die Aussicht ist toll, die Nachbarn sind nett … Na ja, bis auf die ein oder andere Ausnahme.« Sie wies undeutlich in die Richtung, in die Herbie gerade noch mit dem Fernglas gespäht hatte.

»Wen meinen Sie?«

»Gucken Sie doch mal. Das Haus von der Neuen da unten.«

»Das, was so verbarrikadiert aussieht?«

»Genau. Die Rollläden alle runter. Eine sehr kranke Frau. Wohnt seit ein paar Monaten hier.« Sie beugte sich wieder über den Tisch und schob die Karten zusammen. »Die ist nicht mal unsympathisch, aber sie meidet jeden Kontakt zum Dorf. Geht doch nicht, so was. Ich habe sie mal in Blankenheim im Supermarkt getroffen und ein paar Worte mit ihr gewechselt. Verträgt kein Sonnenlicht. Dasselbe, was die Hannelore Kohl hatte, glaube ich. Und sie hat auch dieses fiese Lactose-Dings …«

»Intoleranz.«

»Genau. Und Gluten verträgt sie auch nicht. Und das ist doch überall drin. Schrecklich, oder? Das ist doch kein Leben. Ich kriege immer Blähungen, wenn irgendwo Rosinen drin sind, und das ist schon schlimm!«

Sie stellte die leeren Wassergläser ineinander und strich die Tischdecke glatt. »So. Als wäre nichts gewesen.«

»Gut, dann werde ich also morgen wiederkommen«, sagte Herbie und stellte das Fernglas wieder an seinen angestammten Platz. »Ich habe diesen Zeitungsartikel übrigens von Ernestine Stüsser«, erklärte er. »Sie wissen ja, dass sie letzte Nacht im Krankenhaus gestorben ist?«

»Oh ja, die arme, arme Ernestine«, hauchte Käthi. »Ich habe es heute Morgen am Bäckerwagen gehört. Wie geht es denn dem Hibbel?«

»Er gibt sich Mühe. Hält sich tapfer.«

»Das kommt wahrscheinlich später erst.«

»Er hat es noch gar nicht richtig verarbeitet.«

»Ich hoffe nur, dass sie mit Gottes Segen gegangen ist.« Sie ging vor ihnen her in den Flur. »Das war ihr so wichtig.«

An den Wänden der Schnorrenbergs fand sich kein einziges Kruzifix. Dafür gab es mindestens ebenso gruselige Jagdtrophäen.

Julius deutete amüsiert auf eine Reihe von kleinen Rehbockgeweihen neben der Haustür. *Da fehlen aber noch ein paar Bisonhörner in der Sammlung! Würden sich hier wunderbar machen. Und ich weiß, wo es welche gibt. Mit hübschen roten Rallye-Streifen.*

»Auf Wiedersehen, mein lieber Herr Feldmann«, sagte Käthi Schnorrenberg und schüttelte ihm die Hand. »Ihre Besuche sind immer eine Bereicherung für uns.«

20. Kapitel

Herbie gestikulierte wild mit den Armen. Julius reizte ihn besonders gerne, wenn Menschen in der Nähe waren. Als ihnen ein Spaziergänger mit Hund entgegenkam, rief Herbie verärgert: »Ach, verzieh dich doch!«

Der Mann zerrte sein Tier rasch weiter.

»Vorhin hast du noch gesagt, dass sich meine Theorie gar nicht so abwegig anhört.«

Aber jetzt ist es anders. Du spekulierst wild herum. Mit Mutmaßungen und haltlosen Theorien kommst du nicht weiter, Sankt Spekulatius.

»Ich bleibe dabei: Die alte Stüsser hat sich so aufgeregt, weil sich irgendwie alles wiederholt hat. Jemand ist mit dem Rucksack unterwegs. Jemand verschwindet. Warum soll dieser Warczewski nicht auch an dieser Hütte gewesen sein? Ich will jetzt jedenfalls endlich wissen, was es mit diesem Ginstermann-Kokolores auf sich hat!«

Und dazu musst du unbedingt diese beiden Vogelscheuchen aufsuchen?

»Sie scheinen sich jedenfalls damit auszukennen.« Er holte die schwarze Visitenkarte hervor, die ihm die Dohmen-Schwestern in die Hand gedrückt hatten.

Und wie willst du nach Weyer kommen?

Darauf wusste Herbie allerdings keine Antwort.

In diesem Moment scherte ein silberner Toyota mit holländischem Kennzeichen aus dem dichten Verkehr aus, der in beide Richtungen durch die Dorfmitte floss, und kam direkt neben ihnen zum Stehen. Die Seitenscheibe wurde heruntergefahren.

»Goede Dag! Entschuldige Sie bitte!« Die Beifahrerin war mit den Nerven am Ende, das sah man auf den ersten Blick. »Wir wolle nach die Nürburgring, und überall sin die Baustelle. Stundelang eine Umleiding nach die andere. Et is helemaal een Katastrophe! Könne Sie uns vielleicht sage, wie wir da hinkomme?«

Herbie wandte Julius den Kopf zu und schenkte ihm einen triumphierenden Blick.

»Aber sicher!«, sagte er zu der Frau und beugte sich zum Fenster hinunter, um auch den Ehemann hinterm Steuer zu grüßen, der ebenfalls arg strapaziert aussah. »Sie werden es nicht glauben, aber ich muss ganz in die Nähe, in ein Nachbardorf. Nach Weyer. Ich wollte eigentlich den Bus nehmen.«

Die beiden Urlauber sahen sich freudestrahlend an. Sie konnten ihr Glück nicht fassen. »Könne wir Sie vielleicht mitnehme, un Sie sage uns, wo es hergeht?«

Herbie tat so, als müsste er erst überlegen, ließ sich aber dann nicht lange bitten und stieg hinten ein.

Der Mann fuhr los, und Herbie bestimmte den Kurs mit den Worten: »Das Umleitungsschild da vorne dürfen Sie schon mal gar nicht beachten. Wir müssen jetzt erst mal geradeaus.«

Soso, Weyer und der Ring liegen also gleich beieinander. Aber nur vom All aus betrachtet, oder?

Das war Herbie egal. Er lotste die beiden nordwärts.

Irgendwann fragte der Mann skeptisch: »Die Autobahn Richtung Köln? Das soll die richtige Weg sein?«

»Sieht komisch aus, ist aber so«, erklärte Herbie unbeirrt.

An der Abfahrt Nettersheim dirigierte er sie runter.

»Sin wir nicht in die völlig falsche Ecke?«

»Wir umgehen nur vier ganz schlimme Baustellen. Und außerdem nehmen wir die Panorama-Route.«

Wenig später rollten sie in den Ort Weyer hinein.

»Aber die Navigationssystem sagt, wir fahren immer weiter von die Nürburgring weg.«

»Na, na, wem vertrauen Sie mehr? Einem holländischen Navi oder einem echten Eifeler?« Er war ein bisschen aufgekratzt, weil sein Plan so gut zu funktionieren schien.

In der Ortsmitte ließen sie ihn aussteigen, und er erklärte ihnen den weiteren Weg: »Wenn Sie der Straße folgen, kommen Sie irgendwann nach Breitenbenden, und von da aus ist gar nicht mehr weit bis zu der Autobahnauffahrt.«

»Wir sin doch gerade runter von die Autobahn.« Die Holländerin lächelte ihn unsicher an. »Sin Sie sicher?«

»Ziemlich.«

»Dank je wel!«

Der Wagen fuhr davon, und Julius sagte: *Du bist skrupellos.*

»Ja, was soll ich denn machen? Es ging nun mal nicht anders.« Herbie guckte ihn zerknirscht an. »Glaubst du, das ist mir leichtgefallen? Na ja, so lernen sie jedenfalls ein bisschen die Eifel kennen. Ich hoffe nur, sie landen nicht in Unterurholz.«

Sie gingen ein wenig durch den Ort. Das Haus der Dohmen-Schwestern fanden sie jedoch nicht ohne fremde Hilfe, und schon bald sprach Herbie die ersten Passanten an. Jeder, der ihnen im weiteren Verlauf den Weg erklärte, runzelte vielsagend die Augenbrauen.

»Was wollen Sie denn da?«, fragte eine Frau unverhohlen. »Die sind doch plemplem.«

Da kenne ich aber noch einen.

Die Kirche von Weyer lag leicht erhöht und wie eine Trutzburg von einer Mauer umrahmt weithin sichtbar am Rand des Dorfes. Der Weg zu den Schwestern führte sie linker Hand an ihr vorbei in ein kleines Seitental. Fast schien es so, als wäre hier kein Haus mehr zu erwarten, aber dann wurde plötzlich zwischen einer Gruppe hoher Bäume ein verwitterter Giebel sichtbar.

An einem windschiefen Lattenzaun, der einen reichlich verwilderten Vorgarten einfasste, hing ein Briefkasten mit dem Namen *Dohmen* auf dem Schildchen, und auf einem Schotterplatz vor der Haustür parkte ein alter, schwarzer Mercedes-Kombi mit der Aufschrift *Gänsehautgrauen*.

Herbie betrachtete das morbide Ensemble. Ein trockener, warmer Wind ließ die Bäume leicht wanken. Es war nichts zu hören außer ein paar Grillen und einem weit entfernten Traktor.

Hier war man ziemlich weit weg von allem.

Und ziemlich allein.

Herbie suchte vergeblich nach einer Klingel und wummerte schließlich mit dem Türklopfer dreimal gegen die Holztür. Der dumpfe Ton verklang, aber es tat sich nichts.

Herbie blickte an der Fassade hinauf, an der die Farbe abblätterte, die ehemals Beige gewesen sein mochte. Ein Fensterladen hing lose in den Angeln und schwang leise quietschend hin und her.

Hat hier nicht früher mal Norman Bates mit seiner Mutter gewohnt?

»Die Schwestern scheinen hier jedenfalls das perfekte Ambiente für ihr Interessensgebiet gefunden zu haben.«

Lass uns gehen.

Herbie betrachtete seinen Freund. »Hast du Schiss?«

Ich bin nun mal kein Freund von spontanen Besuchen. Sicher sind sie nicht auf Gäste eingerichtet.

Herbie klopfte erneut. Dieses Mal lauter. Wieder geschah nichts.

Er schnupperte plötzlich. »Riecht verbrannt, oder?«

Sie braten womöglich gerade ein Kleinkind aus der Nachbarschaft.

»Hier gibt es keine Nachbarschaft«, brummte Herbie und machte sich an einem kleinen Holztörchen zu schaffen, das offenbar den Zugang zum Garten hinterm Haus versperrte.

Nicht mehr!

Irgendwann hatte er es schließlich geschafft, den rostigen Riegel aufzuschieben, und drückte das wacklige, kleine Tor vorsichtig auf.

Der Brandgeruch wurde stärker, als sie links um die Hausecke bogen.

Der Garten wurde von riesigen, alten Bäumen dominiert, die ihre gewaltigen Schatten über allem ausbreiteten. Dazwischen gab es Reste eines verdorrten, gelben Rasens und einen Gehweg aus Steinplatten, der zum anderen Ende des Grundstücks führte. Dort sah Herbie die Quelle des Geruchs.

Ein Feuer sandte eine graue Rauchsäule in die Höhe, die über den Baumwipfeln von dem trägen Sommerwind in Empfang genommen und fortgetragen wurde.

»Hallo!«, rief Herbie, und die beiden Gestalten, die am Rande des Feuers hantierten, wandten sich um. Er winkte unsicher mit der Rechten.

Iris und Doris Dohmen winkten erfreut zurück. Sie trugen wieder Schwarz.

21. Kapitel

Das ist ja eine Überraschung!«, rief die kleine, pummelige Iris und schüttelte ihm begeistert die Hand. Die dürre Doris musterte ihn skeptisch. »Du hier?«

»Du ahnst nicht, was wir gerade tun wollten!« Iris rieb sich die Hände.

Eine schwarze Messe feiern? Julius stand am Rand des Feuers und spähte neugierig hinein, ob noch etwas von den bereits halb verkohlten Sachen darin zu erkennen war.

»Ich habe gewusst, dass du kommst«, raunte Iris Herbie ins Ohr. »Schau mal, ich habe vorhin drei Gläser hingestellt. Ganz intuitiv. Ich habe es geahnt!« Ihre Stimme wurde feierlich, und ihr kurzer, wulstiger Finger wies auf ein rostiges Gartentischchen, auf dem drei kleine Gläser und eine Glasflasche mit einem undefinierbaren Inhalt standen. »Wir wollten gerade unseren Likör probieren.« Sie klimperte bereits mit den Gläsern und der Flasche herum, während ihre Schwester den überraschend aufgetauchten Gast immer noch argwöhnisch musterte.

Sie nimmt Maß, ob du in den Bräter passt.

Iris drückte Herbie in einen der metallenen Gartenstühle und füllte etwas in ein Glas. Die Flüssigkeit war dunkelbraun, fast schwarz. Zäh floss sie aus der Flasche.

Sie reichte es ihm und reckte auffordernd das Kinn nach vorne. »Na los, du musst probieren.«

»Ich weiß nicht ...«, stammelte Herbie.

»Musst du noch Auto fahren?«, fragte Doris.

Julius kicherte.

»Nein, das nicht ...«

»Aha, wie bist du denn hergekommen?«

»Es gab eine Mitfahrgelegenheit.« Herbie starrte auf das schwarze Getränk, das an den Rändern des Glases ölige Schlieren hinterließ, als er es hin und her schwappen ließ.

»Ist noch jemand da?« Doris reckte den Kopf und schien mit der Adlernase zu schnuppern.

»Nein, schon wieder weg.«

»Du bist also allein?«, fragte Iris.

»Ja, ich wollte noch ein bisschen mehr über diesen Ginstermann erfahren. Den, der in der alten Hütte gelebt hat. Ihr habt mich wirklich neugierig gemacht.«

»Zuerst trinken!«, forderte Iris. »Und dann sagen, wie es schmeckt!«

»Ach nein, wirklich, ich ...«

»Bitte!« Es klang plötzlich scharf, wie ein Befehl.

Und Herbie nippte an dem Glas.

Es schmeckte nach ... etwas.

Zuerst werden deine Finger und Zehen taub, dann spürst du Arme und Beine nicht mehr, und dann kannst du nicht mehr sprechen. Fängt es schon an?

»Es schmeckt nach … nach etwas, das … etwas, mit dem man …« Herbie krächzte nur noch leise. »Ganz, ganz lecker.«

Die Zunge klebte ihm am Gaumen, als wäre sie in Sekundenschnelle dort festgebacken. Als die Flüssigkeit seinen Rachen hinabgeronnen war, hatte sie eine Spur der Verwüstung hinterlassen.

»Das wollen wir unseren Gästen bei den Führungen kredenzen. Wir haben drei Kanister davon aufgesetzt. Es sind nur die besten Zutaten drin!«, sagte Iris stolz und wedelte mit der Flasche.

Ha, die Führungen werden schnell zu Ende sein. Julius beugte sich über den Flaschenhals und schnupperte an der Öffnung. »Na gut, wenn du es nicht selbst herauskriegst, will ich es dir sagen!«, sagte Iris und verkorkte die Flasche. »Die Basis ist Wodka, und dann nehmen wir drei …«

»Wirst du wohl still sein!«, fuhr ihre Schwester sie an. »Das verraten wir nicht. Nachher macht er es nach.«

»Kann ich wohl ein Glas Wasser haben?«, hauchte Herbie.

»Wir gehen rein«, beschied Doris. »Und wir erzählen die Geschichte vom Ginstermann.«

Gemeinsam bewegten sie sich in Richtung Haus, und Herbie wandte noch einmal den Kopf um. »Was verbrennt ihr denn da?«

»Dinge«, sagte Doris knapp und schob ihn weiter.

Iris drückte die Flasche gegen die dicke, schwarz vermummte Brust und begann zu erzählen: »Vor ungefähr zweihundert Jahren lebte ein junger Mann mit Namen Matthias Ruland im nahen Lommersdorf, der bei einem verheerenden Brand seines Hauses seine ganze Familie verlor. Bei dem vergeblichen Versuch, seine Frau und seine beiden kleinen Kinder aus der Feuersbrunst zu retten, wurde er schrecklich verunstaltet, denn die Flammen fraßen seine Haut und verwandelten sein Gesicht in eine furchteinflößende Fratze. Er begann zu trinken und wurde sonderbar und streitlustig. Da die Menschen sich mehr und mehr vor ihm zu fürchten begannen, trieben sie ihn irgendwann aus dem Dorf hinaus.«

Jetzt hatten sie eine offen stehende Tür erreicht. Doris ging zuerst hinein, und Iris machte Herbie eine Geste, ihr zu folgen.

Julius tat das Gegenteil und wies beschwörend mit beiden Armen in Richtung Straße, über die sie hergekommen waren.

Herbie trat nach einem kurzen Zögern durch die Tür.

Es ging durch einen schmalen, kühlen Flur. Die Wände waren entweder karamellfarben gestrichen oder trugen stolz die Patina der vergangenen Jahrzehnte zur Schau. Es gab nur wenige Bilder. Herbie wusste nicht, was er erwartet hatte, aber aus den Bilderrahmen sahen ihn mit strengen Blicken Menschen längst vergangener Zeiten an. Sie trugen Fräcke und Großmutterhauben, hatten Leichenbittermienen und verkniffene Münder. Es gab schielende Mädchen im Rüschenkleid und streng gescheitelte Jungen mit Überbiss.

Es sind die Gene, mein Bester. Letzten Endes sind es doch immer die Gene.

Doris schubste ihn linker Hand durch eine Tür. Dahinter lag offenbar das Wohnzimmer. Zuerst erschrak

Herbie sich, weil eine Gestalt ohne Kopf stocksteif neben der Tür stand und die Arme nach ihm ausstreckte. Doris erklärte: »Er ist von einer unserer Inszenierungen übrig geblieben. Der kopflose Jäger vom Elztal spukt unweit der Burg Pyrmont.« Herbie bekam einen der vier wuchtigen, dunkelroten Brokatsessel zugewiesen, die um einen runden Holztisch gruppiert standen. Iris verschwand durch einen Durchgang im Nebenraum und verstaute klimpernd Flasche und Gläser.

Herbie setzte sich.

»Schau mal, hier!«, rief Iris, die wieder ins Wohnzimmer zurückgekehrt war, und wies auf eine Figur auf einem Regal, das vor Büchern und Manuskripten überquoll. Es war eine Art gezackte Kugel auf zwei dünnen Beinen.

Herbie erkannte einen Kopf und einen Schnabel. »Ein Papagei?«, fragte er vorsichtig.

Sie folgte suchend einem langen, weißen Kabel, das von dem bizarren Gebilde hinter diversen Möbelstücken verlief, und fand schließlich einen kleinen Schalter. Als sie ihn klickend auslöste, leuchte das seltsame Tier in roten und gelben Farben auf.

»Das ist das Kornecken-Gespenst, das der Sage nach bei Dörbach im Salmtal die Leute erschreckt. Es ist ein feuriges Huhn, eine Art Flammentier.«

»Und so ein wunderbarer Lichteffekt schwebt uns auch beim Ginstermann vor«, sagte ihre Schwester mit leidenschaftlichem Tonfall. »Daher auch das Stromaggregat und die Kabeltrommel.«

Das Zimmer lag im Halbdunkel, da die schweren, schwarzen Vorhänge fast ganz zugezogen waren. Das rötliche Licht des leuchtenden Huhns warf bizarre Lichtflecken auf die Gesichter der Schwestern.

Julius setzte sich neben Herbie auf die Lehne des Sessels und verschränkte die Arme. *Ein Leuchthuhn. Putzig. Das wäre doch was Feines für den Martinszug. Ein Schnürchen, ein Stöckchen – fertig.*

»Oh, dein Wasser!«, rief Iris und lief zurück in die Küche. Doris ließ sich ebenfalls auf einem der Sessel nieder. »Wir haben schon fast zehn Jahre Erfahrung in diesen Dingen«, sagte sie. »Wir haben einmal eine ganze Saison lang zwischen Ueß und Katzwinkel den schrecklichen Wolfshund zum Leben erweckt. Das war eine aufwendige Inszenierung! Achtundzwanzig Führungen haben wir dort gemacht.«

Ihre Schwester kam zurück und stellte ein Glas vor Herbie ab, der sofort danach griff und gierig trank.

»Aber die Leute aus Katzwinkel haben uns irgendwann einen Strich durch die Rechnung gemacht, weil unser Hund, bei dem es sich in Wirklichkeit um ein …«

»Der Ginstermann«, warf Herbie ein. »Die Story war doch noch nicht zu Ende.«

Iris setzte sich ebenfalls und legte die Hände in den Schoß. Die Art und Weise, wie sie fortfuhr, die Spukgeschichte zu erzählen, die Hebungen und Pausen, die sie in ihren Vortrag einbaute, ließen erkennen, dass das alles sorgfältig einstudiert war. »Nun aber mochte Matthias Ruland nicht in die Ferne wegziehen, sondern er zog in den nahen Wald am Rande des Dörfchens Reetz und baute sich dort eine Hütte aus Stein. Er brachte sich ein Handwerk bei, das ihm ein bescheidenes Einkommen versprach: Aus den Ruten der üppigen

Ginsterbüsche, die auch heute noch ringsumher in der Eifel wachsen, band er Besen und wanderte mit seinem langen, grauen Mantel und seinem schwarzen Schlapphut, der sein schreckliches Gesicht beschattete, umher und verkaufte sie auf den Märkten in Blankenheim, in Hillesheim, in Adenau und Bad Münstereifel. Es waren Wochenbesen, die nur wenige Tage hielten. Andere Händler verkauften Tagesbesen aus Heidekraut und Jahresbesen aus Birkenzweigen. So verrichtete er sein Tagwerk und lebte in stiller Abgeschiedenheit, und nur die Leute auf dem Markt verspotteten ihn oft wegen seines hässlichen Äußeren.

Da kam aber eines Tages die junge Tochter des Apothekers Anton Sengersdorf aus Blankenheim auf ihrem Heimweg von Rohr, wohin sie der Vater mit einer dringend benötigten Arznei geschickt hatte, in ein fürchterliches Unwetter hinein. Und sie stürzte im Wald über eine Wurzel und schlug sich hart den Kopf an einem großen Stein.

Nur der Ginstermann, wie Matthias Ruland nun allenthalben genannt wurde, hörte ihren schrecklichen Schrei, und als er in die sturmdurchtoste Nacht hinausging, fand er die bewusstlose, junge Frau und brachte sie in sein Heim. Er legte sie ans Feuer und flößte ihr heiße Suppe ein, doch sosehr er sich auch mühte, das Mädchen starb in seinen Armen.

Am nächsten Tag fanden die Menschen, die suchend nach dem Mädchen die Wälder durchstreiften, die Tote und glaubten Beteuerungen des Ginstermanns nicht. Er wurde auf der Burg zu Blankenheim eingekerkert, und es wurde ihm der Prozess gemacht. Weil er aber so steinerweichend weinte und bei Gott und allen Heiligen seine Unschuld beschwor, beschloss man, das Urteil in Gottes Hand zu legen, und so brachte man ihn nach Reetz zurück, wo man ihn beim Amtsrichter einsperrte, und in der nächsten Gewitternacht schleppte man ihn zurück zu seiner Hütte und band ihn mit eisernen Fesseln auf den Stein, der dort am Scheideweg stand. Und obwohl sein gottesfürchtiges Beten laut durch die Gewitternacht klang, fuhr ein Blitz aus den schwarzen Wolken hernieder und erschlug ihn. Sein Leib brannte lichterlohn wie eine Fackel.«

Jetzt griff Doris in die Handlung ein und setzte mit den hohl gehauchten Worten: »Und seither kehrt in der Gewitternacht der Ginstermann zurück und holt jeden, der in seine Nähe kommt, zu sich in die Finsternis«, den schaurigen Schlusspunkt.

Herbie schluckte. Erfreut stellte er fest, dass das mittlerweile wieder klappte. »Schreckliche Geschichte«, sagte er matt.

»Ja, nicht wahr?« Iris' Bäckchen leuchteten ganz rot vor Eifer. Sie ging zu dem Schreibtisch, der vor dem Fenster stand, kramte dort zwischen Bergen von Papier herum und förderte ein Blatt zutage, das sie Herbie hinhielt. »So stellen wir uns den Ginstermann vor, mit seinem Schlapphut und seinem Mantel.«

Sieht aus wie der Marshal.

»Ja, tatsächlich«, stimmte Herbie seinem Freund amüsiert zu. »Könnte tatsächlich der Marshal sein.«

Die Schwestern sahen ihn irritiert an.

Er sah ihre Blicke auf sich gerichtet und winkte ab. »Nur so ein Scherz.«

»Wie der Marshal? Findest du?«, fragte Iris und betrachtete mit schief gelegtem Kopf die Skizze. »Hm, der Hut, der Mantel … ja, so läuft er manchmal rum.«

»Der Marshal macht uns nichts als Ärger«, sagte Doris grimmig. »Dabei sorgen wir doch für ein touristisches Highlight. Sein Bruder Apollo Schnorrenberg, das war ein ganz anderer Mann … also vor seinem Schlaganfall. Der hat uns volle Unterstützung versprochen. Der hat damals, als er schon im Rollstuhl saß und wirklich andere Sachen im Kopf hatte, sogar noch den schweren Stein wieder ordentlich aufrichten lassen. Mit einem sicheren Fundament, damit nichts passieren kann. Aber Gereon Schnorrenberg – pah! Dass der danach den Hof übernommen hat, ist eine Katastrophe!«

Herbie wedelte mit der Zeichnung. »Toll, echt toll. Wird sicher schön gruselig.«

»Wir nähen bereits an dem Kostüm«, erklärte Doris.

»Das wird den Leuten Angst machen!« Ihre Schwester freute sich. »Glaub es oder nicht, aber es verschwinden dort tatsächlich ab und zu Menschen!«

»Echt?«

»Oh ja! Im Jahr 1834 verschwand der Knecht des Hochgürtelhofes. Viele sagten, es sei ein Wolf gewesen, aber die Menschen aus Reetz waren sich sicher, dass es der Ginstermann war«, begann Doris aufzuzählen. »In den Zwanzigerjahren des letzten Jahrhunderts kehrte der Mechernicher Landschaftsmaler Manfred Kurz nicht von seiner Exkursion in den Reetzer Wald zurück. Er wurde nie gefunden! Und 1936 tauchte die Witwe Franke aus Freilingen unter, nachdem sie in den Reetzer Wald gegangen war. Man sagt, es habe jedes Mal ein Gewitter gegeben.« Sie riss dramatisch die Augen auf.

Herbie wackelte abwertend mit dem Kopf. »Ja gut, das sind aber ja alles ziemlich alte Geschichten. Ich nehme kaum an, dass da etwas aktenkundig ist. Also schwer beweisbar, das alles.«

Die Schwestern tauschten plötzlich ein paar schnelle Blicke. Iris schien etwas sagen zu wollen, aber Doris bedeutete ihr stumm, dass sie gefälligst zu schweigen habe. Schließlich platzte es doch aus Doris heraus. »Vor ein paar Jahren war das. Da hat ein Mann eine Nacht in der Hütte verbracht. Am nächsten Morgen nach einem Gewitter war er weg!«

»Weitergezogen?«, fragte Herbie schnell und biss sich aufgeregt auf die Unterlippe.

Doris schüttelte den Kopf. Sie senkte die Stimme so, als könnte jemand zuhören. »Es war die Nacht nach dem Dorffest, da sind wir später hinauf, um zur Hütte zu gehen, weil ein Gewitter im Anzug war. Wir haben uns so darauf gefreut, dass wir zum richtigen Zeitpunkt da waren, und als wir den Berg hinaufkommen, da hören wir plötzlich einen Schrei.«

»Und einen Schuss!«, warf Iris ein.

»Da war kein Schuss!«, herrschte ihre Schwester sie an.

»Ich habe aber einen gehört! Ganz deutlich!«

»Der Ginstermann schießt nicht!«

»Wer weiß?«

Herbie schaltete sich ein. »Ihr habt den Mann gesehen?«

»Ja«, sagte Iris. »Er war beim Fest und hat getrunken. Ich glaube aber kaum, dass einer wusste, dass er da oben in der Hütte campierte. Wir haben ihn aber am Nachmittag gesehen, wie er ankam mit seinem Rucksack.«

»Und am Morgen nach dem Gewitter war er weg«, murmelte Doris und starrte mit geweiteten Augen ins Nichts. »Der Ginstermann hat ihn geholt.«

Herbie griff in die Brusttasche seines Polohemds und holte den zusammengefalteten Zeitungsartikel hervor. Als er ihn glättete und den beiden hinhielt, nickte Doris als Erste. Und ihre Schwester flüsterte: »Donnerwetter, ja, das war dieser Mann.«

22. Kapitel

Für den Rückweg wählte Herbie dann doch lieber die ehrliche Tour. Der Besuch bei den Gruselschwestern hatte ihm spürbar zugesetzt. Er stellte sich an die Hauptstraße und streckte versuchsweise den Daumen raus. Zahllose Autos rollten an ihm vorbei, mit Nummernschildern von nah und fern: Deutsche, Belgier, Holländer …

Nach knapp zwanzig Minuten lud ihn schließlich eine alte Dame ein. Ihr rostiges Auto hatte ein Dauner Kennzeichen, und sie war anscheinend eine versierte Kennerin des Eifeler Straßennetzes. Allerdings hatte sie ihre Erfahrungen erkennbar eher mit zeitaufwendiger Gewissenhaftigkeit als mit unnötiger Eile gesammelt, denn wann immer die Tachonadel ihres Fiesta die Fünfzig-km/h-Marke überstieg, begannen sie ängstlich zu zittern – die Nadel und die Fahrerin.

»Wie bitte? Warum soll ich denn hier abbiegen, junger Mann?«, fragte sie skeptisch, als Herbie doch noch einen Versuch machte, sie heimlich in Richtung Ranch zu leiten. »Sie wollen mich wohl verkohlen. Das ist doch nicht der Weg nach Üxheim.«

Ich sagte es vorhin schon, du bist skrupellos. Alte Omas reinlegen wollen … erbärmlich!

Herbie errötete. »Es ist ja nur so, dass diese Baustelle …«

»Quatsch!« Es bestand kein Zweifel daran, dass sie ihn durchschaut hatte. Herbie musste sich nicht zum Rücksitz umdrehen, um sich des spöttischen Gesichts von Julius gewiss zu sein.

Die alte Frau setzte trotzdem den Blinker links. »Ich soll Sie wohl bis vor die Haustür fahren, was?«

Er nickte zaghaft, und sie kicherte. »In meiner Jugend ist man zig Kilometer zu Fuß gegangen. Wir waren nicht bang vor einem Drei-Stunden-Marsch, um ein Brot kaufen zu gehen. Na, dann sagen Sie mir mal, wo es hergeht. Wissen Sie, ich habe ja viel Zeit. Nur drehen Sie sich nicht dauernd nach hinten um. Wir werden nicht verfolgt.«

Herbie lotste sie über die Feldwege, und mit einem an Schrittgeschwindigkeit grenzenden Tempo näherten sie sich der Ranch.

»Wirklich? Hier wohnen Sie?«, fragte die Alte skeptisch, als sie schließlich vor dem Blockhaus anhielt. »Bisschen sehr amerikanisch, oder?«

In diesem Moment blies der warme Sommerwind tatsächlich einen dürren Strauch über den Schotterplatz.

»Och, und guck mal, Indianer gibt es hier auch! Donnerlittchen.«

Chenoa tauchte mit zwei metallenen Gießkannen hinter einem der Schuppen auf.

»Ich mache wohl besser, dass ich wegkomme, was? Sonst kommt am Ende noch ein Cowboy und schießt mich tot.« Sie kicherte wieder. Herbie stieg aus, und sie legte krachend den Gang ein. Dann kroch ihr alter Fiesta langsam davon.

Ein schießwütiger Cowboy. Wie recht sie doch hat. Julius kratzte sich grinsend am Bart.

Als der Wagen verschwunden war, wandte Herbie sich wieder um und sah Chenoa zu, die gerade im Begriff war, die Kannen an einem Wasserhahn zu füllen.

»Hallo, Chenoa!«, rief er. »Warte, ich helfe dir!«

Er eilte zu ihr und wollte ihr die Gießkanne aus der Hand nehmen.

»Meinste, ich kriech dat mit den zwei ömmeligen Kännchen nicht allein jebacken?« Sie trug eine kurze, kakifarbene Shorts und eine knappe Bluse mit großem Karomuster, deren untere Zipfel sie knapp über dem Bauchnabel verknotet hatte, sodass ihre gebräunte Haut zu sehen war. Sie stemmte den rechten Arm in die Seite und schob die linke Hüfte vor. Mit leicht schief geleggtem Kopf lächelte sie Herbie an. Er konnte nicht umhin festzustellen, dass sie eine durchaus verführerische, junge Frau war. Viel verführerischer als das hölzerne Ebenbild, das er im Atelier von Tom, dem Kettensägenschnitzer, entdeckt hatte.

Ich finde auch, dass die beiden Brüste in natura viel gleichmäßiger sind. Findest du nicht?

Herbie versuchte, nicht dort hinzusehen.

Guck doch nur mal genau hin.

Herbies Blicke entgingen ihr nicht. Sie lachte und sagte: »Na komm, jeder eine. Und dann machen wir en Kaffeepäuschen. Kaffeezeit is ja schon fast vorbei. Du bis doch sicher auch schon seit acht Uhr am Malochen, oder?«

»Na ja, fast.« Herbie verkniff sich eine Korrektur, nahm eine Kanne und folgte ihr.

»Der Hibbel, der kriecht nix mehr auf die Reihe, weil seine Mama tot is. Der sitzt zu Haus un heult rum. Ich schätze, da wirs du noch wat mehr arbeiten müssen.«

»Wir werden sehen«, knurrte Herbie und taperte hinter ihr her.

Auch ihr Allerwertester, guck mal, wie der hin und her schwingt. Da kommt die Holzfigur nicht mit, ehrlich.

Herbie zwang sich, den Blick höher wandern zu lassen. Ihr Rückgrat hinauf, wo kleine Schweißperlen über die dunkle Haut rannen, über das karierte Hemd, zu den schwarzen Zöpfen hinauf. Was ging wohl in ihrem Kopf vor? Sie wusste um ihre Wirkung und schien zu genießen, was sie damit auslöste.

»Du kommst echt aus Quadrath-Ichendorf?«

»Bei Bergheim, jenau.«

»Nicht aus Amerika?«

Sie warf den Kopf in den Nacken und lachte wieder rau. »Ich weiß doch, wo ich herkomme.«

Sie erreichten ein paar von dicken Holzbohlen umfasste, längliche Beete mit ziemlich mitgenommenen Pflanzen, über denen sie die Kannen entleerten. Das Wasser schien im selben Moment, in dem es auf den steinharten Boden traf, auch schon wieder zu verdunsten.

»Dat wird Mais. Der Gereon will et unbedingt mal mit Mais probieren. Für zum Grillen und so. Typisch amerikanisch eben.«

Dann setzten sie sich auf einer Holzbank in den Schatten, wo bereits eine Thermoskanne mit einer Tasse stand. Chenoa schenkte ein und hielt ihm die Tasse hin. »Bis doch nicht fies davor, dat ich da schon draus getrunken habe?«

»Och, nö.« Herbie nahm tapfer einen Schluck. Das Gebräu war so gallebitter wie bei seiner Ankunft auf der Ranch vor ein paar Tagen. Es schien eine Ewigkeit her zu sein.

»Der Gereon und ich, wir haben uns in der Rhön kennengelernt, auf 'nem Western-Festival. Da hat der so Frühstücksbrettchen mit Pferdeportraits verkauft. Echt schön, die Dinger. Mit dem Lötkolben jebrannt. Hat der von jelebt damals.«

»War das bevor oder nachdem er in Amerika war?«

Sie lachte. »Nä, in Amerika war der Gereon viel, viel früher mal. Hat er mir erzählt. Da war der mit so 'nem Jugend-Austauschprogramm. Der war auf dem Gymnasium in Adenau der Beste in Englisch, der Gereon, un deshalb durfte der auch mit dahin. Da konnten die Eltern von dem natürlich jar nix mit anfangen, is ja klar. Un verliebt hat der sich damals. Echt in 'ne Indianerin, weißte. Also 'ne echte. Ich kenn die Jeschichte net jenau, aber dat is wohl ziemlich tragisch ausjejangen. Der Gereon kam zurück nach Deutschland un hat von da an jeplant, komplett nach Amerika umzuziehen. Ne Farm gründen un so. Von Bisons hat der schon damals jeträumt. Un dann hat der hier auf dem Hof in den Sack jehauen un hat alle möglichen Arbeiten anjenommen, um die Kohle zusammenzukriegen. Aber die Indianerin hat längst 'nen anderen jehabt, wie er da ankam. Un dat Jeld war auch im Nu weg. Alles verloren.

Als ich den Gereon kennenjelernt habe, hatte der 'ne kleine Etagenwohnung in Wuppertal-Elberfeld. In der hatte er damals schon die Wände mit Holzschwarten verkleidet und nannte die seine Ranch. Und da bin ich dann hinjezogen. War en bisschen klein, war aber trotzdem 'ne jeile Zeit damals. Der Gereon is mein Ein un Alles. Der tut alles für mich. Außenrum hat der 'ne verdammt raue Schale, aber innendrin …«

Sie beugte sich nach vorne, legte burschikos die Ellenbogen auf die gespreizten Beine und starrte in ihre Tasse, in der sie den Kaffee hin und her kreisen ließ. Von der Seite drängte sich Herbie ein Blick unter den Saum des weit aufgeknöpften Hemds geradezu auf.

Die beiden sind auch nicht so komisch gemasert wie bei dem Motorsägen-Michelangelo. Er hätte Buche nehmen sollen, die ist nicht so knotig.

»Chenoa hat der Gereon mich jenannt. Klingt ja auch mehr nach Wildwest als Anke, oder? Chenoa ist ein Frauenname von den Sioux. Dat heißt *Der Vogel, der den Frieden bringt*. Nich verkehrt, oder? Fand ich jedenfalls total jut. Dachte ich, ja jut, warum nich, bringste mal en bisschen Frieden.« Sie schien froh, ein wenig plaudern zu können. Der Kontrast zwischen ihrem zarten, fremdländisch anmutenden Äußeren und ihrem derben rheinischen Slang war enorm.

»Und dann seid ihr hergekommen?«

»Der Gereon war öfters hier zu Besuch bei seinem Bruder. Hat der mich aber nie mit hinjenommen. Und irgendwann kam der plötzlich an und sagte: Halt dich fest, wir ziehen in die Eifel und übernehmen den Hof. Eh, der Hammer, aber total!«

»Das war vor sechs Jahren?«

»Jo, so unjefähr.« Sie trank die Tasse aus und deutete auffordernd auf die Kanne. »Noch 'nen Schluck?«

Herbie winkte ab.

Chenoa kratzte sich am Rücken, wobei sie den Ellenbogen hoch in die Luft reckte und die Brust ansehnlich weit nach vorne schob. »Der Apollo hat das dem alles überlassen. Fand ich richtig klasse. Klar, hatte ja auch den Schlaganfall, aber trotzdem …«

»Die Brüder scheinen sich sehr zu mögen, hab ich den Eindruck.«

Jetzt wurde Chenoa unsicher und wiegte leicht den Kopf hin und her. »Jo, irjendwie schon. Obwohl die sich kaum sehen. Dat versteh ich ja net. Ich hab sieben Brüder, alle älter wie ich. Wir besuchen uns alle jejenseitig. Und wenn wir alle zusammen sin, dann jeht aber die Post ab, kann ich dir sagen.«

Herbie starrte nachdenklich in die Ferne. Das Verhältnis der Schnorrenberg-Brüder war ihm undurchsichtig. Berührungspunkte schien es kaum zu geben.

Vielleicht ist es ja ein bisschen wie bei uns. Ich kümmere mich aufopfernd um dich, versorge dich rund um die Uhr mit guten Ratschlägen, und du … du … na, du bist eben da.

»Habt ihr dann sofort das Blockhaus gebaut?«, nahm Herbie den Faden wieder auf.

Sie sah ihn groß an. »Dat da? Nä, dat stand ja schon. Der Apollo und die Käthi hatten dat ja gerade neujebaut. Sogar behindertengerecht wegen dem Rollstuhl und dem ganzen Jedöns un so.«

»Aus Holz?«

Wieder kam ein heiseres Lachen. »Nä, dat ist doch nur drumherum. Dat ist en stinknormaler Neubau aus Bimsstein oder wat weiß ich. Das janze Holz hat der Tom ja da dran jezimmert. Sieht aber aus wie echt, oder?«

»Allerdings.« Diese Nachricht überraschte Herbie über alle Maßen. Die Ranch war ein Fake, das war nicht verwunderlich. Aber dass der ursprüngliche Bau noch von Gereons Bruder Apollo stammte, hätte er nicht gedacht.

Julius bummelte um die Beete mit dem Mais herum und hatte die Hände auf dem Rücken verschränkt. *Das macht es noch eine Spur mysteriöser, nicht wahr? Der eine Bruder überlässt dem anderen einen alten, hässlichen Hof, um nach seinem Schlaganfall ins Dorf zu ziehen – gut. Er überlässt ihm aber auch noch das große Gebäude, das er und seine Frau gerade erst für das weitere Leben mit der Behinderung gebaut haben – sehr, sehr seltsam.*

Herbie nickte langsam. Da war was dran.

»Der Tom, der kann echt wat«, sagte Chenoa mit überraschend sanfter Stimme.

Herbie hielt das für ein gutes Stichwort und räusperte sich. »Ähm, ich habe übrigens dein Auto im Dorf gesehen.«

»Heute Morgen? Nä, dat war ich nicht. Den Pick-up hatte ich verliehen.«

»Nein, ich meine gestern Nachmittag.«

»Ach da! Ja, und?«

»Vor Toms Atelier.«

»Hm.«

Herbie wusste nicht so recht, wie er das heikle Thema elegant angehen sollte. »Weißt du, ich habe mich in Toms Atelier mal umgesehen.«

An seiner Seite blieb es still. Er sah nicht zu ihr hin und konzentrierte sich auf seine Verhörtaktik.

Irgendwo schrie ein Greifvogel. In einer anderen Ecke des Hofes quietschte ein schlecht geöltes Scharnier leise im Wind.

»Dieser Tom hat ja allerhand beeindruckende Schnitzereien da herumstehen.«

»Der macht dem Gereon ein paar tolle Totempfähle.«

War da eine Spur Unsicherheit in ihrer Stimme?

Herbie knetete nervös seine Hände. »Ja, genau, Totempfähle. Habe ich gesehen. Adler hat er auch da rumstehen und Hirsche und so.«

Und ich schwöre feierlich, dass ich einen Pinguin gesehen habe!

»Da sind aber auch noch andere Sachen …«

»Wat willst du mir sagen?« Chenoas Stimme wurde leise, ihr Tonfall lauernd.

»Na ja, dich hab ich da auch gesehen.«

»Mich?« Jetzt klang es schrill.

Herbie sah ihr direkt in die Augen und versuchte dem plötzlich abgekühlten, feindseligen Blick standzuhalten. »Ja, ganz sicher, du! Ohne Klamotten, stimmt doch, oder?«

Momentchen, einen Hauch von Bikini hatte sie schon noch an.

Chenoa sprang auf, und die Kaffeetasse fiel zu Boden und zerbrach klirrend. »Schnüffelst du hier rum, oder wat?«

»Ich will nur wissen, was da los ist mit Tom und dir?«

»Pass mal auf, dat geht dich überhaupt nix an, du komischer Vogel!«

»Man wird sich ja wohl Gedanken machen dürfen. Hier bei euch ist doch alles total verlogen und verdreht! Nichts ist echt. Ein Blockhaus, das ebenso wenig eins ist wie der Cowboy und seine Squaw echt sind, Menschen verschwinden, Menschen sterben …«

»Kümmer dich um deinen Scheiß, hörst du! Die Sache mit Tom und mir is en Jeheimnis!«

»Das denke ich mir. Ich habe euch ja gehört, da oben auf der Galerie über dem Atelier. Und als ich dich da gesehen habe, nackt … also fast nackt …«

»Halt bloß die Fresse, du Arsch! Der Gereon is so wat von eifersüchtig. Wenn der so wat hört, dann …« Sie holte gerade mit der Hand weit aus, um Herbie eine Ohrfeige zu geben, als sie jäh in der Bewegung innehielt und auf einen Punkt hinter Herbie starrte.

Er fuhr herum.

Auftritt John Wayne. Jetzt wird's heiter!

»Geheimnis? Tom? Ich höre wohl nicht richtig!«, röhrte der Marshal und kam mit weit ausholenden Schritten auf sie zugestiefelt. »Du, nackt bei Tom? Gestern? Du hast mir gesagt, du müsstest zum Frauenarzt nach Marmagen!«

»Gereon, jetz denk bloß nix Falsches! Der Typ spinnt doch!«

»Ja, genau, ich spinne manchmal ein bisschen.« Herbie versuchte, dem Marshal in den Weg zu springen. Der stieß ihn jedoch rüde zur Seite, sodass Herbie in den Staub fiel und sich die Schulter heftig an der Holzbank stieß.

»Du Dreckstück!«, brüllte der Marshal, der für Herbie jetzt auf verblüffende Art und Weise dem rasenden Bullen Dempsey ähnelte. Er hatte die Nüstern ebenso gebläht wie der Bison und den Kopf kampfbereit vorgeschoben.

»Sie hatte ja noch einen Bikini an«, rief Herbie. »Oder so was Ähnliches jedenfalls.«

Hat dir schon mal jemand gesagt, dass du eine fatale Neigung hast, die Dinge immer noch einen Tacken schlimmer zu machen, als sie es eigentlich sind? Julius beugte sich zu Herbie hinunter und sah ihn tadelnd an.

»Bikini?« Der Marshal schnappte nach Luft. »Bikini!?!«

»Du verstehst dat alles falsch, Gereon!«, schrie Chenoa, dann traf die flache Hand des Marshals ihr Gesicht, und sie stürzte ebenfalls zu Boden.

Gereon Schnorrenberg stand für einen Moment breitbeinig da, starrte auf die heulende Frau am Boden und atmete schwer. »Das hast du dir selbst zuzuschreiben, du verdammtes Miststück!«, sagte er tonlos. »Das musste mal sein.« Er schien es nicht fassen zu können, dass er gerade eine Frau geschlagen hatte. Dann wandte er sich abrupt um und stapfte davon. »Und jetzt kaufe ich mir diesen Drecksack Tom! Aus dem mache ich ein Sieb!«

Herbie rappelte sich auf und lief zu Chenoa, die sich laut schluchzend die Wange rieb. Staub und Tränen vermischten sich in ihrem schönen Gesicht. »Du verdammtes Arschloch«, stieß sie wimmernd hervor. »Der glaubt echt, dat ich was mit Tom habe.«

»Na ja, das spricht ja auch alles irgendwie für sich, und …«

»Die Statue von mir is en scheiß Jeburtstagsjeschenk für meinen Gereon, du doofer Hirni!« Sie erhob sich ungelenk und stieß Herbie zur Seite, der ihr dabei helfen wollte. »Für unser Schlafzimmer! Und jetzt denkt der Gereon echt, dat der Tom un ich …«

Sie erstarrte. Vor dem Blockhaus schwang sich der Marshal auf den Bock seines Treckers und ließ den Motor laut aufröhren.

Holla, ist das etwa eine Flinte da in seiner Hand?

»Oweia, die Winchester«, hauchte Chenoa und hob erschrocken die Hände. »Ich glaub, der macht den Tom tot!«

23. Kapitel

Es gab einfach keine Stelle, an der Chenoa mit dem Pick-up den Trecker hätte überholen können. Wann immer sie ansetzte, schwenkte das knatternde Gefährt in Richtung Fahrbahnrand und verhinderte ein Vorbeifahren.

Chenoa keifte ohne Pause. »Dat bis du schuld, du Honk! Der Gereon un ich, wir sin glücklich. Dat is der erste Mann, den ich noch nie betrogen hab. Dabei weiß der alles von mir. Auch wat ich früher so jetrieben hab.«

Für Herbie klärte sich mit dieser Andeutung auch die Frage, warum der Marshal sofort von der möglichen Untreue seiner Partnerin überzeugt gewesen war.

Julius hockte hinten auf der Ladefläche. Zwischen Herbie und Chenoa war einfach kein Platz mehr für ihn gewesen, da allerlei Kram auf dem Sitz lag. Als Herbie sich nach hinten umwandte und durch das Fenster auf die Pritsche guckte, winkte ihm Julius gut gelaunt zu.

Herbie war nicht bewusst gewesen, dass ein Trecker derart schnell sein konnte. Der Pick-up schoss bei der Verfolgung mitunter so in die Kurve, dass Herbie sich am Haltegriff festklammern musste. In der nächsten Wegbiegung rutschte ihm der ganze Krempel von der freien Sitzfläche entgegen. Sonnenbrille, leere Joghurtbecher und Tankquittungen landeten auf seinem Schoß.

»Vorsicht!«, schrie Herbie.

Der Marshal ging in die Eisen, obwohl kein Hindernis weit und breit zu sehen war. Vermutlich wollte er seine Verfolger zu einem riskanten Bremsmanöver zwingen, das sie in den Straßengraben befördern würde.

Chenoa reagierte blitzschnell, zog nach links, bremste kurz vor einem Baum, und der Kram rutschte von Herbies Schoß in den Fußraum.

Julius' Gesicht war plötzlich ganz nah an der Heckscheibe.

Dann fuhr der Trecker wieder an. Der Marshal reckte mit einer martialischen Geste die Flinte in die Höhe.

»Hast du ein Handy, Chenoa? Soll ich die Polizei anrufen?«

»Von wejen, du Bekloppter! Dat regeln wir ohne Bullen!« Sie umklammerte mit links das Lenkrad und schlug mehrfach mit der Rechten nach ihm. »Dat – bis – nur – du – schuld!«

Ja, das war er vermutlich. Und es tat ihm leid. Er blickte auf eine leere Dolly-Parton-CD-Hülle, die er in der einen, und einen Kassenbon, den er in der anderen Hand hielt. Wie hatte das nur alles wieder passieren können? Links las er *Heartbreak Express* und rechts *Caro Kaffee*.

Der Trecker schoss auf die Hauptstraße und nahm rücksichtslos dem aus beiden Richtungen heranrollenden Verkehr die Vorfahrt. Laut wurde gehupt und getutet. Herbie standen die Haare zu Berge, aber Chenoa hielt Kurs.

Der Trecker überholte in einem draufgängerischen Manöver einen Wohnwagen und einen Mineralwasser-LKW und scherte gerade noch rechtzeitig vor einem entgegenkommenden SUV wieder ein, der wütend ein paar Mal die Lichthupe aufflackern ließ.

Für ihren Pick-up gab es keinerlei Überholmöglichkeit mehr, und als sie auf dem Vorplatz von Toms Kettensägen-Atelier ausrollten, saß Gereon Schnorrenberg bereits nicht mehr auf dem Sitz seines Treckers.

»Gereon!«, schrie Chenoa und sprang aus dem Wagen. »Tom!« Und dann noch einmal andersherum: »Tom! Gereon!«

Der große, dicke Julius schwang sich erstaunlich elegant von der Ladefläche und klopfte sich den imaginären Staub von seinem Jackett. *Heißa! Das sollten wir öfter machen. Überaus belebend, kann ich dir sagen.*

Herbie folgte Chenoa in die Halle. Darin war es genauso schummrig wie am Vortag. Nur von den Böcken, auf denen der halb fertige Totempfahl gelagert war, verteilte sich gelbliches Arbeitslicht im Raum. Im Hintergrund plärrte ein Radio.

»Gereon! Tom!«, schrie Chenoa zur Abwechslung mal wieder. Man konnte nicht heraushören, wer von beiden ihr wichtiger war.

Zunächst war keiner von beiden zu erkennen. Als sie sich aber vorsichtig mit zaghaften Schritten in den großen Raum hineinwagten, sahen sie den Marshal im Schatten des großen Hirschs stehen. Er richtete das Gewehr auf etwas, das am Boden lag.

»Ach du dicke Scheiße«, hauchte Chenoa und wollte auf ihn zulaufen. »Gereon, Schatz, wat machst du da?«

»Bleib zurück!«, brüllte Schnorrenberg.

Jetzt war durch die Radiomusik hindurch ein leises Wimmern zu hören.

Tom lag auf dem Boden und wand sich hin und her. Der Lauf des Gewehrs folgte unbarmherzig der jeweiligen Position seines Kopfes.

»Sprich dein letztes Halleluja, du Ratte«, raunzte der Marshal und peilte über Kimme und Korn.

Wenn das mal kein Filmzitat ist. Ich tippe auf East Clintwood oder wie der Knabe heißt.

»Leg dat weg!«, schrie Chenoa. »Bis du denn wahnsinnig?«

»Diesen räudigen Hund schicke ich jetzt in die Ewigen Jagdgründe! Wer mein Mädchen anfasst, fährt in die Hölle!«

»Aber du kanns doch mit so wat jar nicht umgehen!«

»Halt den Mund!«, brüllte der Marshal ungehalten.

»Kann er nicht?«, wisperte Herbie.

Chenoa schüttelte den Kopf. »Der trifft keinen Milchwagen auf vier Meter.«

Sie näherten sich vorsichtig und mit unwillkürlich halb in die Höhe gehobenen Händen dem Schauplatz des Geschehens.

»Ihr sollt stehen bleiben, verflucht noch mal!« Der Marshal reckte die Flinte hoch und zielte auf den Hirsch, um seiner Drohung Nachdruck zu verleihen. Aber statt eines krachenden Schusses ertönte nur ein dürftiges Klicken. Dann ein lautes Klackern, gefolgt von einem Rasseln, und wütend hantierte der Marshal mit dem Gewehr herum. Er klopfte dagegen und versuchte vergeblich, den Lauf auseinanderzuklappen. »Verdammter Mist, wie funktionieren diese Drecksdinger denn?«

»Leg et weg, hörst du, Gereon!«

Warum wird denn dieses Missverständnis nicht endlich aufgeklärt? Julius warf die Arme in die Höhe. *So eine Ansammlung von Idioten sieht man ja selten.*

Dann sah er Tom, der sich im Halbdunkel zu Gereons Füßen schmerzgepeinigt das Kinn hielt und unverständliche Laute ausstieß.

»Scheiße, hast du ihm etwa den Kiefer zertrümmert?«, jammerte Chenoa.

Oha, dann spricht er ja jetzt nur noch gebrochenes Deutsch.

Der Marshal kämpfte unterdessen verzweifelt mit seinem Gewehr. »Oh Mann, Scheiße! In den Filmen können die das doch auch alle! Das kann doch nicht so schwer sein!«

Schließlich warf er die Waffe entnervt von sich und packte stattdessen die Motorsäge, die neben dem Totempfahl lag. Er zurrte voller Wut an der Starterschnur, und augenblicklich heulte das Gerät ohrenbetäubend laut auf. In diesem Moment nahm Herbie all seinen Mut zusammen, lief zwischen den Holztieren hindurch auf den Marshal zu und warf sich ihm von hinten auf den Rücken. Die Säge polterte über die Arbeitsfläche, fraß sich im nächsten Moment ins Holz des Totempfahls, drehte sich mit einem Ruck einmal um die eigene Achse, wirbelte kreischend hoch, trennte dem Hirsch ein Stück des Geweihs ab und stürzte dann krachend knapp neben Tom zu Boden, wo sie schließlich abrupt verstummte.

»Hier!«, schrie Chenoa. »Hier, guck et dir doch an, du verdammter Blödmann!« Sie stand mit wütend geballten Fäusten neben ihrem hölzernen, spärlich bekleideten Ebenbild. »Das ist dein Jeburtstagsjeschenk, du Arsch!«

Der Marshal, der gerade Herbie mit einem ungestümen Ruck abgeschüttelt hatte, hielt in seiner Bewegung inne und starrte zu ihr hinüber.

»Was … wieso …?«

»Ja Mann«, schluchzte Chenoa und kam langsam auf ihn zu. »Dat sollte die Super-Riesenüberraschung für deinen Jeburtstag werden.«

»Etwa für das Schlafzimmer?«, stammelte der Marshal kleinlaut.

Sie nickte schniefend.

»Verdammt, ist das schön!«

So, jetzt aber mal wirklich im direkten Vergleich, alter Freund: Welche Brüste findest du symmetrischer?

Gereon Schnorrenberg schloss seine gewaltigen Arme um den schlanken, zitternden Oberkörper seiner Freundin.

Julius wandte sich zu Herbie um. *Kuckuck, was ist denn los, Kumpel? Hat es dir die Sprache verschlagen? Hast du was abgekriegt?*

»Ich muss an Malzkaffee denken«, murmelte Herbie abwesend und starrte ins Leere.

Julius sah ihn verdutzt an. *Eieiei, es ist ja doch wohl schlimmer, als ich dachte.*

»Der Kassenbon, Julius«, sagte Herbie langsam. »Vorhin, im Auto. Der war von heute. Lass mich überlegen, was draufstand. Toastbrot, Zigarettentabak, Caro-Kaffee … der Rest fällt mir nicht mehr ein.«

Aha, und was, bitteschön, könnte uns das wohl sagen wollen?

»Dass ich Chenoa eigentlich gar nicht mehr fragen muss, wem sie heute Morgen ihr Auto geliehen hat.«

Er verschaffte sich einen Überblick über das Schlachtfeld. Schnorrenberg und Chenoa standen eng umklammert da, grell angestrahlt von der Arbeitsleuchte. Tom rappelte sich langsam vom Boden auf. Er hustete und musste sich festhalten. Er schüttelte sich die Holzwollflocken aus dem blondierten Haar. Als er ausspuckte, schien Blut darin zu sein.

Das Atelier selbst sah chaotisch aus. Einige Skulpturen waren umgestürzt. Dem Hirsch fehlte eine Geweihschaufel. Die Säge lag am Boden, und eine schwarze Flüssigkeit breitete sich um sie herum auf dem Betonboden aus.

»Komm, lass uns gehen«, sagte Herbie leise. »Hier können wir nichts tun.«

* * *

Herbie marschierte dorfeinwärts. Man hätte meinen können, die Kampfhandlungen der letzten halben Stunde hätten ihn erschöpft, aber sein Tatendrang war ungebrochen. Er schritt weit aus.

Weißt du, das war geradezu heldenhaft, vorhin. Julius zog anerkennend die Augenbrauen in die Höhe. *Ich meine, sich vor so eine rotierende Kettensäge zu werfen, das trauen sich nur ganz große Helden … oder aber lebensmüde Irre.*

»Ich bin aber keins von beiden«, sagte Herbie und rieb sich die schmerzende Schulter.

Sie erreichten das Zentrum des Dorfes. Herbie blickte sich um und versuchte, sich zu orientieren. »Lass uns mal sehen, da oben ist das Haus von Käthi und Apollo Schnorrenberg.«

Du willst doch jetzt nicht schon wieder zocken gehen, oder?

»Von dort aus haben wir das Haus gesehen.«

Welches Haus? Da waren zwei Dutzend.

»Das Haus mit den herabgelassenen Rollläden.«

Er fuhr mit dem Finger durch die Luft. »Dahinten muss es sein.«

Als er den Weg in die Richtung einschlug, in die er gerade gezeigt hatte, stellte Julius keine Fragen mehr.

Das schmucklose Einfamilienhaus lag etwas von der Straße zurück. Sämtliche Fenster waren mit Rollläden verschlossen. Es sah aus, als stünde das Haus leer. Der Rasen des Vorgartens war kurz geschnitten, aber es gab keinerlei Blumenschmuck. Eine schmale Einfahrt führte zu einem Stellplatz, der halb hinter der Mauerecke versteckt lag.

»Du erinnerst dich, dort hat heute Morgen der Pickup gestanden.«

Und du glaubst zu wissen, wer ihn ausgeliehen hat?

Herbie nickte wortlos und mit verkniffenem Mund und ging auf den Eingang zu.

Als er den Klingelknopf neben der weiß lackierten Tür drückte, musste er zuerst eine Weile warten, bevor ein leises Knacken in der Gegensprechanlage ankündigte, dass jemand zu Hause war.

Zuerst war da nur ein leises Atmen zu hören. Dann folgte ein zaghaftes: »Ja?« Unsicher. Mit einem Fragezeichen.

Herbie hatte die Frauenstimme schon einmal gehört. Er wartete erst einen Augenblick, bevor er schließlich sagte: »Guten Abend, Frau Warczewski. Ich vermute, dass Timo bei Ihnen ist, richtig?«

24. Kapitel

Im spärlich eingerichteten Wohnzimmer brannten zwei kleine Lampen mit besonders schwachen Glühbirnen. Eine auf einer Schubladenkommode und eine neben dem Fernseher auf einem kleinen Rolltisch. Eine Stehlampe in einer anderen Ecke des Raumes war mit einem Batiktuch in gedeckten Violetttönen leicht abgedunkelt worden.

Sie waren zu dritt. Timo hockte auf dem Schlafsofa, die Knie angezogen, die nackten Füße halb unter die Zudecke geschoben.

Mieke stand mit gekreuzten Beinen gegen die Seitenwand eines Wohnzimmerschranks aus hellem Holz gelehnt.

Frau Warczewski hatte die Hand auf die Türklinke gelegt und bedeutete Herbie stumm einzutreten.

Ihrer aller Gesichter waren gleichermaßen von Gram und Anspannung gezeichnet.

»Hallo, Mieke«, sagte Herbie leise. »Hallo, Timo.«

Mieke deutete ein Nicken an, und Timo hob schwach den rechten Zeigefinger zum Gruß.

Potztausend, was haben wir denn hier? Das sieht ja nun nicht gerade so aus, als würde der Bursche gegen seinen Willen festgehalten. Julius drängte sich hinter Herbie in den Raum und setzte sich wie selbstverständlich auf die Kante der Schlafcouch.

»Haben Sie mich gestern angerufen?«, fragte Frau Warczewski.

Herbie betrachtete sie intensiv. Eine schlanke Frau mit blasser Haut, das dunkle, grau melierte Haar streng zurückgekämmt. Ihre Mundwinkel waren tief nach unten eingekerbt, so als hätte sich schon seit langer Zeit kein Lächeln mehr hierhin verirrt.

»Ja, das war ich.«

»Sie haben nicht mit mir geredet. Warum nur ›falsch verbunden‹?«

»Ich wusste nicht, was ich hätte sagen sollen.«

»Na, Sie scheinen doch recht neugierig zu sein. Das hat uns Mieke jedenfalls berichtet.«

Herbie zuckte mit den Schultern. »So heißt es immer. Ich weiß nicht, ob das zutrifft. Ich mag nur keine offenen Fragen oder ungeklärte Geheimnisse.«

»Sicher haben Sie viele Fragen an uns.«

»Wenn ich ehrlich bin, weiß ich gar nicht, wo ich anfangen soll.« Sein nervöses Lächeln wurde von keinem der drei erwidert.

Und das entsprach genau den Tatsachen. Er sah zwar all die vielen Details, er erkannte mal mehr, mal weniger deutlich die Linien, die vom einen zum anderen führten, aber es gelang ihm einfach noch nicht, all das zu einem stimmigen Gesamtbild zu arrangieren.

»Immerhin haben Sie uns gefunden«, sagte die Frau. Die beiden jungen Leute überließen ihr offenbar die Gesprächsführung. »Nun ja, wir sind hier ja nicht bei einem Ratespiel. Es geht nicht darum herauszufinden, wer cleverer ist als der andere.«

Herbie nickte und sagte leise: »Da stimme ich Ihnen zu.« Er trat in die Mitte des Zimmers und legte die Hände auf den Rücken. Eine Geste, die ihm angemessen würdevoll erschien angesichts der Tatsache, dass hier gerade ein Verbrechen im Begriff war, aufgeklärt zu werden.

Julius zeigte auf wie ein Musterschüler. *Aber es geht doch gar nicht um ein richtiges Verbrechen. Der Knabe hockt doch hier putzmunter und ohne Beulen und Schrammen und spielt mit seinen Zehen.*

Timo hatte die Hände um die Füße geschlossen und den dunklen Lockenkopf mit der Seite auf die Knie gelegt. Er sah jetzt deutlich jünger aus als vor ein paar Tagen. Viel kindlicher.

»Es geht um ein Verbrechen«, sagte Herbie dumpf. Es sollte zwar eine Erwiderung für Julius sein, war aber unbewusst an alle Anwesenden gerichtet.

»Keinem ist etwas passiert!«, warf Mieke jetzt rasch ein.

Herbie hob die Stimme. »Um ein Verbrechen, dem Ihr Ehemann Gerhard vor sechs Jahren zum Opfer gefallen ist, Frau Warczewski!«

Als Antwort kam nur ein Seufzen. Sie schien die Türklinke einfach nicht loslassen zu wollen. Ihre Hand krampfte sich um das Metall.

»Sie sind hierhergezogen, um herauszufinden, was mit ihm geschehen ist, habe ich recht?« Herbie sah in die Runde.

Ihre Blicke waren auf den Boden gerichtet, auf die Bettdecke oder auf einen nichtssagenden Kaufhausdruck im Kunststoffrahmen.

»Donnerwetter, das muss ich schon sagen, das war eine wirklich effektvolle Inszenierung da an der Hütte! Blitz, Donner, Blut und ein zerfetzter Schlafsack. Viele Tränen, viele Lügen. Habt ihr mich benutzt, um die Hütte zu beziehen und auf euch aufmerksam zu machen?« Er blickte zu Timo und Mieke hinüber.

»Es hätte jeder sein können«, sagte Timo barsch. »Irgendwo mussten wir ja mal anfangen.«

»Unsere Mutter ist krank über all das geworden«, ergänzte Mieke trotzig.

»Eure Mutter?« Herbie sah zu Frau Warczewski hinüber. Jetzt entdeckte er tatsächlich den Anflug einer Familienähnlichkeit. »Ihr beide seid also kein Pärchen?«

Sie schüttelten die Köpfe.

»Sondern Geschwister?«

Jetzt nickten sie.

»Du heißt gar nicht Tendorp?«

Mieke schob die Unterlippe vor. »Doch, steht ja auch in meinem Pass, den die Polizei überprüft hat. Ist der Mädchenname meiner Mutter. Ich kam kurz vor der Hochzeit. Timo ist zwei Jahre jünger. Sieht nicht so aus, ist aber so. Er heißt Warczewski. Deshalb durften auch die Bullen seinen Perso nicht finden. Wir haben den Nachnamen von einem Freund angegeben, der gerade für ein Jahr in Neuseeland ist. Das hätte gedauert, bis die das rausgefunden hätten.«

»Und Sie?«, fragte Herbie in Richtung der Mutter. »Mit welchem Namen sind Sie hier gemeldet?«

»Müller.« Sie spitzte die Lippen. »Darüber denkt keiner lange nach. Die Erben von Herrn Jenniges, die mir das Haus vermietet haben, haben nicht darauf bestanden, meine Papiere prüfen zu dürfen.«

»Warum haben Sie sich ausgerechnet diesen Ort für Ihre Nachforschungen ausgesucht?«

»Zeugen haben Gerhard zuletzt in Meerfeld am Maar gesehen. Die letzten telefonischen Lebenszeichen haben wir dann von ihm aus Salm und Hillesheim erhalten. Von da aus wollte er nordwärts, in Richtung Kloster Steinfeld. Wenn man sich die Tagesetappen anschaut, war es ziemlich wahrscheinlich, dass er hier Station gemacht hat. Und dann kam vor einem halben Jahr dieser Umschlag.«

»Welcher Umschlag?«

Sie gab Mieke ein Zeichen, und diese öffnete eine Schublade des Wohnzimmerschranks. Sie holte eine dicke Mappe hervor und blätterte sich durch zahlreiche Papiere.

Frau Warczewski fuhr unterdessen mit ihrer Erklärung fort: »Er enthielt ein kleines Medaillon, das Mieke ihrem Papa 1999 zum Vierzigsten geschenkt hat. Kein teures Schmuckstück, aber das Kind war ja auch erst sechs Jahre alt und hat es von seinem Taschengeld bezahlt.«

»Etwa das Sternzeichen-Medaillon mit dem zerrissenen Kettchen?«, fragte Herbie überrascht.

»Genau das.«

Schließlich zog Mieke ein Blatt heraus und reichte es Herbie. Es standen nur wenige Worte darauf geschrieben.

Julius hatte sich erhoben und war an Herbies Seite getreten. Leise murmelte er: *Suchen Sie Ihren Mann nicht länger. Er ist tot und begraben in der Eifelerde in Reetz. Möge seine Seele Frieden finden.*

Herbie sah ihn ganz kurz an und hob die Augenbrauen. Das hatte jemand geschrieben, der aus eigener, leidvoller Erfahrung wusste, wie schmerzhaft es war, nicht zu wissen, was einem geliebten Menschen zugestoßen war. Jemand, der unter der bohrenden Ungewissheit litt wie ein Tier.

Ein frommer Mensch, konstatierte Julius.

Herbie holte den Zeitungsartikel aus der Brusttasche und hielt ihn daneben. Es war nicht leicht, die Ziffern der Telefonnummer mit den Buchstaben des Briefs zu vergleichen, aber Farbe, Größe, Neigung und Schwung schienen identisch zu sein.

»Der Umschlag kam anonym. Wir wissen nicht, wer uns das Medaillon geschickt hat«, sagte Frau Warczewski leise. »Aber wir wussten seitdem, dass wir Gerhard nie wiedersehen würden.«

»Ich denke, ich weiß sehr wohl, wer euch das geschickt hat«, sagte Herbie mit einem Hauch von Stolz in der Stimme.

»So?«

»Mieke hat die Frau kennengelernt. Es war Hibbels Mutter. Ernestine Stüsser.«

Die drei Familienmitglieder tauschten aufmerksame Blicke aus, als sie diese Neuigkeit erfuhren.

»Sie wird es leider nicht mehr bestätigen können. Letzte Nacht ist sie überraschend gestorben. Ein bisschen zu überraschend, wie ich übrigens finde.« Herbie kratzte sich am Kopf. »Darf ich fragen, warum euer Vater auf diese Rucksacktour gegangen ist? Ich meine, es ist doch ungewöhnlich, seine Familie so einfach für mehrere Wochen zu verlassen, um …«

»Papa hatte damals so eine Phase«, fuhr Mieke ihm ins Wort. Sie schien sehr bemüht, das Handeln ihres Vaters ins rechte Licht zu rücken. Wahrscheinlich hatten sie, ihr Bruder und ihre Mutter lange genug gebraucht, um selber zu verstehen, was da vor sich gegangen war. »Da war nichts Komisches dran. Kriegen die Meisten. Manche würden es als Midlife-Crisis bezeichnen. Alles war plötzlich verdreht, es ging ihm nicht gut. Aber das hatte nichts mit irgendeiner jungen Freundin zu tun, das haben wir sofort gewusst. Da war nichts mit offenen Sportwagen oder fetten Motorrädern oder solchen Kindereien. Er war einfach durch. Richtig am Ende.«

»Andere gehen dann den Jakobsweg«, murmelte Timo.

Frau Warczewski übernahm jetzt wieder das Wort. »Die Polizei hat uns in all den Jahren nicht helfen können. Keiner kann uns helfen. Auch jetzt nicht. Die Kinder hatten plötzlich einen Plan. Sie hielten es für eine gute Idee, einfach noch ein zweites Mal das geschehen zu lassen, was damals passiert sein muss. Ich hatte im Dorf von dieser Sage gehört. Der Ginstermann, der die Leute holt. Das fanden die Kinder passend. Ein Mensch verschwindet, einfach so. Weg! Keiner weiß, wohin!«

»Wir wollten sehen, was dann abgeht«, erklärte Mieke. »Wer auch immer hinter Papas Verschwinden steckt, müsste doch reagieren. Aber kaum haben wir richtig angefangen, kommst du plötzlich vorbei und machst uns einen fetten Strich durch die Rechnung.«

Tja, meine Goldstückchen, dafür ist mein alter Kumpel Herbert Feldmann nun mal leider in der ganzen Eifel be-

kannt. Julius breitete in einer Geste des Bedauerns die großen Hände aus.

»Nein, nein, nein, das habt ihr selbst versaut«, sagte Herbie und wedelte mit dem ausgestreckten Zeigefinger. »Ihr habt euch nicht besonders geschickt angestellt. Hättest du mir zum Beispiel nicht die Sache mit Timos Malzkaffee erzählt, Mieke, dann …«

Mieke schrak auf, und ihr Bruder sah sie verärgert an. »Hä? Was? Malzkaffee?«

»Du hast dir Chenoas Auto geliehen, um einzukaufen. Zigaretten – okay. Aber Caro-Kaffee? Und warum kommst du mit den Einkäufen hierher? Nicht zur Ranch, sondern zu dem geheimnisvollen Haus mit den verschlossenen Rollläden? Deine Mutter trinkt das nicht. Niemals! Das lässt ihre Krankheit nämlich gar nicht zu, richtig?«

»Woher …«, wollte die Frau an der Tür ansetzen, nickte dann aber nur kraftlos.

»Aber die Nummer mit dem Licht, das war doch nur Show, oder?«

»Ich bin krank!«, sagte Frau Warczweski bestimmt. »Allergien, Unverträglichkeiten, all so was. Aber keine Lichtallergie. Suchen Sie sich was aus. Alles hat damals angefangen. Die Ärzte sagen, es sei psychosomatisch. Das mit der Lichtallergie hielten wir für einen hilfreichen Aspekt bei unserem Plan.«

Mieke sagte: »Du kannst dir vielleicht nicht vorstellen, wie das ist, wenn man an etwas leidet, für das keiner eine vernünftige Erklärung hat, oder?«

»Oh, doch.« Herbie blickte kurz zu Julius hinüber. »Das ist mir zu finster hier.« Er trat ans Fenster und suchte nach dem Schalter, mit dem er den Rollladen betätigen konnte. Er drückte, und mit einem Surren fuhren die Kunststofflamellen nach oben. Das Nachmittagslicht kroch langsam in den Raum.

»Ist das echt wahr?«, fragte Timo. »Du hast mich wegen dem Scheißauto gefunden?«

Mieke verteidigte sich. »Aber ich hatte das doch extra hinterm Haus geparkt.«

»In einem Eifeldorf bleibt so was nicht verborgen. Es gibt immer einen Platz, von wo aus man alles sehen kann«, sagte Herbie mit fast entschuldigendem Tonfall.

Er blickte den Hang hinauf zu den anderen Häusern. Welches mochte das von den Schnorrenbergs sein?

Jetzt ließ Frau Warczewski die Türklinke los und ging mit hängenden Schultern zu der Schlafcouch, auf die jetzt die Strahlen der tief stehenden Sonne fielen. Sie ließ sich dort nieder, wo bis vor wenigen Momenten der fette Julius gesessen hatte, und streckte die Hand nach ihrem Sohn aus. Mit den Fingern strich sie sanft durch seine Locken. »Wir haben alles versucht«, sagte sie erschöpft. »Wirklich alles versucht, jahrelang. Papa ist tot, damit müssen wir uns abfinden. Jetzt sollten wir die Polizei informieren, dass du am Leben bist. Du darfst dich nicht weiter verstecken.«

Herbie betrachtete die drei und rieb sich nachdenklich die Nase. »Hmmm, man sollte natürlich andererseits niemals die Flinte zu früh ins Korn werfen«, sagte er gedehnt.

Was kommt denn jetzt? Willst du etwa bei diesem kindischen Versteckspielchen mitmachen?

»Ich hätte da noch eine letzte Idee.« Herbie hob beschwörend die Hände. »Bitte, es ist nur eine Idee! Ich kann euch nichts versprechen!«

Drei Augenpaare waren mit einer Mischung aus ungläubigem Staunen und gespannter Erwartung auf ihn gerichtet.

»Habt ihr ein Telefonbuch?«

Mieke öffnete erneut die Schrankschublade. Sie holte das Gewünschte hervor und reichte es ihm. Ihre Bewegungen waren flink und beflissen. Ebenso wie ihre Mutter und ihr Bruder verspürte sie in diesem Augenblick so etwas wie Zuversicht. War da endlich jemand, der ihnen helfen konnte?

Momentchen mal, du willst diesen armen Seelen doch nicht mit einer deiner krausen Ideen falsche Hoffnungen machen! Julius stemmte die Hände in die Hüften.

Herbie blätterte durch die Seiten des Telefonbuchs. »Hier haben wir Reetz. O … P … Q … ah, hier: S!« Er sah auf die Uhr. »Ich brauche etwa eine gute halbe Stunde bis zur Ranch. Dann möchte ich, dass Sie diese Nummer anrufen, Frau Warczewski.«

Sie sprang auf und betrachtete mit schief gelegtem Kopf die aufgeschlagene Seite. An der Stelle, die sein Finger markierte, las sie einen Namen, der ihr nicht unbekannt war. »Diese Nummer? Sie meinen …«

»Rufen Sie um Punkt acht Uhr diese Telefonnummer an, und sagen Sie nur folgenden Satz: Kommen Sie zu der Stelle, an der er vor sechs Jahren erschossen worden ist.«

»Erschossen?« Sie schrak zusammen. »Er ist erschossen …« Sie wandte sich hilflos zu ihren Kindern um.

»Ich fürchte ja. Es tut mir leid. Wir sollten aber jetzt keine Zeit verlieren. Los, sagen Sie, wie lautet der Satz, den Sie sagen sollen?«

Sie sprach die Worte langsam und mit getragenem Tonfall nach: »Kommen Sie zu der Stelle, an der er vor sechs Jahren erschossen worden ist.«

Herbie drückte ihr das Telefonbuch in die Hand und zeigte dann zuerst auf Mieke und dann auf Timo. »Und ihr rührt euch gefälligst nicht vom Fleck! Die Zeit des Detektivspiels ist vorerst zu Ende, kapiert?«

Grundgütiger, das sagt aber mal genau der Richtige! Julius bedeckte sein Gesicht mit der flachen Hand.

25. Kapitel

Weder der Trecker noch der Pick-up waren irgendwo zu sehen, als Herbie zur Farm zurückkehrte. Bei seinem Weg vom Blockhaus zum alten Hof versuchte er, oben auf den Weiden die Bisons zu erspähen.

»Ich kann den Marshal nirgends sehen.«

Vermutlich feiern er und seine Indianersquaw Versöhnung und reparieren den armen Tom und verarzten seine Kettensäge. Oder umgekehrt.

Die Schatten wurden von Minute zu Minute länger. Ein weiterer schwüler Sommerabend brach an, aber nichts deutete auf ein drohendes Gewitter hin. Keine noch so kleine Wolke war zu sehen, und doch herrschte ein unwirkliches Licht. Im Westen färbte sich das Firmament rötlich, und das strahlende Blau des zu Ende gehenden Tages sah irgendwie aus, als betrachtete man es durch eine beschlagene Glasscheibe. Dieser Himmel hatte jedwede sommerliche Freundlichkeit verloren. Er sah vergiftet aus.

So, was ist nun? Sagst du's mir? Weihst du mich in deinen genialen Plan ein?

»Du machst dich ja doch nur lustig über mich.«

Aber ich bin nun mal mit von der Partie. Ich muss doch wissen, was los ist.

»Ich glaube, ich weiß, wo Gerhard Warczewski ist. Und ich glaube, ich weiß auch, wer ihn auf dem Gewissen hat. Und Mutter Hibbel wusste es auch. Jede Wette, dass sie nicht an einem Herzschlag gestorben ist. Sie war das schwächste Glied in der Kette. Sie war diejenige, die begonnen hat, mit der Vergangenheit zu hadern.«

Jetzt hatten sie fast das Bauernhaus erreicht und sahen, dass Licht in der Küche brannte.

»Fein, gut, er ist also da.« Herbie sah auf seine Uhr. »Kurz vor acht. Vermutlich isst er zu Abend. Oder sitzt doof rum. Keine Ahnung, was er so macht ohne seine Mutter. Vielleicht guckt er jetzt alleine Rosamunde-Pilcher-Filme.«

Herbie beschleunigte seinen Schritt. Er wollte nicht zu spät kommen. Er wollte Hibbels Gesicht sehen, wenn der Anruf kam.

Aber warum Hibbel? Was hat der denn mit Warczewski zu tun gehabt? Hängt das deiner Meinung nach mit seinem verschollenen Vater zusammen?

Herbie blieb stehen und breitete die Hände zu einer erklärenden Gebärde aus. »Also, ich erkläre es dir. Es ist doch so, dass Hibbels Mutter …«

In diesem Moment schrillte es laut über den Vorplatz. Eine Außenklingel des Telefonanschlusses, wie sie vor den Zeiten der Mobiltelefone auf den Bauernhöfen üblich gewesen war.

»Zu früh!« Herbie stampfte wütend mit dem Fuß auf. »Ich hatte doch Punkt acht Uhr gesagt! Hatte ich nicht acht gesagt?«

Du hattest acht gesagt.

Es schrillte genau drei Mal. Dann wurde es still. Herbie und Julius starrten angestrengt von ihrer etwas erhöhten Position aus auf das Gebäude hinunter.

Dann wurde die Tür aufgerissen, und Herbie kauerte sich rasch hinter einen Bretterzaun. Als Julius es ihm gleichtat, zischte Herbie: »Er kann dich doch gar nicht sehen.«

Och Mönsch!

Hibbel kam aus dem Gebäude, nervös zappelnd. Er knetete seine Hände und lief zuerst ein paarmal im Kreis und hin und her, bevor er sich entschieden zu haben schien, wohin ihn sein Weg führte. Ununterbrochen brabbelte er vor sich hin und gab immer wieder kurze, gepeinigte Laute von sich. Schließlich eilte er mit schnellen Schritten davon.

Wohin geht er denn jetzt?

»Zu der Stelle, an der Warczewski vor sechs Jahren erschossen worden ist. Und so wie ich das sehe, läuft er in Richtung Wald. Ich bin mir sicher, dass er zur Hütte will.« Er winkte Julius und sprang aus der Deckung. »Komm, dort werden wir ihn in die Mangel nehmen. Mit einem Würstchen wie dem werden wir doch fertig!«

Sie liefen über das flüsternde Gras und bemühten sich nach Kräften, nicht zu viel Lärm zu machen. Die Luft war zum Schneiden dick und voll von den Gerüchen der dürren, erhitzten Sträucher und Weiden.

Einmal wären sie fast mit Hibbel zusammengestoßen, als er am Waldrand plötzlich stehen blieb und wütend auf und nieder sprang.

Der ist aber alles andere als froh. Der wird ja regelrecht zum Rumpelstilzchen.

Sie duckten sich einen Moment ins kniehohe Gestrüpp und warteten, bis es weiterging.

Hibbel eilte zum Schotterweg hinunter, und dann schlug er tatsächlich den Weg zum Urteilsstein ein. Jetzt wurde es schwieriger, ihm ungesehen zu folgen. Hibbel verlangsamte seine Schritte. Er schlug immer wieder nervös die Faust in die flache Hand und zeterte unentwegt vor sich hin.

Als die Weggabelung mit der Hütte in Sichtweite kam, beobachteten sie, dass er zu zögern begann und nun jeweils auf drei Schritte vorwärts einen zurück machte.

Meine Güte, das kann aber jetzt dauern. Julius schnaubte ungehalten. *Dieses Nervenbündel geht mir auf den Zeiger!*

»Wir brauchen uns jetzt nicht mehr zu verstecken, Julius«, raunte Herbie. »Wir haben ihn doch eigentlich schon da, wo wir ihn haben wollen.«

Hier war es schon viel dunkler als auf dem freien Feld. Der Abend war bereits im Begriff, alles mit seinen schwarzen Tüchern zu verhängen. Das weniger und weniger werdende Rufen der letzten Vögel weit oben über ihren Köpfen klang fast unheimlich.

Herbie gab sich jetzt keine Mühe mehr, leise zu sein. »Na guck mal da! Wenn das da nicht unser alter Freund Hibbel ist«, sagte er plötzlich laut.

Hibbel fuhr herum. Vor Schreck hatte er die Arme weit vom Körper abgespreizt.

»Noch so spät unterwegs?«, rief Herbie.

Hibbel brabbelte kaum hörbar etwas vor sich hin und wich langsam zurück. Vorsichtig setzte er einen Fuß hinter den anderen. »Herbie«, sagte er mit rauer Stimme. »Bist du das? Jetzt, hier? Du hier? Also nicht … äh … nicht woanders?«

»Genau hier.« Herbie bemühte sich, es so klingen zu lassen, dass erkennbar war, dass er mittlerweile in die Heimlichkeiten um diesen Ort eingeweiht war. »Hier, wo alles passiert ist, nicht wahr?«

»Was denn? Was meinst du? Wie … warum … wer …?«

Sie hatten unterdessen fast die Hütte erreicht.

»Es stimmt, nicht wahr? Hier ist vor sechs Jahren der Fremde ums Leben gekommen!«

Hibbel rang jetzt die Hände und wand sich hin und her. »Bitte, Herbie. Das war schlimm, ganz schlimm, aber ich … du musst mir glauben, dass ich …«

»Warum hast du ihn getötet? Was hat er dir getan?«

»Gar nichts! Überhaupt nichts! Nicht das Mindeste!«

»Aber warum ist es dann passiert?«, herrschte Herbie ihn an. »Warum musste Warczewski unbedingt sterben?«

Hibbel heulte gepeinigt auf. »Das darf ich nicht sagen!«

»Weißt du, dass es seine Frau war, die dich vorhin per Telefon herbestellt hat! Die arme, trauernde Witwe von Gerhard Warczewski. Eine Witwe mit zwei ebenfalls trauernden Kindern!«

Hibbel blieb stehen. Seine Furcht war mit einem Mal wie weggeblasen. Er sah Herbie stattdessen verdutzt an. »Seine Frau?«

»Ja, Warcewskis Frau!«

»*Die* soll mich angerufen haben?«

»Ja!«

»Nein, das war die nicht!«

Ach, wie lustig! Es war das falsche Telefonat!

Herbie und Julius sahen sich ebenfalls konsterniert an.

»Wer zum Teufel soll das denn sonst gewesen sein?«, rief Herbie wütend.

»Das darf ich nicht sagen! Ich habe hier eine Verabredung, hörst du. Mit wem, das darf ich nicht …«

Ein gewaltiger Knall zerriss plötzlich die Luft. Hibbel wurde nach hinten geschleudert und stürzte auf den Waldweg. Herbie warf sich geistesgegenwärtig zur Seite und rollte sich herum, um zu sehen, wer geschossen hatte.

Wer kommt denn jetzt? Hier ist ja vielleicht ein Betrieb!

Herbie konnte kaum etwas erkennen. Hastig wischte er sich Fichtennadeln und den schwarzen Dreck des Waldbodens aus dem Gesicht.

»Kommen Sie da aus dem Gestrüpp raus, damit ich Sie besser erkennen kann, Herr Feldmann!«

Die Stimme kannte er. In dieser Tonlage hatte er sie allerdings noch nie gehört.

Käthi get your gun! Julius pfiff durch die Zähne. Käthi Schnorrenberg hielt den Gewehrlauf in seine grobe Richtung.

»Ich zähle bis drei! Eins …«

Tja, mein Freund, ich fürchte, du landest an ihrer Trophäenwand im Flur!

»Zwei!«

»Frau Schnorrenberg, was soll das? Ist es wegen des Geldes, das ich Ihnen schuldig bin? Vom Kartenspiel?«

Sag mal, bist du eigentlich völlig bescheuert? Julius lag dicht neben Herbie und schnaufte vernehmlich.

»Ich will sie doch nur hinhalten«, zischte Herbie.

»Drei!« Ein weiterer Schuss krachte durch die Abendstille und wirbelte nur einen halben Meter neben Herbie dürres Laub auf, als die Kugel in den Boden schlug.

Klappt ja bestens.

Jetzt sah Herbie sie näher kommen. Breitbeinig, entschlossen. Das Gewehr hielt sie mit geübtem Griff.

Panisch sah Herbie sich um. Gestrüpp, Laub, herabhängende Äste, Schatten überall … Es gab nichts, mit dessen Hilfe er sich wehren konnte. Wenn er weglief, würde er eine famose Zielscheibe abgeben.

So, jetzt kannst du deine Frage noch mal stellen: Warum haben Sie den Wanderer erschossen?

»Das würde ich jetzt auch gerne wissen. Ich habe keinen blassen Schimmer.«

Der Lauf des Gewehrs schob sich durch das Gestrüpp knapp vor ihm. Dann wurde Käthi Schnorrenbergs Gesicht erkennbar. »Aha, da sind Sie ja.« Ihr Lächeln konnte man beinahe als freundlich bezeichnen. Sie pustete sich eine graue Locke aus dem Gesicht. »Ich habe vorhin gesehen, wie Sie da unten im Haus bei dieser Frau waren. Hokuspokus, plötzlich wird der Vorhang aufgezogen. Der Rollladen wird geöffnet. Bühne frei für Sie, die fremde Frau und die beiden jungen Leute! Ich habe keine Ahnung, was für ein Spiel Sie alle zusammen spielen, aber Ihre Versuche, mich beim Kartenspiel auszuhorchen, waren läppisch! Wenn Sie immer noch wissen wollen, wo der Fremde vor sechs Jahren jetzt ist – Ich kann es Ihnen zeigen! Jetzt gleich. Und Hibbel kommt mit Ihnen.«

»Haben Sie ihn hierher bestellt?«

»Ja, ganz genau. Ich bin Ihnen nachgelaufen, Herr Feldmann. Und da dachte ich, es wäre doch eine wunderbare Gelegenheit, Sie beide gleichzeitig zum Schweigen zu bringen. Also habe ich ihn von unterwegs angerufen. Diesen erbärmlichen Idioten! Er weiß einfach zu viel. Genau wie seine Mutter Ernestine. Die wusste auch zu viel.«

»Haben Sie sie umgebracht?«

Das Lächeln wurde noch eine Spur freundlicher. »Was soll ich denn darauf antworten? Nehmen wir an, ich hätte es getan, dann bliebe doch das Resultat dasselbe: Ernestine ist im Himmel. Und da wollte sie schon lange hin, die gute Seele.«

Herbie kroch langsam rückwärts. Der Schweiß rann ihm die Schläfen hinunter. Seine Hände tasteten sich nach hinten durch das Laub. »Und jetzt bin ich also dran? Aber ich weiß doch gar nichts.«

Sie schüttelte in einer gütig anmutenden Geste den Kopf. »Ach, da wäre ich mir nicht so sicher, lieber Herr Feldmann. Sie haben ganz schön viel herumgefragt. Es ist so eine Sache mit der Neugier, hat mein Apollo immer gesagt, früher, als man sich noch mit ihm unterhalten konnte. Die Neugier hat schon manche Katze das Leben gekostet.«

Ein leises Stöhnen kam von Hibbels Körper herüber.

Na, Gott sei Dank! Warte nur ab, jetzt wird er gleich wieder zappeln!

Käthi Schnorrenberg wandte kurz den Kopf in Hibbels Richtung. »Guck mal an, er lebt noch, der Hibbel. Das hätte ich früher besser hingekriegt.«

»Machen Sie sich doch nicht unglücklich«, sagte Herbie atemlos. »Man wird Sie kriegen. Denken Sie doch an Ihren Mann!«

Jetzt verschwand das Lächeln aus ihrem Gesicht. Ihr Blick wurde starr. »Ich *bin* unglücklich! Und ich denke *dauernd* an meinen Mann. Apollo war ein guter Mann. Ein starker und fleißiger Mann. Einer, der die Dinge angepackt und keine Luftschlösser gebaut hat. Sie haben gesehen, was er jetzt ist. Ein Wrack.«

Sie sprang nach vorne und hielt ihm die Mündung des Gewehrs vor die Nase. »Wollen Sie wissen, wer schuld daran ist?«

Herbie traute sich nicht zu nicken und flüsterte nur: »Ja, ganz gerne.«

»Sein Bruder war es! Der hat ihn so sehr aufgeregt, dass ihn dieser Schlaganfall niedergemäht hat. Von einem Tag auf den anderen war er nur noch ein schlotterndes, sabberndes Bündel. Und trotzdem hörte sein Bruder nicht auf, ihn zu drangsalieren, weil er angeblich beim Erbe übergangen worden war. Dieser gottverdammte Idiot! Alles hatte er durchgebracht mit seinen Spinnereien! Hat alles durchgebracht mit irgendwelchen Hirngespinsten von einer Farm in Amerika. Und trotzdem ließ er den Apollo nicht in Ruhe. Er kam immer wieder und bettelte und forderte! Immer, immer, immer wieder!«

Sie spannte das Gewehr. Herbie spürte sein Herz im Hals schlagen. Er versuchte, noch weiter zurückzukriechen, aber er stieß mit dem Rücken hart gegen einen Baum. Seine Finger ertasteten die knotigen Wurzeln, die im Laub verschwanden.

»Immer wieder kam er!«, zischte sie und visierte Herbie an.

Plötzlich erklang im Hintergrund eine Stimme, laut wie Donnerhall: »Oh ja, und ich bin immer noch da, Käthi!«

Eine breitschultrige Gestalt stand neben dem weißlich leuchtenden Urteilsstein. Gegen den sich dunkler und dunkler verfärbenden Abendhimmel zeichnete sich nur eine Silhouette ab. Ein großer Mann mit einem breitkrempigen Hut.

Wer ist das denn jetzt? Der Ginstermann? Julius kniff die Augen zu Schlitzen zusammen. *In dem verdammten Zwielicht sehen die irgendwie alle gleich aus.*

Herbies Kopf fuhr zu ihm herum. Was hatte Julius da gerade gesagt?

»Bleib, wo du bist, Gereon!«, schrie Käthi. »Ich schieße dem Jungen sonst den Kopf weg!«

Der Marshal kam langsam näher. »Leg verdammt noch mal das Gewehr weg! Der Kerl hat doch keine Ahnung! Ich bin es doch, den du tot sehen willst!«

Sie schwenkte mit dem Lauf des Gewehrs in seine Richtung. »Das ist allerdings wahr.« Jetzt wurde Käthis Stimme leise und drohend. »Oh ja, das ist es.« Sie begann zu kichern und machte ein paar Schritte auf den Marshal zu.

»Sie hat gedacht, der andere sei er«, flüsterte Herbie. »Also er sei der andere.«

Geht's dir gut? Du faselst.

Die beiden gingen wie zwei Duellanten aufeinander zu.

»Was ist das?« Herbie hatte plötzlich etwas Glattes, Dünnes in der Hand. »Ein Kabel?«

»Ich habe keine Waffe«, rief der Marshal, dessen Gesicht sich jetzt aus dem Halbdunkel schälte. Seine Wangenmuskeln zuckten, er hatte das Kinn angriffslustig nach vorn geschoben.

»Du kannst ja auch nicht damit umgehen!«

»Kann sein. Aber vor allen Dingen schieße ich nicht auf wehrlose Menschen! So wie du in dieser Gewitternacht!«

Käthi machte einen wütenden Schritt nach vorne. »Ich dachte, du wärst es. Wir wollten dich endlich los sein!«

Der Marshal lachte kollernd. »Stattdessen habt ihr mich jetzt bis in alle Ewigkeit am Hals!« Sein Oberkörper bog sich in unbändigem Vergnügen vor und zurück. »Ich hab dich in der Hand, Käthi. Dich und meinen erbärmlichen Bruder, denk dran. Du weißt, dass ich alles säuberlich aufgeschrieben habe. Ich habe dir damals geholfen, den Toten …«

»Halt dein Maul!«, kreischte Käthi.

Von Hibbels sich schwach bewegendem Körper kam in diesem Moment erneut ein stöhnendes Geräusch.

»Der muss jedenfalls weg!« Käthi senkte wieder den Lauf in Hibbels Richtung.

In diesem Moment ertastete Herbie plötzlich eine Metallstange. Aus den Augenwinkeln erkannte er den Stoßbügel eines roten, eckigen Geräts. Das Stromaggregat der Dohmen-Schwestern!

»Lass Hibbel in Ruhe!«, brüllte der Marshal und machte ein paar schnelle Schritte auf Käthi zu.

»Er und seine blöde, alte Mutter haben alles verpfuscht!«

»Tu das nicht, Käthi!«

Es war nur ein einziger Schalter an dem Gehäuse, der geeignet schien, den Apparat einzuschalten.

Herbie drückte ihn. Erschrocken stellte er fest, dass das Gerät laut zu brummen begann.

Käthi fuhr zu ihm herum. Die Waffe zeigte wieder auf ihn. Er duckte sich zur Seite, ein Schuss krachte, und die Kugel bohrte sich in den Baumstamm.

Dann quoll plötzlich Nebel aus dem Unterholz hervor. Weiße Lichter zuckten in den Bäumen auf, und ein leicht verzerrtes Donnern grollte durch den Wald.

In einer Schneise zwischen den Bäumen verdichtete sich der Nebel zu einer grellen, roten Wolke, und eine schemenhafte Silhouette wurde erkennbar. Eine große Gestalt, ein breitkrempiger Hut, flatternde Mantelschöße.

»Komm!«, schallte eine dumpf drohende Stimme zu ihnen hinunter und verlor sich als Echo in der Ferne. »Komm mit mir!«

Herbie kroch augenblicklich eine Gänsehaut über Rücken und Arme. Käthi stand bewegungslos da und hatte in ihrer Verwirrung den Mund weit offen stehen.

»Du, komm mit mir!«

»Der Ginstermann«, hauchte sie.

Sag ich doch. Die sehen alle gleich aus.

Plötzlich begann das Aggregat zu stocken, gab ein paar stotternde Geräusche von sich, wackelte ein bisschen hin und her und gab schließlich mit einem Schlag keinen Mucks mehr von sich.

Der Spuk endete so rasch, wie er begonnen hatte. Die Lichter erloschen, das letzte »Komm mit …« erstarb jaulend mitten im Satz.

Mit einem gewaltigen Sprung war der Marshal bei Käthi und verpasste ihr einen Kinnhaken. Das Gewehr fiel zu Boden, und während die beiden auf dem Waldweg miteinander kämpften, schnappte Herbie sich die Waffe.

Schritte näherten sich aus der Richtung des Dorfes.

Sie waren zu zweit. Ihre Mutter hatten sie im Schutze ihres Hauses gelassen. Meike und Timo hatten erhitzte Gesichter. Als Herbie sich über Hibbel beugte und ihm Mut zusprach, griff Mieke tatkräftig ein. »Ich bin Krankenschwester. Lass mich mal sehen.«

»Die Polizei wird jeden Moment hier sein«, sagte Timo atemlos. »Wir hielten es für das Beste.«

»Lass uns da drüben mal dazwischengehen, bevor noch was Schlimmeres passiert«, sagte Herbie und deutete auf Käthi und den Marshal, die sich immer noch auf dem Waldboden wälzten.

»Dein Plan mit dem Telefon hat übrigens nicht funktioniert«, sagte Timo. »Keiner hat abgehoben.«

Julius hatte die Arme hinterm Rücken verschränkt und betrachtete mit einem wohlwollenden Lächeln die ganze Szenerie. *Das, mein lieber junger Freund, ist nur ein einziges missglücktes Vorhaben in einer schier endlosen Reihe von gescheiterten Plänen. Wenn ihr ihn erst so gut kennt wie ich, werdet ihr das feststellen.*

Herbie wollte gerade etwas erwidern und wandte den Kopf zu Julius um, als er weiter hinten etwas im Wald sah. Eine Art sich bewegender Schatten. Noch immer hing der Kunstnebel zwischen den finsteren Stämmen.

Herbie hielt den Atem an und starrte zu der gespenstischen Erscheinung hinüber.

Eine große, dunkle Gestalt entfernte sich langsam, ohne dass man hätte sehen können, wie sie ihre Beine bewegt. Sie glitt einfach langsam weiter nach hinten ins Dunkel. Sie hatte breite Schultern, einen großen Hut, und die Schöße ihres Mantels bewegten sich in langsamen Bewegungen hin und her.

Dann schluckte ein Nebelschwaden den schemenhaften Körper.

»Wer zum Teufel …«, stammelte Herbie.

Was denn? Julius wandte sich um und schaute in dieselbe Richtung. *Siehst du etwa schon wieder Leute, die gar nicht da sind?*

Epilog

Die Hitze hatte am nächsten Morgen merklich nachgelassen. Es war leicht bewölkt, und ein freundlicher Wind ließ das Laub über ihren Köpfen rascheln. Herbie und Timo standen vor dem Urteilsstein. Der junge Mann strich immer wieder mit der Hand über die raue Oberfläche.

»Und du hast das wirklich schon vorher gewusst?«, fragte er.

Herbie nickte. »Es kam mir zum ersten Mal in den Sinn, als die Dohmen-Schwestern mir erzählten, dass Apollo Schnorrenberg den Stein mit einem neuen Fundament hat errichten lassen. Der Marshal hat gestern Abend zugegeben, dass Käthi und er mit Hibbels Hilfe dafür gesorgt haben, dass … also dass …«

Timo legte ihm die Hand auf die Schulter. »Er ist dort begraben. Wir sind froh, dass wir es endlich wissen.«

Ein Polizeifahrzeug bahnte sich über den Schotter den Weg hinauf. Mieke und ihre Mutter stiegen aus.

»Es wird alles schnellstens untersucht werden, haben sie versprochen«, sagte Frau Warczewski. »Eigentlich kann es nicht lange dauern, bis er wieder zu uns kommen kann.« Sie fuhr sich mit einem Finger hinter das Glas ihrer Sonnenbrille und presste die Lippen aufeinander. Ohne hinzusehen, fasste sie nach Herbies Hand und drückte sie so fest, dass es ihm fast wehtat. »Danke.«

Als Herbie wenig später in Richtung Ranch ging, gesellte sich Julius zu ihm, der während der letzten halben Stunde am Rand gestanden und das Geschehen mit gemessenem Abstand verfolgt hatte.

Und? Zufrieden?

Herbie wackelte unentschlossen mit dem Kopf.

Alles ist aufgeklärt. Käthi wandert ins Kittchen, der Marshal und Hibbel werden wegen Beihilfe verknackt, und du bist endlich frei. So müssen sich die Sklaven in den Staaten gefühlt haben, als Lincoln sie befreite.

»Meine Ketten sind gesprengt, aber ich werde niemals wirklich frei sein«, sagte Herbie dumpf.

Stimmt, da bin ja immer noch ich.

Herbie blieb stehen und sah in die Ferne. Egal zu welcher Kulisse man diese Landschaft auch degradierte, ob *High Chaparal* oder *Frankenstein* – es blieb doch immer noch die Eifel, seine Heimat.

In großer Entfernung stand das Vieh auf der Weide. Er glaubte, zwischen den ganzen Kühen den einzigen Bullen erkennen zu können.

»Ich bin beeindruckt von dieser Familie.«

Von den Bisons?

»Nein, von den Warczewskis. Wer wird wohl mal um mich trauern, wenn ich nicht mehr da bin?«

Wie gesagt, da bin ja immer noch ich.

Herbie hätte ihm jetzt zu gerne den Arm um die Schulter gelegt.

ENDE

Rouen, Frankreich, Juli 2018

Dankeschön

Für die Bekanntschaft, die ich mit den entzückendsten Bisons der Eifel machen durfte, möchte ich mich ganz herzlich bei Matthias Linden bedanken. Der Besuch bei seiner kleinen Herde war ein großes Vergnügen, und ich möchte deutlich sagen, dass Matthias nicht das Mindeste mit dem verschrobenen Marshal aus diesem Buch gemein hat! Er ist ein waschechter Eifeler, der diesen wunderbaren Tieren im Dörfchen Esch bei Bad Münstereifel eine Heimat bietet, wie sie sie verdient haben.

Danke, Matthias!

Und bei dieser Gelegenheit möchte ich mich auch einmal bei jemandem bedanken, der meine Romanfiguren Herbie und Julius in- und auswendig kennt, so als wären sie aus Fleisch und Blut (Herbie jedenfalls …). Bei jemandem, der sie so gut kennt, wie sonst nur ich es tue. Mein innigster Dank gebührt meinem Lektor Volker Neumann, der mich seit über zwanzig Jahren immer wieder sanft auf den rechten Pfad zurücklenkt, wenn ich mich mal wieder im eigenen Roman verlaufe, der mir Fehler und Irrtümer einfühlsam und mit einer gehörigen Menge Taktgefühl nachweist und der es versteht, mir mit fast väterlicher Geduld immer wieder die allzu bekloppten Ideen auszureden.

Danke, Volker!

KBV KRIMINALROMAN

A.N. Onym

ACHT LEICHEN ZUM DESSERT

Taschenbuch, 304 Seiten
ISBN 978-3-95441-321-8
11,95 EURO

Acht Tage, acht Autoren, acht Ermittler

Wenn Privatdetektiv Wilsberg auf Julius Eichendorff trifft, wenn Herbie Feldmann und Siggi Seifferheld gemeinsame Sache machen …

In einem entlegenen Winkel der Eifel steht das Stammhaus des berühmten Pudding-Imperiums »Tante Tine«. Die alte Unternehmensgründerin Albertine Bernardy will anlässlich des Firmenjubiläums die Nachfolge klären und hat ihre Familie um sich versammelt. Aber ein plötzlicher Todesfall erschüttert das kleine Dorf, und die Festlichkeiten drohen in einer Katastrophe zu enden.

Zum Glück befinden sich zur gleichen Zeit acht berühmte Ermittler vor Ort: Privatdetektiv Wilsberg, Spürnase Britta Brandner, Hobbydetektiv Vincent Jakobs, Meisterkoch Julius Eichendorff, LKA-Profilerin Wencke Tydmers, Privatdetektiv Waldo, Kommissar a. D. Siegfried Seifferheld und der Spinner Herbie Feldmann. Sie alle stecken mit einem Mal mitten in einem vertrackten Kriminalfall, wie er ihnen bislang noch nicht begegnet ist.

Jürgen Kehrer, Sabine Trinkaus, Kathrin Heinrichs, Carsten Sebastian Henn, Sandra Lüpkes, Peter Godazgar, Tatjana Kruse und Ralf Kramp schicken in diesem Gemeinschaftsroman ihre beliebten Serienermittler ins Rennen.

EIN FALL FÜR HERBIE UND JULIUS

Ein Spinner, ein Fa… und ein uraltes Scha…

Es ist Sommer in der Eifel, die Ze… Umleitungen. Hätte Herbie nicht den Versuch unternommen, einen Schleichweg zu benutzen, wäre ihm nicht dieses Tier vors Auto gelaufen. Die Schadenfreude bei seinem allgegenwärtigen Begleiter Julius ist groß.

Das Rind gehört dem Marshal, einem Bauern, der seinen Hof zur waschechten Ranch umfunktioniert hat und Herbie dazu verdonnert, den Schaden abzuarbeiten. Herbie verstrickt sich dabei unmerklich in ein Netz von Verpflichtungen und gerät zudem in eine alte Fehde, die mindestens einer der Beteiligten gerne nach echter Wildwestmanier beenden würde.

Mitten hinein in das bedrohliche Szenario platzt die Nachricht vom Verschwinden eines jungen Rucksacktouristen, der an der Grundstücksgrenze des Marshals campiert hat. Ist er womöglich ebenfalls zwischen die Fronten geraten? Oder hat ihn der Ginstermann geholt, eine finstere Eifeler Sagengestalt, die in Gewitternächten ihr Unwesen treiben soll?

»Ralf Kramp ist ein Großmeister des kriminellen Humors. Er verbindet schrullige Charaktere, deftige Situationen und rätselhafte Handlungsstränge zu einem stimmigen Ganzen. Beste Krimiunterhaltung!«

(Stefan Keim, WDR zu »Abendlied«)

ISBN 978-3-95441-417-8
9 783954 414178
€ [D] 12,00